Béla Bolten

Todeszelle

Ein Fall für Berg und Thal

Impressum

In den Reben 11
D-78465 Konstanz
belabolten@email.de

Lektorat: Michael Lohmann, www.worttaten.de
Cover-Design: Sabine Herke, www.sabineherke.de
Titelfoto: Andreas Lechtape, www.andreaslechtape.de

Der Autor im Internet:
www.belabolten.com

Inhalt

Spielende Kinder finden in einer Scheune die Leiche eines Mannes.
Wenige Tage später entdecken Spaziergänger eine tote Frau im seichten Uferbereich des Bodensees. Die Indizien deuten in beiden Fällen auf Mord. Die Konstanzer Kommissare Bettina Berg und Alexander Thal gehen anfangs davon aus, dass die Taten nichts miteinander zu tun haben. Doch dann kommt ihnen ein furchtbarer Verdacht.
Die Ermittlungen führen in die dunkelsten Winkel des Internets. Hier, im sogenannten Darknet existiert eine geheime, grausame Welt voller Brutalität, Gewalt und Tod.

Über den Autor

»Todeszelle« ist der zwölfte Einsatz für das Konstanzer Ermittlerduo Bettina Berg und Alexander Thal.
Béla Boltens zeithistorische Krimiserie um den Polizisten Axel Daut (bisher erschienen: »Codewort Rothenburg« und »Der Aufbewarier«) spielt während des zweiten Weltkriegs in Berlin.
In der Reihe »Mörderische Alibis« geraten Leo Liebig und Jule Haller mit ihrer Münsteraner Alibi-Agentur in gefährliche Situationen.

Bolten lebt und arbeitet in Konstanz am Bodensee.

Eins

Saß er oder lag er? Er wusste es nicht. Seine Hände tasteten über den Boden, fühlten aber nichts. Er hatte die Orientierung in Raum und Zeit verloren. Wo war er? Wie lange war er schon hier? War es Tag oder Nacht? Seine Augen und seine Finger hatten ihre Fähigkeit schon lange eingebüßt, Informationen über die Umwelt zu sammeln. Einzig die Nase schien noch zu funktionieren, sie feuerte ununterbrochen Nervenimpulse, die er seinem schwindenden Bewusstsein lieber vorenthalten hätte. Es stank. Oder besser: Er selbst roch bestialisch. Nach Urin und Verwesung. Lebte er überhaupt noch oder war sein Körper schon tot und sein Gehirn registrierte den Gestank des Verfalls. War das mit Jenseits gemeint? Dass man in totaler Finsternis die Verwesung des Leibes roch, der einen durchs Diesseits getragen hatte? Wenn es so war, verlor es mit der Zeit seinen Schrecken. Der Ekel war gegangen und einer ruhigen Verwunderung gewichen. Er war kein gläubiger Mensch, aber die Erzählungen über das Leben nach dem Tod hatten ihn stets beruhigt. War alles nur Lüge? War das Jenseits ein dreckiges, finsteres Verlies, in dem die unsterbliche Seele den Verfall des Leibes erleben musste?

Wenn nur dieses Brennen aufhören würde! Sein Körper stand in Flammen, während sein Geist ihm einreden wollte, dass er fror. Er schlang die Arme um den Oberkörper.

Er war immer dünn gewesen, aber jetzt fühlte er jede Rippe, als hätte das Fleisch keine Kraft mehr, die Knochen an ihrem Ort zu halten. Er bog die Finger zu Krallen und fuhr mit ihnen an seinem Brustkorb auf und nieder. Der Schmerz milderte das Brennen. In den Uringestank mischte sich eine metallische Note. Wie bei Omas Kupferkanne, aus der sie ihm eiskalte Zitronenlimonade eingeschenkt hatte, wenn er verschwitzt und außer Atem den Weg zu ihrem Haus hinaufgerannt war. Selbst die Limonade hatte immer einen Beigeschmack, der auf der Zunge ein seltsames Prickeln verursachte.

Er steckte sich zwei Finger in den Mund. Die Zunge war angeschwollen, und er hatte Mühe, den Saft abzulecken. Süßlich-erdig hätte Vater den Wein beschrieben. Er hatte es geliebt, die Familie vor dem Sonntagsmahl mit seinen Geschmackseindrücken vom ersten Schluck des extra für diesen Anlass ausgesuchten Weins zu langweilen. Der Braten stand auf dem Tisch und duftete verführerisch, wer wollte da schon wissen, ob der edle Tropfen nach Leder, Erde oder Vanille schmeckte.

Vanille! Er liebte Vanilleeis. Spürte den kühlen Hauch in seinem Mund. Den süßen Geschmack, der binnen Sekunden in eine angenehme Würze überging.

Mehr! Bitte!

Seine Ohren nahmen die Schallwellen seiner Stimme auf, aber sein Geist erkannte sie nicht mehr. Alles Leibliche war ihm fremd.

Erneut saugte er an den Fingern, aber nicht mal die Illusion einstiger Genüsse ließ sich wiederherstellen. Sein Blut war die einzige Flüssigkeit, die ihm geblieben war. Aber sie stillte nicht seinen Durst.

Selbst die Steine in diesem Verlies waren trocken, er hatte jeden in greifbarer Nähe abgeleckt. Nichts als Staub und Mörtelkrumen.

Sollte er versuchen, sich zu erheben? Noch einmal mit den Händen die Wand abtasten, wie er es am Anfang getan hatte? Am Anfang von was?

Er stemmte die Hände gegen den Boden. Gras! Nein, Moos. Er lag auf einer Wiese. Er presste die Augen zusammen, denn das Licht blendete ihn. Ein roter Fleck war alles, was durch seine Lider drang.

Er strich mit den Handflächen über die Erde. Kühl und feucht. Das Plätschern eines Baches drang an sein Ohr. Dazu das rhythmische Klappern eines sich langsam drehenden Mühlrads. Schwapp. Schwapp.

Ein leichter Wind kühlte seine Haut und sorgte für einen frischen Duft. Als hätte jemand ein gerade gewaschenes Leinentuch zu einem Picknick auf die Wiese gelegt. Lavendel. Es roch nach Lavendel wie im Kleiderschrank der Magd, in dem er als Kind gestöbert hatte, um einen verbotenen Blick auf ihre Unterwäsche zu erhaschen.

Der Geruch wurde stärker, überlagerte alles andere. Er war warm und sinnlich. Heimat.

Er ließ den Atem ausströmen, ohne erneut Luft zu schöpfen.

Er hatte keine Schmerzen und als er die Augen öffnete, war es hell um ihn herum.

Er schaute nach rechts, von wo der Lavendelduft zu kommen schien. Der ganze Boden war von einem strahlend weißen Tuch bedeckt. Er ließ sich zur Seite fallen, zog die Beine an und wartete.

Jemand hatte sein Leichentuch gebracht. Er würde ihn auch damit bedecken.

Das Licht verlosch.

Er hatte keine Angst.

Zwei

Freitag. Acht Uhr zehn

»Ich kann nicht mehr!«

Bettina schob den Teller von sich. Der Rest eines mit Himbeermarmelade bestrichenen Brötchens bot einen traurigen Anblick. Sie war es nicht gewohnt, so viel zu frühstücken, ihr reichte eine Scheibe Toast und ein Glas Erdbeermilch, von der sie seit der Schwangerschaft nicht genug bekommen konnte.

»Reichlich und gesund zu frühstücken ist hier Teil der Behandlung.« Thal rührte missmutig in einem Müsli herum.

»Du siehst nicht so aus, als würdest du diesen Teil der Kur genießen.« Bettina lächelte ihn an, ehe sie den Blick über den Untersee in Richtung Höri schweifen ließ. Am anderen Ufer glitzerte Iznang in der Morgensonne. Ein kühler Schauer jagte ihr über den Rücken und sie zog das Jackett etwas fester an den Körper. Auf der schattigen Frühstücksterrasse war es um diese Zeit noch recht frisch. Eine Entenfamilie zog schnatternd ihre Bahn durchs fast schwarze Wasser, die Tiere hofften auf ein paar Brocken von den Tischen der Kurgäste.

»Traumhaft schön, nicht wahr?«

Bettina hörte den sarkastischen Unterton in Thals Stimme. Er hatte die Nase voll von dieser Reha, daran gab es keinen Zweifel.

»Du solltest froh sein, dass du überhaupt hier bist.«

Thal stöhnte auf. »Warum müsst ihr mir alle permanent vor Augen halten, dass ich dem Tod nur knapp von der Schippe gesprungen bin?«

»Weil du es sonst zu schnell vergisst.« Bettina beugte sich über den Tisch und legte ihre Hand auf Thals. »Anstatt über dein hartes Schicksal zu lamentieren, solltest du die Zeit hier genießen. Es gibt schlechtere Orte, an denen man den Sommer verbringen kann als die Mettnau.«

Bei ihrem ersten Besuch vor drei Wochen, Thal hatte seine Kur gerade angetreten, war Bettina aus dem Staunen kaum herausgekommen. Die Anlage hatte mit einer Rehaklinik nicht viel zu tun, vielmehr hatte sie das Gefühl, ein luxuriöses Hotel zu betreten. Die Zimmer waren eher Suiten, die Speiseräume nannten sich nicht nur ›Restaurant‹, sondern wurden dem Namen auch gerecht. Der weitläufige Park, das Café direkt am Seeufer – hier ließ es sich leben.

Thal schob verächtlich die Kaffeetasse von sich. »Ihr habt natürlich alle recht.«

Bettina lachte und schüttelte den Kopf. »Nur weil der Kaffee nicht den Ansprüchen des Herrn Kriminalhauptkommissars Alexander Thal entspricht, darf man die Klinik natürlich höchstens mit einer muffigen Privatpension vergleichen.«

Jetzt konnte auch Thal nicht anders und schmunzelte. »Das Zeug ist wirklich ungenießbar!«

»Wie du!«, sagte Bettina und gab Thal einen Klaps auf die Hand. »Dabei hat dir die Zeit hier wirklich gutgetan.«

Alexander war lange nicht mehr so schlank gewesen wie jetzt. Der kleine Bauchansatz, über den sich die Hemden gespannt hatten, war verschwunden. Er machte einen durchtrainierten Eindruck, sprintete die Treppen zu seinem Zimmer im dritten Stock nach oben, ohne danach auch nur im Geringsten außer Atem zu sein. Das war vor seinem Herzinfarkt völlig anders gewesen, die kleinste körperliche Anstrengung hatte ihn nach Luft schnappen lassen. ›Heilung durch Bewegung‹ war das Motto der Mettnau-Kur. Thal war der lebende Beweis, dass es funktionierte.

»Was gibt's Neues im Präsidium?«

Bettina verzog ihren Mund zu einer Schnute.

»Nun komm schon«, insistierte Thal. »In einer Woche komme ich hier endlich raus und dann bin ich eh wieder da.«

»Was sagt Madlaina dazu?«

Thal lehnte sich zurück und holte tief Luft. »Sie macht sich Sorgen. Am liebsten wäre es ihr, ich würde den Job hinschmeißen.«

Bettina spürte ein kurzes Schwindelgefühl, das sofort wieder verschwand. Thal konnte jederzeit aufhören zu arbeiten. Erstens hatte er seinen sechzigsten Geburtstag bereits gefeiert und zweitens war er dank des Erbes seiner Frau Leah finanziell unabhängig.

»Und?« Bettina fixierte einen Brötchenkrümel auf der Tischdecke. »Wirst du?«

Thal fuhr sich mit beiden Händen durch die Haare, eine Geste, die sie lange nicht mehr bei ihm gesehen hatte. Seit langer Zeit hatte er die Haare wieder wachsen lassen, sie bedeckten den oberen Teil der Ohren. Es stand ihm gut, obwohl die grauen Strähnen langsam die Oberhand in seinem dichten Haarschopf gewannen.

Bettina hob den Kopf und schaute ihn auffordernd an.

Thal hob langsam die Schultern. »Ehrlich gesagt, ich weiß nicht, was die Zukunft bringen wird. Der Herzinfarkt war eine Zäsur in meinem Leben, keine Frage.« Er legte sich eine Hand auf die Brust. »Ich spüre nichts von den Bypässen, aber ich weiß, dass sie da sind. Wie eine ständige Mahnung, darüber nachzudenken, was ich mit den paar Jahren noch anfangen will, die mir bleiben.«

Bettina stöhnte auf. »Nun dramatisier das mal nicht, mein Lieber!«

Thal lächelte. »Eins weiß ich sicher: Im Moment möchte ich nur wieder in mein normales Leben zurück. Und dazu gehört für mich die Arbeit.«

Bettina spürte, wie angespannt sie war, und lockerte die Schultern.

Thal zog die Schüssel mit dem Müsli zu sich und begann, sich den Brei gelangweilt in den Mund zu schaufeln.

Bettina hätte das Vibrieren ihres Handys fast nicht bemerkt, Mobiltelefone waren in der Klinik unerwünscht, deshalb hatte sie es in ihrer Handtasche gelassen. Sie warf einen Blick auf das Display.

»Entschuldige, das muss ich annehmen.«

Sie schob den Stuhl ein paar Zentimeter zurück, verzichtete aber darauf, den Tisch zu verlassen, als würde Thals wissbegieriger Blick sie an Ort und Stelle festnageln.

»Guten Morgen, Jonas. Was gibt's?«

»Du solltest dich besser auf den Weg machen. Wir haben einen Fall.«

Bettina hob den Blick. Thal hatte sich auf beide Hände gestützt, bereit jederzeit aufzuspringen.

Drei

Freitag. Zehn Uhr fünf

»Na? Habe ich zu viel versprochen?«

Andi drehte sich um die eigene Achse. Er hatte das Apartment bisher auch nur auf den Fotos des Prospekts gesehen und war froh, dass die Wirklichkeit mit den vollmundigen Werbeversprechen mithalten konnte. Die beiden Schlafzimmer gingen vom großzügigen Wohnraum ab, an den sich eine vollständig eingerichtete Küche anschloss. Alles machte einen eleganten Eindruck, sah man davon ab, dass es keine Fenster gab und das künstliche Licht harte Schatten warf und für eine unterkühlte Atmosphäre sorgte. Daran würden sie sich gewöhnen, auf jeden Fall war das mal was anderes für ihr jährliches Cliquen-Revival. Jenny, Nicole, Andi und Chris, unzertrennlich seit der Grundschule. Daran hatten nicht einmal die wechselnden Konstellationen etwas geändert, in denen sie sich im Laufe der Jahre als Paare zusammengefunden hatten. Einmal im Jahr verbrachten sie ein Wochenende zusammen. Meistens in einer Berghütte, gelegentlich am Meer, zwei Mal auch schon in Italien. In diesem Jahr oblag Andi die Organisation und er hatte sich etwas Besonderes ausgedacht. Wenn er ehrlich war, nicht ganz ohne Hintergedanken.

»Willkommen im einzigen und wahren Mystery Hotel auf diesem Planeten.«

Der dürre Schlaks, der sich als Oberon vorgestellt hatte, war so etwas wie der Maître de Plaisir. Jedenfalls nannte er sich selbst so; im Prospekt, der in Andis Gesäßtasche steckte, hieß er schlicht Spielleiter. Er führte die vier Gäste von

Raum zu Raum und erklärte, wie man das Licht löschen oder eine andere Stimmung erzeugen konnte.

»Die Türen haben keine Klinken«, sagte Nicole.

»Gut bemerkt, schöne Frau.« Oberon strahlte sie an. Andi konnte sich ein Grinsen nicht verkneifen, seine Frau wurde wegen des Kompliments doch tatsächlich rot. »Die Tatsache, dass Sie diese behagliche Wohnstatt nicht einfach so verlassen können, ist Teil des Spiels. Es gibt ja auch keinen Grund dafür. Sie haben hier alles für ein luxuriöses Wochenende.«

Andi überhörte die Häme in Oberons Stimme nicht.

»Vielleicht ist es auch Teil des Spiels, einen anderen Ausgang zu finden«, fügte der Spielleiter hinzu. »Alles ist möglich.« Er drehte sich auf dem Absatz; was aussehen sollte wie die Pirouette eines Tänzers, geriet ungewollt komisch.

»Apropos Spiel«. Oberons Grinsen wurde breiter. »Ihr werdet im Laufe der nächsten Tage mit verschiedenen Aufgaben konfrontiert werden. Ob und wie ihr sie löst, entscheidet unter anderem darüber, wie komfortabel ihr es in eurem Apartment habt.«

»Was soll das heißen?« Chris schaute den Spielleiter nicht an, sondern inspizierte Wände und Decken ihrer Unterkunft.

Oberon zog die Schultern hoch und streckte die Arme aus. »Das werdet ihr merken, wenn es an der Zeit ist.«

»Was ist, wenn etwas Unvorhergesehenes passiert? Wenn jemand krank wird zum Beispiel?«

Typisch Nicole, dachte Andi. Sie war die Vorsichtige im Team, wahrscheinlich hatte sie als Einzige eine komplette Hausapotheke samt Fieberthermometer eingepackt.

Oberon richtete den Blick an die Zimmerdecke. Andi verstand sofort, was er meinte, die anderen brauchten ein paar Sekunden länger.

»Kameras«, sagte Chris.

Der Spielleiter nickte übertrieben.

Chris schritt den Raum ab. »Mehrere sogar, da dürfte es keinen toten Winkel geben.«

»Soll das heißen, dass wir ständig überwacht werden?«

»So ist es.« Aus Oberons Stimme war jede Wärme verschwunden. »Außerdem gibt es in jedem Raum einen Panikknopf. Damit beendet ihr das Spiel und ruft Hilfe.«

Jenny schob die Unterlippe vor. »Hängen die Dinger überall?«, fragte sie. Sie ging ins Schlafzimmer. »Tatsächlich«, rief sie. »Ade romantisches Wochenende!«

Chris und Nicole lachten, Andi lief ein Schauer über den Rücken.

Der Spielleiter ließ sich aufs Sofa fallen und streckte die Beine von sich. »Wenn es keine Fragen mehr gibt, bleibt mir nur noch, darauf hinzuweisen, dass Sie sich für die besonders spannende Variante des Wochenendes entschieden haben. Das heißt, es gibt einen fünften Mitspieler.«

»Hier zieht noch jemand ein?« Nicole stemmte die Hände in die im Laufe der Jahre immer breiter gewordenen Hüften. Sie könnte wirklich mal mit einer der Diäten anfangen, von denen sie ständig redet, dachte Andi.

»So war das aber nicht verabredet.«

»Einziehen ist das falsche Wort«. Oberon nahm eine Fernbedienung vom Tisch. Der fast die ganze Wand hinter dem Sofa einnehmende Bildschirm wurde hell. »Der fünfte Gast ist so etwas wie ein menschliches Tamagotchi. Ihr erinnert euch doch noch ...«

»Diese blöden Hühner auf dem Bildschirm eines billigen Plastikeies, für die man mitten in der Nacht aus dem Bett musste, um sie zu füttern.« Jenny winkte ab.

Auf dem Monitor erschien das Bild einer Frau. Sie sah mitgenommen aus, die Haare lagen nass in wirren Strähnen am Kopf. Ihr Make-up war verwischt, ein roter Striemen zog sich quer über das Gesicht.

»Darf ich vorstellen: Sandy.«

»Was ist mit der Frau passiert?« Nicole starrte mit aufgerissenen Augen auf den Bildschirm.

»Nun ...«, sagte Oberon und erhob sich vom Sofa. »Sandy befindet sich seit gestern in einer recht misslichen Lage. Eingepfercht in diese enge Zelle und von überall tropft Wasser hinein.«

Jetzt erst sah Andi, dass die Wände hinter der Frau feucht waren. Wasser lief in einem dünnen Rinnsal nach unten.

»Das ist nicht Ihr Ernst, oder?« Jenny schaute Oberon mit leicht zusammengekniffenen Augen an.

Der Spielleiter lächelte und spitzte kurz die Lippen. »Es liegt in eurer Hand, was mit Sandy passiert. Aber auch das werdet ihr bald erleben.«

Er drehte sich um und ging in Richtung der Tür, durch die sie das Apartment betreten hatten. Er hatte den Raum bereits verlassen, als er sich noch einmal umdrehte.

»Ach übrigens: Sandy kann Euch nicht hören und nicht sehen. Versucht also gar nicht erst, mit ihr Kontakt aufzunehmen.«

Krachend fiel die Tür ins Schloss.

Vier

Freitag. Elf Uhr fünfzig

»Schön hier, nicht wahr?« Jonas trat auf die Wiese neben der Scheune und nickte Bettina zu. Tatsächlich bot sich ihnen ein fantastischer Blick auf den Überlinger See und die Insel Mainau. »Hier sollte ich mal meinen Wohnwagen aufstellen.«

Bettina legte dem jungen Kollegen kurz die Hand auf den Oberarm. In letzter Zeit hatte sie bei Leichenfunden oft das Bedürfnis nach menschlicher Nähe. Ein kurzer Körperkontakt erleichterte die Konfrontation mit dem Tod. »Du willst doch nicht etwa noch einen Winter auf dem Campingplatz wohnen?«

Jonas Quandt zuckte mit den Schultern. Sie hatten häufig darüber geredet, dass dieses Zigeunerleben im Wohnwagen ein Ende haben musste. Solange sich allerdings keine bezahlbare Wohnung in der Stadt fand, zog er den Wohnwagen einer Bleibe weit weg vom Arbeitsplatz vor.

»Ziemlich heruntergekommener Schuppen.« Bettina straffte die Schultern und deutete auf das Fachwerkgebäude, dessen windschiefes Dach keinen vertrauenerweckenden Eindruck machte.

»Sollte in Kürze renoviert werden«, sagte Quandt. »Doch solange Bootsbesitzer bereit sind, für jedes Winterquartier horrende Summen zu zahlen ...«

Womit wir wieder beim Thema wären, dachte Bettina, wollte sich jetzt aber nicht mehr ablenken lassen. Langsam ging sie auf den Eingang zu. Die Sonne stand hoch und der Innenraum lag im Dunkeln, wodurch das Scheunentor wie ein gefräßig aufgesperrtes Maul wirkte. Ihre Augen brauchten ein paar Sekunden, bis sie sich der Dunkelheit angepasst hatten. Drei Tatortermittler in weißen Plastikoveralls knieten auf dem Boden, gelbe Nummerntafeln markierten Beweisstücke.

»Bleibt, wo ihr seid!«, blaffte Grendel sie an. Der Chef der Kriminaltechnik schien schlechter Laune zu sein. Wollte er nicht heute in den Urlaub fahren? Nordsee, wenn Bettina sich richtig erinnerte. »Der Tatort ist eh schon kontaminiert bis zum Gehtnichtmehr.«

Ein Blitz erhellte den Raum. Der Fotograf ging in die Knie und richtete die Kamera auf den am Boden liegenden Körper.

»Lass mal sehen«, rief Bettina, die keine freie Sicht auf die Leiche hatte. Nils Kröning schlenderte auf sie zu, ohne den Blick vom Display der Kamera zu nehmen. »Grendel ist heute noch unerträglicher als sonst«, sagte er und hielt Bettina die Kamera entgegen. Jonas stellte sich hinter sie und schob seinen Kopf über ihre Schulter. Langsam klickten sie sich durch die Bilder. Der Tote lag auf dem Rücken, die Arme auf der Brust gekreuzt, die Beine ausgestreckt. Am rechten Fuß fehlte der Schuh, ansonsten war der Mann vollständig bekleidet: Jeans, kariertes Hemd. Der Kopf war leicht nach rechts geneigt, die Augen waren fast vollständig geschlossen, der Mund wie zu einem letzten Schrei aufgerissen.

»Wie alt schätzt du ihn?«, fragte Quandt und riss Bettina aus der Überlegung, ob der Gesichtsausdruck des Toten eher friedlich oder panisch war.

»Ungefähr dreißig«, antwortete Bettina.

»Irgendwas zur Identität des Mannes?«, rief sie ohne aufzublicken in den Raum.

»Was schreist du so?« Grendel stand nur einen Meter entfernt und schüttelte den Kopf.

»Was jetzt?«, fragte Bettina verärgert darüber, dass ihr der Spurensicherer die Informationen nicht präzise und schnell präsentierte. Als ob er das jemals getan hätte.

»Wir haben keine Papiere gefunden und auch sonst nichts, das uns bei der Identifizierung helfen kann.«

Jonas stöhnte auf. »Warum kann ein Leichenfund nicht mal klar und einfach sein?«

»Dafür sieht die Leiche gut aus, Nils kann ein paar Porträts schießen, dann habt ihr was, das ihr Zeugen vorlegen könnt. Vielleicht erkennt ihn jemand.«

Bettina nickte dem Fotografen zu, der zurück zur Leiche ging.

»Kannst du schon was zur Liegezeit sagen, Hartmut?« Jonas hob den Kopf, um über Grendels Schulter Kröning bei der Arbeit zuzusehen.

Der Kriminaltechniker schüttelte den Kopf. »Dafür ist es viel zu früh, außerdem sollten wir die Todeszeitbestimmung dem Rechtsmediziner überlassen, findet ihr nicht?«

»Nun komm schon, Hartmut!« Bettina trat einen Schritt auf den Kollegen zu. »Mit deiner Erfahrung schätzt du das doch ziemlich präzise ein.«

»Danke für das Kompliment, aber in diesem Fall ist das zu heikel. Möglicherweise ist der Mann nicht hier gestorben, das erschwert die Bestimmung von Tatzeitpunkt und Liegezeit.«

»Wer hat die Leiche gefunden?«, fragte Bettina, die außer den Ermittlern niemanden am Tatort sah.

»Vier Kinder im Alter von vierzehn und fünfzehn Jahren, zwei Jungs, zwei Mädchen. Wir haben ihnen psychologische Betreuung besorgt, das war schon ein ziemlicher Schock.«

»Was wollten die Kinder hier?«

Jonas zuckte mit den Schultern. »Was Kinder in dem Alter halt so machen. Eine alte Scheune wie diese ist besser als ein Abenteuerspielplatz. Die Kollegen haben Kippen gefunden und ...« Er schnippte mit zwei Fingern und deutete auf eine Spurentafel. Ein Ermittler bückte sich und hob einen dünnen Gummischlauch vom Boden, den Bettina im Zwielicht der Scheune erst auf den zweiten Blick erkannte. »Du meinst, sie hatten Sex?«

»Ich denke, sie hatten es vor, aber es kam nicht mehr dazu. Das Kondom ist unbenutzt.«

Bettina schluckte. Die Kinder waren nicht älter als fünfzehn. Ob die Eltern wussten, was sie taten? Wie würde sie reagieren, wenn Leah eines Tages ... Sie verdrängte den Gedanken, das hatte noch vierzehn Jahre Zeit.

»Kannst du schon was zur Todesursache sagen?«, rief sie Grendel hinterher, der zurück zur Leiche ging. Er schüttelte den Kopf.

»Also ist auch ein natürlicher Tod möglich?«

Grendel blieb abrupt stehen. »Alles ist möglich. Immer.«

Fünf

Freitag. Zwölf Uhr vierzig

»Ich habe immer gesagt, dass das eine Schnapsidee ist.«

Chris maulte rum, seit der Spielleiter gegangen war. Er war von Anfang an gegen die Idee gewesen. Als Andi vor zwei Monaten vorgeschlagen hatte, statt eines Ausflugs in den Schwarzwald ein Wochenende im Mystery Hotel zu verbringen, hatte er mehr zusammenhängende Sätze gesprochen als sonst an einem ganzen Abend. »Ich habe was über diese ›Live Escape Games‹ gelesen«, hatte er gebrummt. »Das ist nur was für Leute, die nicht erwachsen werden können. Wir haben alle den dreißigsten Geburtstag hinter uns, und bis jetzt hat sich niemand für Computerspiele interessiert, oder irre ich mich da?«

Die Diskussion war lebhaft gewesen, aber Chris stand auf einsamem Posten. Die Mädels waren Feuer und Flamme. Vor allem Jenny war begeistert gewesen – und Chris hatte ihr noch nie etwas abschlagen können.

Andi lehnte sich entspannt im Sofa des Wohnzimmers zurück. Immerhin hatten sie die Zimmeraufteilung ohne Streit erledigt, die Schlafzimmer waren absolut identisch. Er warf einen Blick über die Schulter in den angrenzenden Raum, wo Jenny ihren Koffer auspackte. Vielleicht konnte er einen Blick auf ihre Unterwäsche erhaschen, wenn sie die winzigen Kleidungsstücke in den Schrank räumte. Sie bemerkte seinen Blick und streckte ihm die Zunge raus. Er war immer noch scharf auf sie. Der Gedanke an die Nacht im Bootshaus am See ließ seinen Blutdruck sofort steigen, obwohl es sieben Jahre her war. Manchmal fragte er sich noch heute, warum es bei diesem einen Mal geblieben war. Warum hatte sich Jenny für seinen alten Freund Chris entschieden, den großen Schweiger? Ausgerechnet die lebenslustige Jennifer.

»Ich habe Hunger«, maulte Nicole aus der Küche. »Aber hier gibt es nichts.«

Andi schluckte die Bemerkung hinunter, dass ein paar Tage Fasten ihr guttun würden, er wollte die Stimmung nicht endgültig vergiften.

»Das kann nicht sein«, sagte er. »In der Buchungsbestätigung steht eindeutig ›Vollpension, bestehend aus Frühstück, Mittag- und Abendessen, Getränke inklusive‹.« Er sprang vom Sofa auf und ging in die Küche. Nicole hielt die geöffnete Kühlschranktür in der Hand und deutete ins Innere. »Hier drin findest du nicht ein einziges Salatblatt.«

Andi öffnete ein paar Schränke, außer Gläsern, Geschirr und Besteck fand er nichts, mit dem sie ein Essen zubereiten konnten.

»Vermutlich ist das schon Teil dieses bekloppten Spiels«, sagte Chris. Er lehnte sich betont lässig an den Türrahmen. Andi atmete tief durch, um die aufsteigende Aggression im Zaum zu halten. Er hasste es, wenn Chris den Überlegenen spielte.

»Was soll schon sein«, sagte er betont ruhig. »Es steht nirgendwo, dass wir selbst kochen müssen. Bei dem Preis erwarte ich perfekten Zimmerservice.«

Der Monitor in der Küche flammte auf, aus dem Lautsprecher kam ein Knacken. Andi erschrak. Erst jetzt wurde ihm bewusst, dass es in jedem Raum einen Bildschirm gab, zum Teil sogar mehrere, sodass man von jedem Punkt freie Sicht darauf hatte.

Als handelte es sich um eine Liveübertragung von einem fernen Planeten, dauerte es ein paar Sekunden, bis das Bild des Spielleiters scharf gestellt war.

»Keine Panik, Leute!« Der Mann grinste und legte den Kopf leicht schief. Was für ein mieser Schauspieler dachte Andi, kam aber nicht dazu, etwas zu sagen.

»Selbstverständlich werden euch die Mahlzeiten ins Apartment geliefert.«

Nicole klatschte in die Hände.

Oberon, oder wie der Kerl in Wirklichkeit auch heißen mochte, hob abwehrend die Hände. »Über die Qualität der Speisen und Getränke entscheidet ihr allerdings selbst.«

Das Bild auf dem Monitor erlosch.

Jenny, die neben ihren Mann Chris getreten war, stöhnte auf. »Na prima. Und was soll das jetzt heißen?«

»Wahrscheinlich gibt es eine Aufgabe, die wir lösen müssen. Je nachdem, wie gut uns das gelingt, bekommen wir Kaviar oder Currywurst.« Andi lachte. »Am besten drehen wir jede Tasse und jeden Teller um, irgendwo muss sich eine Nachricht verstecken.«

Drei Minuten später fand Nicole einen Zettel, der unter eine Suppenschüssel geklebt war. Sie hob ihn wie eine Trophäe in die Höhe, ehe sie ihn übermäßig akzentuiert vorlas.

»Eine Frau betritt eine Straße. Sie sieht ein rotes Haus und weiß sofort, dass sie pleite ist. Warum?«

»Wäre es ein Mann, wüsste ich die Antwort.« Andi grinste.

»Und?« Jenny stemmte die Hände in die Hüften.

»Na ja ...«, begann Andi, der sich ärgerte, vorgeprescht zu sein. »Rotes Haus, Bordell, Mann ...«

»Du denkst doch an nichts anderes.« Jenny schüttelte den Kopf. Andi bemerkte Nicoles verärgerten Blick.

Sie diskutierten ein paar Minuten, bis Chris wie ein Schüler die Hand hob. Ausgerechnet Chris. »Die Hotels bei Monopoly sind rot. Wenn es auf der Schlossallee steht und die Frau dort gelandet ist ...«

Christian hatte den Satz nicht zu Ende gesprochen, als eine Klingel ertönte. Jenny ging zur Tür und drückte auf eine Taste rechts davon. Die Tür sprang auf, davor stand ein Servierwagen. Jenny schob ihn herein. Aufgeregt wie eine Schülergruppe auf Klassenreise hoben sie die Deckel von den Töpfen. Feinste Delikatessen waren ansprechend angerichtet. Allein der Geruch ließ Andi das Wasser im Mund zusammenlaufen.

»Na, geht doch!«, rief Nicole und beeilte sich, den Tisch in der Küche zu decken.

Ein paar Minuten später machten sie sich schweigend über das feine Mahl her.

»Na, na!«

Die schneidende Stimme des Spielleiters holte sie aus der genießerischen Stille. Wieder flackerte der Bildschirm, diesmal erschien das Bild der geschundenen Frau. Andi schluckte ein Stück Fleisch hinunter. Die Szene konnte einem schon den Appetit verderben. Das Rinnsal hinter der Frau war stärker geworden, sie starrte die Essenden aus aufgerissenen Augen an, als wollte sie ihnen die Bissen aus dem Mund stehlen.

»Habt ihr Sandy vergessen?« Der Spielleiter flüsterte die Frage.

»Auch sie hat Hunger.«

Jenny legte ihr Besteck auf den Teller. Angewidert schob sie ihn zurück.

Sechs

Freitag. Dreizehn Uhr dreißig

Bei der ersten großen Runde nach einem Leichenfund war es leicht, die Konzentration aller Ermittler hochzuhalten. Alle hatten sich im Besprechungsraum des Kommissariats 1 eingefunden. Stephanie Bohlmann war erst jetzt zum Team gestoßen; sie hatte heute einen freien Tag, aber der hatte sich erledigt. Auch Hartmut Grendel war vom Tatort zurückgekommen, seine Leute würden die verbleibende Sicherung und Dokumentation der Spuren auch ohne ihn schaffen. Die Leiche war bereits auf dem Weg in die Freiburger Rechtsmedizin. Restle wollte die Obduktion noch heute durchführen. »Sonst ist wieder das ganze Wochenende verdorben«, hatte er Bettina verärgert geantwortet, die auf eine schnelle Leichenöffnung gedrängt hatte. Wie oft in der letzten Zeit hatte sich auch Schober zu ihnen gesellt. So wenig sich der Kriminaldirektor früher in das Alltagsgeschäft eingemischt hatte, so gerne zeigte er sich seit Wochen als Teil des Ermittlerteams.

Bettina überlegte, ob sie Stephanie und Jonas zur Leichenöffnung schicken könnte. Eigentlich war es ihre Aufgabe als Dienstranghöchste, aber man wusste nie, wie lange eine Obduktion dauerte. Sie wollte ihre Verabredung nur ungern absagen. Alles war noch so frisch, weder sie noch er wussten, wohin es sie tragen würde. Sie spürte ein Ziehen in der Bauchgegend. Grönemeyers Schmetterlinge, dachte sie und verkniff sich ein Lächeln.

»Was für eine Katastrophe«, sagte Schober. »Konnte dieser Fall nicht noch warten, bis Thal endlich seine Kur beendet hat?« Er beugte sich über den Tisch in Bettinas Richtung. »Sie sind doch mit ihm und seiner Schweizer Lebensgefährtin befreundet, hat er sich inzwischen geäußert, ob er zurück in den Dienst kommt?«

Bettina unterdrückte den Impuls, Schober darauf hinzuweisen, dass ›Lebensgefährtin‹ ein unpassender Begriff für Madlaina war. Schweigend schüttelte sie den Kopf.

»Wenn nicht ...«, fuhr der Kriminaldirektor in seiner leiernden Sprechweise fort, der er den Spitznamen Imam verdankte, »... sollte ich mich schleunigst um Ersatz kümmern.«

So einfach war das also. Jeder war zu ersetzen, selbst Alexander Thal, den Schober erst vor zwei Monaten als den wichtigsten Beamten der Konstanzer Kriminalpolizei bezeichnet hatte. Bettina spürte, wie sich ein Kloß in ihrem Hals bildete. Würde nicht jede Schwäche, die sie bei den Ermittlungen zeigte, ihre Chancen schmälern, Kommissariatsleiterin zu werden? Wie oft hatte Thal gesagt, dass er jederzeit aufhören könnte, weil seine Nachfolge geklärt wäre! Aber sah Schober das auch so? Würde er einer Frau diesen Posten überhaupt zutrauen? Er konnte ein richtiger Chauvinist sein, hatte sie aber auch oft als herausragende Ermittlerin gelobt. Außerdem: Wollte sie überhaupt die Chefin dieser Gruppe sein? Sie schraubte eine Mineralwasserflasche auf und trank einen Schluck. Aus dem Augenwinkel beobachtete sie Schober. Er lockerte die Krawatte und ruckte nervös auf seinem Stuhl hin und her. Auch wenn sie nichts mehr hoffte, als dass Thal zurückkam, musste sie Stärke zeigen. Junge Liebe hin oder her.

»Ich fahre mit Jonas nach Freiburg«, sagte sie und war froh, dass ihre Stimme nicht zitterte. Sie nickte Grendel zu, der ohne weitere Aufforderung von den Ergebnissen der Tatortermittlung berichtete.

»Im Grunde haben wir nicht viel. Der Raum an sich gab nichts her. Nur die Kinder haben die eine oder andere Spur hinterlassen.« Er grinste Bettina an. »Ansonsten machte es den Eindruck, als hätte jemand gründlich aufgeräumt.«

»Habt ihr den Besitzer danach gefragt?«

Grendel nickte. »Er war seit Wochen nicht mehr dort, er vermietete die Scheune als Winterlage für Boote und die war deshalb leer. Sauber gemacht hat er nicht.«

»Und das heißt?«, fragte Schober.

»Dass vermutlich der oder die Täter alle Spuren beseitigt haben«, antwortete Stephanie. »Was ist mit der Leiche? Gibt es da irgendwelche Hinweise?«

»Fehlanzeige.« Grendel klappte sein Notebook auf und drehte es so, dass alle einen guten Blick auf den Bildschirm hatten. »Wie ihr seht, hat der Tote leichte Verletzungen an Händen und Füßen. Die scheiden als Todesursache allerdings aus.«

»War der Fundort auch der Tatort?«, fragte Stephanie.

Grendel blickte kurz aus dem Fenster, als könnte er dort die Antwort auf die Frage finden. »Hundertprozentig kann ich das nicht sagen, tendiere aber eher dazu, dass der Mann woanders gestorben ist. Wir müssen die Analyse des Materials abwarten, das wir an der Kleidung des Mannes gesichert haben.«

Stille legte sich über den Raum. Sie hatten nichts, keine Ansatzpunkte für eine Ermittlung. Es war zwar nicht das erste Mal, dass sie am Anfang eines Falls nicht genug Fakten hatten, um tragfähige Hypothesen zu entwickeln, trotzdem deprimierte es die Ermittler jedes Mal aufs Neue.

»Das Wichtigste ist jetzt die Identität des Toten«, beendete Bettina das Schweigen. »Stephanie, das ist deine Aufgabe, während Jonas und ich in Freiburg sind.«

Sie wandte sich Grendel zu, der sein Notebook zusammenklappte. »Hartmut, du versuchst mit deinen Leuten, alles über den Tatort herauszufinden. Man weiß nie, welche Kleinigkeit irgendwann einmal wichtig werden könnte.«

Sie machte eine Pause und schaute Schober an. »Außerdem müsste dringend jemand mit den Kindern reden. Vielleicht ist ihnen doch etwas aufgefallen, das sie aufgrund des Schocks verdrängt haben. Am besten ...«

Der Imam hob beide Hände. »Sie wollen, dass ich Thals Schweizer Freundin engagiere, richtig?«

Bettina nickte.

Sieben

Freitag. Vierzehn Uhr fünfzig

»Ich muss pinkeln. Außerdem tut mir langsam alles weh von diesem scheiß unbequemen Hocker. Und diese Nässe. Ich hol mir noch den Tod.«

Jacky schniefte. Sie maulte seit einer Viertelstunde rum. Bublitz nickte Hamid Keser zu. Es war Zeit, sie für ein paar Minuten rauszulassen.

»Gib mir zehn Sekunden«, sagte Hamid. Er drückte ein paar Knöpfe und zog einen Regler nach unten. »In Position!«

Jacky setzte sich aufrecht, richtete den Blick starr nach vorne und verschränkte die Hände vor der Brust. Hamid schob einen anderen Regler nach oben und drehte den Schreibtischstuhl nach hinten. »Okay, Sandy! Released! Video läuft.«

Die Tür zu einer Kabine, die Ähnlichkeit mit einer Selbstbausauna hatte, wurde aufgerissen und Jacky stürzte hinaus. Mit leicht verzerrtem Gesicht rannte sie zur Toilette.

Nick Bublitz konnte sich ein Grinsen nicht verkneifen. Das Tamagotchi in der Zelle, wie sie den zusätzlichen Kick für die Spieler nannten, erwies sich mehr und mehr als genialer Einfall. Schade, dass er die Idee nicht ausschließlich für sich reklamieren konnte. So genau wussten weder er noch sein Freund Darius, wer als Erster darauf gekommen war. Auf jeden Fall peppte es die Gesamtinszenierung deutlich auf – von der zusätzlichen Einnahme ganz abgesehen. Die war zwar bei Weitem nicht so hoch wie die Erträge aus seinem zweiten Nebengeschäft, aber Kleinvieh machte bekanntlich auch Mist, und das Mystery Hotel lief noch lange nicht so gut, wie er es sich erhofft hatte.

»Die Kleine ist ein Kracher«, sagte Otto und schaute Jacky nach. Dabei schraubte er an einer Zwinge herum, mit der er einen frisch geleimten Bilderrahmen fixierte.

»Musst du den Regieraum eigentlich unbedingt zur Werkstatt machen?«, maulte Hamid.

»Solange Nick keinen Requisiteur einstellt, bleibt mir nichts anderes übrig.«

Bublitz grinste still vor sich hin. Die Sticheleien seiner beiden Mitarbeiter gehörten von Anfang an zum Arbeitsalltag. Ursprünglich hatte er Otto Scharfenberg als Spielleiter eingestellt. Er begrüßte die Kunden und führte sie durch die Inszenierung. Nur ihn bekamen die Spieler im Apartment leibhaftig zu sehen, er war das Gesicht des Unternehmens. Für diese Rolle hätte er keinen Besseren finden können. Otto war groß und hager, der schwarze Anzug, den er bei der Gästebegrüßung trug, stammte aus längst vergangenen Zeiten. Otto musste mindestens zwanzig Kilo abgenommen haben, so schlackerte das Jackett um seinen Oberkörper. Der schräg auf den Kopf gesetzte Zylinder unterstrich die Wirkung. Derart ausstaffiert sah Otto Scharfenberg alias Oberon aus wie ein Bestatter. Dass er als gelernter Schreiner über die handwerklichen Fähigkeiten verfügte, die Technik zu warten und die Requisiten in Schuss zu halten, war ein angenehmer Nebeneffekt.

Hamid Keser war das genaue Gegenteil. Der türkischstämmige Mann, den Nick seit Studientagen kannte, war klein, dafür zeugte ein ausgeprägter Bauch von seinem Hang zum Genuss. Er war der wichtigste Mann im Betrieb, denn er allein kannte alle technischen Finessen, mit denen sie den Spielern im Apartment das Leben zur Hölle machen konnten.

Jacky verdiente ihr Geld in erster Linie damit, kaum bekleidet auf den Tischen eines Nachtklubs in der Kreuzlinger Straße zur Belustigung volltrunkener Schweizer zu tanzen. Nick war nicht sicher, ob sie wirklich Jacky hieß, möglicherweise handelte es sich um einen Künstlernamen, aber das spielte keine Rolle. Mit ihr hatten sie einen guten Fang gemacht. An der Kleinen war eine Schauspielerin verloren gegangen, so wie sie es draufhatte, die geschundene Kreatur in der Zelle zu geben. Hatte Darius nicht einmal ihren Nachnamen genannt? Nick hatte keine Unterlagen über die Dame, sie bekam ihr Geld jeden Abend bar auf die Hand. Kosten, die er Darius in Rechnung stellte, der fragte nicht nach Belegen.

»Was haltet ihr von unseren Gästen?«, fragte Nick.

»Langweiler«, brummte Hamid.

»Da bin ich mir noch nicht so sicher«, wandte Otto ein. »Ich habe so ein Gefühl, dass die vier schon mal Bäumchen-wechsel-dich gespielt haben.«

Hamid lachte auf. »Die Kamera im Schlafzimmer hat der Blonden mit den großen Hupen jedenfalls überhaupt nicht gefallen.«

Nick grinste. Die Überwachung der Schlafzimmer irritierte alle Mitspieler am Anfang. Nur auf den Toiletten gab es keine Kameras. Zumindest waren keine zu sehen.

Die Toilettentür wurde lautstark aufgerissen. Jacky war keine Frau der leisen Auftritte. Sie zog schwungvoll einen Stuhl übers Parkett, setzte sich rittlings darauf und fingerte eine Zigarette aus einer zerknautschten Packung. Ungeschminkt war sie keine Schönheit, Nick konnte sich trotzdem gut vorstellen, wie die Typen im ›Alibaba‹ sabberten, wenn sie zurechtgemacht und im Bühnenoutfit die Brüste kreisen ließ. Sie nahm einen Zug und blies den Rauch durch ihre gespitzten Lippen.

»Wie geht's weiter? Denkt dran: Ich muss heute Abend in die Bar, ich kann da unmöglich schon wieder fehlen.«

Nick wollte protestieren, aber Hamid winkte lässig ab. »Kein Problem. Wir lassen dich einfach schlafen. Immerhin haben wir Sandy zehn Stunden selig träumend auf der Festplatte.«

»Alles jugendfrei?«, fragte Jacky mit übertrieben aufgerissenen Augen.

»Machst du dir etwa darüber Sorgen?« Otto grinste sie frech an.

Jacky sprang auf, schob den Stuhl zur Seite und griff nach Ottos schwarzer Krawatte. Sie zog ihn zu sich und blies ihm Rauch ins Gesicht. »Ich weiß doch, dass bei dir Notstand herrscht. Nicht, dass mal mein nacktes Tittchen aufblitzt und du nicht weißt, wie du den Druck loswerden sollst.«

»Ihr solltet lieber unsere Gäste beschäftigen«, sagte Nick, dem eindeutig zu viel Sex in der Luft lag.

»Stroboskop?«, fragte Otto.

»Warum nicht«, sagte Hamid und legte die Hand auf einen Hebel.

Otto räusperte sich und griff zum Mikrofon. »Wir haben leider ein kleines Problem. Unsere Stromspannung ist extremen Schwankungen ausgesetzt. Wenn es gleich ein bisschen blitzt ... Aber vielleicht findet ihr ja den richtigen Schalter.« Er ließ sein diabolisches Oberon-Lachen hören, selbst Nick lief ein Schauer über den Rücken.

Hamid legte den Hebel um. Das Licht in den Räumen des Mystery Hotels erlosch und das Stroboskop setzte ein.

»Und du schwingst deinen hübschen Hintern wieder in die Zelle«, wies Nick Jacky an. »Wenn sie das Licht repariert haben, müssen sie sich um dich kümmern.«

Acht

Freitag. Sechzehn Uhr fünf

»Was für eine Hitze!«

Jonas lief so schnell über den Flur der Freiburger Rechtsmedizin, dass Bettina Mühe hatte, ihm zu folgen. Normalerweise hatte es niemand eilig, den Sektionssaal zu erreichen, aber jetzt sehnte er sich nach der Kühle des klimatisierten Raums. Sie hatten während der Fahrt vor allem über Thal geredet. Alle im Team hofften, dass er zurückkommen würde, vor allem aber Jonas. Thal war sein Mentor, und er wusste, dass er ihn brauchte, obwohl er inzwischen schon viel erfahrener war.

Bettinas Handy klingelte. Er verlangsamte seine Schritte, um ihr Zeit für das Telefonat zu geben. Außerdem hatte er Gelegenheit, seiner Müdigkeit zu Leibe zu rücken. Er zog ein Fläschchen Krating Daeng aus der Tasche, schraubte es auf und stürzte es in einem Zug herunter. Bettina wandte ihm den Rücken zu und presste das Smartphone ans Ohr, als wollte sie verhindern, dass auch nur ein einziger Ton nach außen drang. Jonas hatte das Gefühl, einem intimen Moment beizuwohnen, konnte aber nicht verhindern, dass er ein paar Worte aufschnappte. Die Kollegin bedauerte etwas und versicherte dem Anrufer, dass sie sich heute noch melden würde. Jonas schaute sich nach einem Papierkorb um, als er keinen entdeckte, steckte er das leere Glasfläschchen zurück in die Hosentasche. Bettina hatte das Gespräch beendet und schwieg.

Sie hat ein Verhältnis, dachte Jonas. Allerdings machte die Kollegin ein Geheimnis darum. Dafür sprach ihr Lächeln Bände. Jonas spürte, dass er neidisch war. Ihm fehlte eine Beziehung, aber wie sollte er jemanden kennenlernen, wenn er zwölf Stunden am Tag Verbrechern hinterherjagte.

»Können wir?«, fragte Bettina.

Jonas öffnete die Tür zum Sektionssaal und ließ Bettina den Vortritt.

»Die Frau Berg beehrt uns mal wieder!« Gerhard Restle ließ das Diktiergerät sinken und ging mit ausgestreckter Hand auf Bettina zu. »Und wie immer gekleidet wie zu einem Rendezvous.« Jonas konnte sich ein Grinsen nicht verkneifen. Bei der Kollegin gab der Rechtsmediziner immer den Gockel. Die Bemerkung über ihr Aussehen stimmte allerdings. Bettina trug ein weißes Sommerkleid, das knapp über den Knien endete. Das Oberteil war asymmetrisch geschnitten und betonte ihre immer noch fantastische Figur. Es fehlte nur ein großer Hut und Bettina hätte perfekt in den Raffaello-Spot gepasst.

Fiona Lee, Restles Assistentin, grinste Jonas an. Er mochte die gebürtige Asiatin mit dem schwäbischen Akzent, die neben dem bulligen Restle beinahe unsichtbar war.

»Wir haben uns erlaubt, schon anzufangen«, sagte der Rechtsmediziner und schüttelte Jonas die Hand, konnte die Augen allerdings nicht von Bettina lassen. Wenn Jonas die Blickrichtung richtig deutete, starrte er auf ihren Hintern.

»Was haben wir, Doktor?« Bettina klang sachlicher als sonst. Hatte sie Restles lüsternen Blick bemerkt?

»Männliche Leiche, Alter zwischen dreißig und fünfunddreißig, einen Meter zweiundachtzig groß, schlank. Der Mann ist äußerlich betrachtet in einem recht guten Zustand, sieht man von seiner Exsikkose ab.«

»Seiner was?« Jonas ärgerte sich jedes Mal, wenn die Rechtsmediziner in ihren Fachjargon verfielen.

»Austrocknung«, erklärte Fiona Lee. Sie deutete auf den Arm und die Brust des Mannes. »Überall Kratzspuren.«

»Und was sagt uns das?«, fragte Bettina.

»Juckreiz ist eine typische Begleiterscheinung des Verdurstens.«

Jonas nickte Fiona Lee zu. Er mochte ihre knappen Erklärungen, Bettina hatte allerdings noch Fragen.

»Wie habe ich mir das Verdursten vorzustellen? Wie lange kann man überhaupt ohne Wasser überleben?«

Restle plusterte sich neben seiner Mitarbeiterin zu voller Größe auf und begann zu dozieren. »Nach zwei bis drei Tagen ohne Wasser wird es gefährlich. Wenn zu wenig Flüssigkeit zur Verfügung steht, bringen sich die Nieren sozusagen selbst um. In der Folge dieses Nierenversagens vergiftet sich der Körper selbst. Stoffwechselprodukte wie Harnstoff und Harnsäure werden nicht mehr ausgeschieden. Die Haut verfärbt sich bräunlich und beginnt zu jucken, Atem und Haut riechen nach Urin. Schon nach kurzer Zeit schädigen die Giftstoffe Gehirn, Muskelgewebe und Nervenzellen.«

»Und dann stirbt man an dieser Vergiftung.«

»Am Ende bringt einen das Kalium um, dessen Konzentration im Blut massiv ansteigt. Dadurch gerät das Herz aus dem Takt und irgendwann bleibt es einfach stehen.«

»Kein schlechter Tod, möchte ich meinen.« Jonas schaute Fiona Lee fragend an.

»Ich weiß nicht«, sagte die zierliche Frau und machte einen Schritt zur Seite, als müsste sie aus Restles Schatten treten. Vorher wird das Opfer apathisch und fällt ins Koma. Wir wissen nicht wirklich, was das bedeutet. Möglicherweise leiden Verdurstende furchtbare Qualen.

»Wie lange dauert das Martyrium?«

»Drei bis vier Tage«, antwortete Lee. »Wobei der Zeitraum stark von der Umgebungstemperatur abhängig ist.«

Jonas beugte sich über die Hand des Mannes auf dem Seziertisch. Er deutete auf die Finger, deren Kuppen aufgeplatzt waren. »Erklären sich diese Verletzungen mit dem Todeskampf?«

»Eher nicht«, sagte Lee und schaute ihren Chef skeptisch an. »Für mich sieht das so aus, als hätte jemand versucht, etwas mit Gewalt zu öffnen.«

Restle machte eine abwertende Handbewegung. »Schluss mit den Spekulationen, die haben in diesem Raum nichts zu suchen. Hier geht es um exakte Wissenschaft.«

Er drehte sich um und nahm eine Säge vom Tisch. »Schauen wir uns den Mann mal genauer an.«

Kraftvoll setzte er das Säge an.

Bettina stöhnte leise auf.

Neun

Freitag. Siebzehn Uhr fünfundvierzig

»Bingo!«

Stephanie hielt die rechte Hand hoch und Grendel klatschte sie ab. Es hatte eine Weile gedauert, bis der Spurensicherer seinen Ärger über seinen geplatzten Urlaub verdaut hatte. Zum Glück hatte er keine Reise gebucht, ohne ihn wären die Ermittlungen noch zäher gewesen. Vor einer halben Stunde hatten sie die Fingerabdrücke des Toten ins System gespeist – mit Erfolg. Es handelte sich um den zweiunddreißig Jahre alten Marco Ahrend. Der Mann hatte in den vergangenen Jahren mehrfach wegen Diebstahls und Einbruch vor Gericht gestanden.

»Wenn man unerkannt aus dem Leben scheiden will, sollte man sich vorher nichts zuschulden kommen lassen«, sagte Grendel.

»Du bist noch nicht davon überzeugt, dass wir es mit einem Mord zu tun haben, oder?«

»Bevor der Leichenschnippler keine Todesursache rausgerückt hat, lege ich mich da nicht fest.«

Stephanie hatte in den letzten Jahren oft genug erlebt, dass Grendel mit seiner Skepsis recht hatte. Kriminalpolizisten neigten dazu, immer das Schlimmste anzunehmen. Gut, sie lagen damit oft richtig, aber manchmal war alles harmloser als gedacht.

Stephanie druckte das Datenblatt von Marco Ahrend aus. Als letzte bekannte Adresse war ›Breslauer Straße‹ eingetragen. Wenn sie Glück hatten, war er seitdem nicht umgezogen. Aber auf das Glück war kein Verlass, so viel war sicher.

Madlaina öffnete die Tür einen Spaltbreit und streckte den Kopf zur Tür herein. »Darf ich reinkommen?«

»Was für eine Frage!«

Stephanie mochte Madlaina Veicht. Ihre Erfahrung als Fallanalytikerin beim FBI hatte ihnen schon bei einigen Ermittlungen geholfen. Außerdem bewunderte sie die Schweizerin, die ihre Stelle bei der St. Galler Kantonspolizei für eine Karriere als Sängerin der ›Olsenbande‹ gekündigt hatte. Der Erfolg gab ihr Recht, die Band tourte durch Europa und die Konzerte waren ausverkauft. Geschmeidig schlüpfte die große Frau ins Büro und füllte den Raum sofort aus. So was nennt man wohl Bühnenpräsenz, dachte Stephanie.

»Haben die Kinder irgendetwas Brauchbares gesagt?«, fragte Grendel. Er senkte den Blick und tat so, als vertiefte er sich in seine Notizen. Stephanie wusste, dass es ihm nicht leicht fiel, Madlaina zog die Blicke aller Männer magisch an. Wie immer war sie ganz in Schwarz gekleidet, wie immer waren die Bluse eng, der Rock kurz und die Absätze hoch. Dabei wirkte sie nicht die Spur ordinär. Sie war einfach nur ganz sie selbst.

»Aus denen bekommen wir nichts raus. Ich habe ihnen zwar zugesichert, dass wir das Kondom aus den Protokollen raushalten, trotzdem fiel ihnen nichts Neues mehr ein.«

»Kinder sind meist schlechte Zeugen.« Grendel stand auf und ging zur Tür. Ohne sich umzudrehen, verabschiedete er sich mit einem »Ich muss dann mal.«

Madlaina schaute Stephanie mit hochgezogenen Augenbrauen an. »Was war das denn?«

»Schlechte Laune wegen seines verpatzten Urlaubs«, antwortete Stephanie.

»Sollen wir die Adresse überprüfen?« Madlaina tippte auf den Ausdruck von Ahrends Datenblatt.

»Ich habe die uniformierten Kollegen schon losgeschickt. Warten wir ab, was sie melden.«

Die Tür wurde geöffnet. Stephanie vermutete, dass Grendel noch etwas eingefallen war, aber es war Thal, der lächelnd das Büro betrat.

»Zwei Frauen ermitteln ganz allein? Da ist es ja gut, dass ich mal vorbeischaue.«

»Was willst du denn hier?«, fragte Stephanie und ärgerte sich sofort über diese spontane Äußerung. Warum konnte sie nicht einfach mal den Mund halten?

»Schön, dass du dich freust, mich zu sehen.« Thal grinste noch immer.

»Warum wundert es mich nicht, dass du hier auftauchst, Alex?«

Thal lächelte seine Freundin an und Stephanie lief eine Gänsehaut über die Arme.

»In der Klinik ist jetzt Wochenende, da spielt sich nichts ab. Rumsitzen kann ich auch zu Hause, außerdem gibt es da den besseren Espresso. Ihr könnt euch nicht vorstellen, was ich in den letzten Wochen vorgesetzt bekommen habe.«

»Von Madlaina wirst du in den nächsten Tagen nicht viel haben«, sagte Stephanie und biss sich auf die Lippen.

Thal grinste über das ganze Gesicht und auch Madlaina konnte sich den Ansatz eines Lächelns nicht verkneifen.

»Ich habe schon gehört, dass Bettina dich angefordert hat.« Thal drückte seiner Freundin einen Kuss auf die Wange, was sie mit geschlossenen Augen zu genießen schien.

Stephanie hielt die Luft an. Bisher waren die beiden im Präsidium distanziert miteinander umgegangen, wie Kollegen und nicht wie ein Paar. Augenscheinlich hatte Thal beschlossen, dass diese Zurückhaltung nicht mehr nötig war.

Madlaina öffnete die Augen und strich Thal über den Arm. »Und was treibt dich wirklich ins Präsidium? Du willst doch nicht etwa arbeiten?«

»Nein, nein ...« Thal schüttelte energisch den Kopf. »Ich wollte einen ausgiebigen Spaziergang am Seerhein machen. Wenn ihr möchtet, lade ich danach das ganze Team auf ein Bier ein. Sagt ihr den anderen Bescheid?«

Thal nickte Stephanie zu und ging zur Tür.

»Im Constanzer Wirtshaus. Um sieben, okay?«

Zehn

Freitag. Achtzehn Uhr vierzig

Die Sache mit dem Stroboskop war heftig gewesen. Andi rieb sich über die Augen, die sich noch nicht erholt hatten. Sie hatten das Blitzlichtgewitter fast eine Stunde aushalten müssen, ehe sie den Schalter gefunden hatten. Er hatte gehofft, dass es die letzte Herausforderung dieses Tages gewesen war, aber leider ... Zum Glück maulten die anderen weniger, als er es befürchtet hatte. Chris sagte kaum etwas, Jenny schien das Spiel Spaß zu machen und Nicole beobachtete die anderen mit Argwohn. Zumindest glaubte Andi das. Oder war das der Ausfluss seines schlechten Gewissens?

Immerhin schien ihr Abendessen ohne Überwindung von Hindernissen gesichert zu sein. Was es zu trinken geben würde, war allerdings noch nicht geklärt. Von Champagner bis zu abgestandenem Wasser reichte das Angebot, das ihnen der Spielleiter gemacht hatte. Und dann war da noch diese Sandy, die sie verstört von jedem Bildschirm im Apartment anstarrte. Sie schien noch verängstigter zu sein, deutete mit Gesten und Mimik an, dass immer mehr Wasser in ihre Zelle lief. Konnte es sein, dass die Frau tatsächlich dieser Situation ausgesetzt war? Sandy konnte die Position der Kamera in ihrer Zelle verändern. Vor ein paar Minuten hatte sie das Objektiv nach oben geschwenkt. Obwohl das Bild nicht hundertprozentig scharf war, konnte man ein Rohrsystem erkennen. Die Leitungen waren löchrig wie Schweizer Käse, Wasser sprudelte heraus. Sandy hatte die Kamera nach einer halben Minute nach unten geschwenkt. Der Anblick war schockierend, sie stand bis zu den Knöcheln im Wasser.

»Was soll der Quatsch?« Jenny schlug mit der Faust auf die Lehne des Sofas. »Ich habe keine Lust, mich mit dieser Tussi zu beschäftigen. Und wenn es heute Abend keinen Champagner gibt oder wenigstens eine Flasche sehr guten Wein, ist das Wochenende für mich gelaufen.«

Sie verzog den Mund zu einer Schnute. Andi hätte nicht gedacht, dass sie so trotzig reagieren würde, wenn das gemeinsame Wochenende nicht wie gewohnt luxuriös ablief.

»Dass Getränke immer so wichtig sind!«

Andi erschrak, als die Stimme des Spielleiters aus den Lautsprechern erklang. »Ihr solltet auf jeden Fall erst einmal für Sandy sorgen. Ich sage nur: Sich bewegen, stoppt den Regen.« Sein Lachen war mit Hall unterlegt. Was für ein billiger Effekt, dachte Andi. Wie in einem drittklassigen Horrorfilm.

»Mann, Mann, Mann ...« Chris sog die Luft geräuschvoll ein. Andi war froh, dass sein Freund endlich den Mund aufbekam.

»Der Typ geht mir echt auf den Geist«, setzte Chris hinzu und stand auf. Betont lässig schlenderte er auf den Fahrradtrainer zu, der in der Ecke seines Schlafzimmers stand. Er schwang sich auf den Sattel und begann zu treten.

»Du meinst, wir können den Wasserfluss in Sandys Zelle beeinflussen?«, fragte Nicole. Chris antwortete nicht, sondern strampelte schneller und starrte wie die anderen auf den Bildschirm. Tatsächlich ließ der Wasserfluss etwas nach und bald tröpfelte es nur noch aus den Leitungen.

»Na bitte«, meldete sich wieder dieser Oberon. »Geht doch! Eine Flasche Wein, wenn ihr den Wasserhahn komplett schließt.«

»Und was ist mit Champagner?« Jenny war offenbar auf Provokation aus.

»Na gut.« Die Stimme des Spielleiters klang blechern. »Schampus gibt es als Belohnung, wenn ihr das ganze Wasser aus der Zelle pumpt. Wir wollen doch nicht, dass sich Sandy heute Nacht den Tod holt, oder?«

Chris stöhnte auf. Sein Trittrhythmus verlangsamte sich. Sandy machte anfeuernde Gesten, gleichzeitig schaute sie verängstigt nach oben. Chris machte schlapp. Der typische Bürohengst eben, dachte Andi. Er stand auf, ging in den Nebenraum und klopfte seinem Freund auf die Schulter, der heftig nach Luft schöpfte. »Lass mich mal.«

Andi schwang sich aufs Rad und begann, mit hoher Frequenz zu treten. Wie hatten die Reporter das bei Lance Armstrong genannt? Nähmaschinen-Tritt, genau. Andi spürte, dass seine Muskeln zu brennen begannen, aber der Erfolg war unübersehbar. Es dauerte nur eine Minute, bis kaum noch Wasser in Sandys Zelle lief. Drei Mal in der Woche in der Muckibude zu trainieren, war eben doch zu etwas gut. Er schielte vorsichtig zur Seite. Jenny schaute ihm zu. Er glaubte, Bewunderung in ihrem Blick zu erkennen. Oder täuschte er sich? Er musste auf jeden Fall vorsichtig sein, denn Chris beobachtete ihn argwöhnisch. Sein Freund war auf der Hut, keine Frage.

Und Nicole? Die bekam mal wieder nichts mit.

Elf

Freitag. Neunzehn Uhr zwanzig

»Können Sie mal ein Foto von uns machen?«

Jonas stand mit grimmigem Gesicht auf und bannte die Gäste am Nachbartisch auf die Festplatte von drei Handys. Typische Bodenseebesucher, dachte Thal: Im Rentenalter und gut situiert lenkten sie sich mit sportlichen Aktivitäten davon ab, dass ihre Zukunft deutlich kürzer sein würde als ihre Vergangenheit. Selbstverständlich waren sie nachlässig gekleidet, die Männer trugen kurze Hosen, Socken und Sandalen, die Frauen zu eng geschnittene T-Shirts. »Du läufst rum wie ein Tourist« war eine gängige Beschimpfung unter den Einheimischen am Bodensee.

Das ›Constanzer Wirtshaus‹, direkt am See gelegen, war bis auf den letzten Platz gefüllt. Kein Wunder, der Sommerabend war warm, die Portionen auf den Tellern waren groß und das Bier war lecker. Letzteres konnte Thal bestätigen und hatte alle Mitarbeiter animiert, den Gerstensaft zu probieren. Selbst Quandt hatte Bier bestellt, wenn auch alkoholfreies. Thal trank Mineralwasser.

»Löblich, Chef! So viel Disziplin würde ich nicht aufbringen.« Grendel nahm einen großen Schluck und wischte sich mit dem Handrücken den Schaum von der Lippe. »Kein Wunder, dass du so schlank geworden bist.«

»So fit wie du bist, kannst du in einer Woche wieder bei uns einsteigen«, sagte Bettina. »Ich bin so froh, dass du wieder an Bord bist.«

Alle klopften auf die Tischplatte.

»Nun macht mal langsam!« Madlaina lachte zwar, ihr Blick und ihre Stimme zeugten aber von Skepsis. »Auf keinen Fall wird Alex sofort wieder voll arbeiten.«

Thal trank einen Schluck. Das Wasser war schal und lauwarm. Er verkniff sich die Frage, wie man dem Job des Kommissariatsleiters mit halber Kraft gerecht werden sollte.

Madlainas Einwurf hatte die Stimmung am Tisch nur kurz getrübt. Quandt schwärmte von der ›Turandot‹-Inszenierung auf der Bregenzer Seebühne und Stephanie berichtete von einem Ausflug auf den Säntis. Thal war froh, dass die junge Kollegin ihren Freund Fridolin hatte; seit sie mit dem kongolesischen Studenten zusammen war, hatte sie sich zu einer selbstbewussten Frau gemausert.

Wie immer, wenn sie in kollegialer Runde zusammensaßen, kamen sie nach kurzer Zeit auf den aktuellen Fall zu sprechen. Marco Ahrend, das Opfer, war noch immer in der Breslauer Straße gemeldet. Die uniformierten Beamten hatten dort niemanden angetroffen.

»Wir gehen morgen früh in die Wohnung«, sagte Grendel. »Das Team habe ich schon informiert.«

»Warum erst morgen?«, fragte Thal und ärgerte sich über den kritischen Unterton.

Grendel war nicht beleidigt, sondern erklärte sachlich: »Ferienzeit. Wir laufen schon auf Reserve.«

Sonst wussten sie immer noch nicht viel über das Opfer. Ahrend war unverheiratet, seine Mutter lebte in Singen, aber sie hatten sie noch nicht erreicht.

»Was sagt der Leichenschnippler?«, fragte Thal und schlug die Speisekarte auf.

»Die endgültigen Ergebnisse gibt es erst morgen, aber es sieht so aus, als wäre der Mann verdurstet«, sagte Quandt.

»Hat Restle eine Erklärung für die Verletzungen an Händen und Füßen?«, fragte Grendel.

»Fiona Lee«, begann Quandt und Thal wunderte sich, dass der Kollege den Namen derart betonte, »... Fiona Lee sieht keinen Zusammenhang zur Todesursache. Möglicherweise hat der Mann sich die Verletzungen zugezogen, als er versucht hat, etwas einzureißen oder zu öffnen.«

»Vielleicht war Ahrend irgendwo eingeschlossen und wollte sich befreien.« Madlaina schaute Thal skeptisch an, der immer noch die Speisekarte studierte. Er schlug sie schwungvoll zu, winkte dem Kellner und bestellte einen Salat. Madlaina nickte ihm zu.

»Angenommen, du hast recht, Madlaina ...« – Thal trank einen Schluck Wasser –, »dann kann der Fundort nicht der Tatort sein, oder irre ich mich da?«

»So sieht's aus«, sagte Grendel und hob seinen leeren Bierkrug, um Nachschub zu ordern. »Wir haben in der Scheune keinen Hinweis darauf gefunden, dass dort jemand gefangen gehalten wurde. Genaueres wissen wir allerdings auch erst morgen, die Analysen der Proben, die wir von Ahrends Kleidung genommen haben, laufen noch.«

Der Kellner trat an den Tisch und nahm die Bestellung auf. Bis auf Quandt, der dieses Mal einen Orangensaft orderte, und Thal blieben alle beim Bier.

Bettinas Handy klingelte. Sie warf einen Blick aufs Display, schaute kurz in die Runde, verließ den Tisch und ging ins Innere des Restaurants. Irgendetwas stimmte nicht. Thal hatte schon den ganzen Abend den Eindruck, dass sie nicht richtig bei der Sache war. Früher hätte sie es nicht Jonas überlassen, über die wichtigsten Ergebnisse der Obduktion zu berichten. Und jetzt dieses seltsame Verhalten. Normalerweise hätte sie die Runde kurz unterrichtet, wer der Anrufer war und sich höchstens ein paar Meter entfernt, um die Unterhaltung am Tisch nicht zu stören.

Nach einer Minute kam Bettina an den Tisch zurück.

»Alles in Ordnung?«, fragte Thal. »Geht es Leah gut?« Er konnte sich das Benehmen der Kollegin nur mit der Sorge um seine Enkelin erklären.

»Bestens. Pranom ist bei ihr.« Bettina nahm die Speisekarte und blätterte hastig darin herum. »Ich glaube, jetzt möchte ich doch etwas essen.«

Von einer Sekunde auf die andere schien sie wie aufgedreht.

»Gibt es Zeugen, die etwas in der Nähe des Leichenfundorts bemerkt haben?«, fragte Jonas und lenkte Thals Aufmerksamkeit zurück zum Fall.

»Bis jetzt nicht«, antwortete Stephanie, nachdem sie mit Grendel und Madlaina einen kurzen Blick gewechselt hatte.

Die Harmonie im Team stimmt zum Glück noch, dachte Thal, als sein Salat gebracht wurde. Er drehte den Teller auf dem Tisch und bedauerte seine Entscheidung, auf die Ochsenfetzen verzichtet zu haben. »Es bleibt uns also nichts anderes übrig, als das volle Programm ablaufen zu lassen«, sagte er und spießte ein Stück Tomate auf die Gabel. »Ich werde den Imam gleich morgen um Unterstützung durch ein paar uniformierte Kollegen bitten.«

»Du wirst gar nichts!«, sagte Madlaina. Thal erschrak über ihrem barschen Ton. Zum Glück fuhr sie deutlich milder fort. »Erstens ist morgen Samstag und Schober mit Sicherheit nicht im Präsidium und zweitens bist du in der Reha. Wenn du dir zwei freie Tage nimmst, okay. Aber dann stehst du unter meinem Kommando. Verstanden?«

Zwölf

Freitag. Zweiundzwanzig Uhr zwanzig

Der Kontrollraum war in ein milchig grünes Licht getaucht. Nick hatte die Deckenleuchten gedimmt, die Bildschirme waren die hellsten Lichtquellen im Raum. Er liebte es, allein im Kontrollraum zu sein. Hamid hatte sich längst in den Feierabend verabschiedet und Otto war auf Stand-by. Wahrscheinlich schlief er längst in seiner Kammer ein Stockwerk höher oder bastelte an Requisiten herum. Seine handwerklichen Fähigkeiten waren immer häufiger gefragt, die Kunden gingen rabiat mit den Sachen um. Otto war der Einzige, der über Nacht im Gebäude blieb, wenn eine Show lief. Sollte einer der Gäste den Panikknopf drücken, schrillte eine Alarmglocke in seinem Zimmer. Er wäre in einer halben Minute unten.

Jacky tanzte längst in der Bar auf den Tischen. Der kleine Kontrollbildschirm am rechten Rand des Panels zeigte dasselbe Bild, das auch die Spieler sahen. Seit einer Stunde lief das Video. Jacky alias Sandy hatte sich in eine schmutzige Decke eingerollt. Sie lag auf einer dünnen, aufgeweichten Matte und schlief. Ihr Atem war leise zu hören. Sie brauchte keine Angst zu haben, dachte Nick, erotisch war dieser Anblick nicht.

Die beiden Paare im Apartment bereiteten sich auf die Nacht vor. Wie alle Gäste zuvor überlegten auch diese vier, wie sie die Kameras ausschalten konnten. Eigenartig, dachte Nick. Tagsüber störte sich niemand daran, überwacht zu werden, aber im Schlaf sollte sie niemand sehen, mochte er auch noch so unschuldig sein.

Am Ende würden auch Jennifer, Nicole, Christian und Andreas auf die Idee kommen, die schon Dutzende vor ihnen hatten. Entweder klebten sie Papierservietten oder Bierdeckel vor die Linsen oder sie hängten Handtücher darüber. Beides war gleich zwecklos.

Nick zog Hamids Stuhl vom Kontrolltisch und ließ sich fallen. Die Gasdruckfedern gaben quietschend nach. Er drehte sich zu den Monitoren und Schaltern, es war Zeit, die Technik zu kontrollieren. Otto wusste über das Nebengeschäft Bescheid, vor ihm konnte man nichts verheimlichen, er kroch in jeden Winkel der Räume, um Requisiten anzubringen und Installationen zu überprüfen.

Hamid hatten sie nicht eingeweiht. Sie wussten nicht, wie er reagieren würde. Er hatte manchmal moralische Anwandlungen, in solchen Momenten hielt er schon das Spiel an sich für bedenklich. Was für ein Quatsch! Die Gäste zahlten dafür, dass sie für zwei Tage in eine Scheinwelt gesperrt wurden, in denen unvorhergesehene Dinge geschahen. Nervenkitzel inklusive. Außerdem konnten die Männer sich gegenüber ihren Frauen endlich mal wieder als richtige Kerle aufspielen, die mit jedem Problem fertig wurden. Obwohl ... Nick lachte in sich hinein. Oft genug hatten in den vergangenen Monaten die Frauen das Kommando übernommen. Man glaubte nicht, wie viele Schlappschwänze es gab.

Nein, Hamid hielten sie besser aus der Sache raus. Dabei hätte Nick das Gehalt des Regisseurs ohne die Spanner nicht bezahlen können. Das Tamagotchi war nur ein Tropfen auf den heißen Stein. Das richtige Geld kam von den Kerlen, denen schon einer abging, wenn sie nur hörten, wie eine Frau in die Kloschüssel pinkelte. Oder denen es reichte, einer nackten Frau mittleren Alters beim Zähneputzen zuzusehen. Wenn die Frauen wüssten, dass sie noch zum begehrten Sexobjekt taugten! Sie selbst trauten sich meistens nur noch im hochgeschlossenen Badeanzug an den Strand, ein Bikini kam schon lange nicht mehr infrage.

Mehr als am Strand gab es in der Regel nicht zu sehen. Ein einziges Mal hatte bisher ein Paar tatsächlich miteinander gevögelt. Und zwar heftig und geräuschvoll. Der Kerl hatte seine besten Freunde zu einem Wochenende ins Mystery Hotel eingeladen. Vermutlich wollte der über siebzig Jahre alte Herr den anderen beweisen, was für ein Casanova er noch war und wie gut er es seiner zwanzig Jahre jüngeren Frau besorgte.

Nick klickte sich von Kamera zu Kamera und überprüfte auch das Livebild. Technisch lief alles bestens. Jetzt fehlte nur noch eine Show, die den einsamen Kerlen das Geld aus der Tasche zog.

Nick seufzte. Auf Sex hoffte er bei diesen beiden Pärchen nicht. Allenfalls würden ein paar geflüsterte Gemeinheiten über die anderen zu hören sein. Die einzige Hoffnung war, dass der Champagner sein Werk tat. Jennifer, die Blonde mit den schönen Brüsten, war reichlich angeschickert. Vielleicht zog sie sich bei Licht die Bluse aus. Das wäre schon was!

Dreizehn

Samstag. Sechs Uhr fünf

»Na bitte!« Andi nahm die Dose mit gemahlenem Kaffee aus einem der Hängeschränke und befüllte den Filter. Auf den gewohnten Morgenkaffee direkt nach dem Aufstehen brauchte er also nicht zu verzichten. Er schaltete die Maschine an und reckte sich. Mit beiden Händen strich er über den Bauch und die behaarte Brust. Er konnte sich noch sehen lassen. Am liebsten wäre er ins Bad gegangen, um sich im Spiegel anzuschauen, auch das war Teil seines morgendlichen Rituals. Er ließ es bleiben, es wäre oberpeinlich, wenn Jenny ihn dabei überrascht hätte. Seufzend ließ er sich auf einen der Küchenstühle fallen. Der Duft des Kaffees kitzelte seine Sinne wach.

Er hatte überraschend gut geschlafen, was vermutlich an dem Champagner lag, den er der Gruppe erstrampelt hatte. Okay, nicht er allein, aber immerhin hatte er fast eine Stunde auf dem Heimtrainer gerackert. Der Einsatz hatte sich gelohnt, drei Flaschen standen am Schluss vor der Tür.

Er schlenderte ins Wohnzimmer und sammelte das Leergut auf. Nur in einer Flasche befand sich noch ein kleiner Rest. Er widerstand dem Wunsch, sich die Flasche an den Mund zu setzen. Stattdessen kippte er die immer noch prickelnde Flüssigkeit in den Ausguss. Schade drum, aber wenn Nicole eine Fahne roch, machte sie ihm garantiert eine Szene. Sie hatte ihm in der letzten Zeit oft genug seinen Alkoholkonsum vorgehalten. Als ob er ein Trinker wäre, nur weil er nach der Arbeit zwei, drei Bierchen zischte.

Chris hatte an seinem Glas nur genippt, er stünde nicht so auf die Edelbrause. Dafür hatten Jenny und Nicole ordentlich zugelangt. Seine Frau war am Ende richtig aufgetaut, hatte Jenny mit ihrem Dekolleté geneckt. Aufreizend war wohl das richtige Wort, Andi hatte der Anblick jedenfalls Appetit gemacht. Als sie sich von den anderen verabschiedet hatten und ins Schlafzimmer gingen, hatte er gehofft, dass Nicole dank des ungewohnten Alkoholgenusses und der gelösten Stimmung zu mehr als einem Gute-Nacht-Kuss bereit gewesen wäre. Sex spielte in ihrem Haus so gut wie gar keine Rolle mehr, aber hier schien sie animiert. Er hatte sich an sie geschmiegt, sie hatte es geschehen lassen, ihn sogar gestreichelt. Doch plötzlich hatte sie sich versteift.

»Haben wir die Kameras wirklich abgedeckt? Kannst du noch einmal nachschauen?«

Ganz fürsorglicher Ehemann war er aus dem Bett geklettert und hatte alles überprüft. Vor die drei Kameras hatten sie Handtücher gehängt, da war garantiert nichts zu sehen. Als er ins Bett zurückgekrochen kam, war die Stimmung verflogen. Na ja, es gab ja noch eine Nacht und vielleicht ging ja auch etwas ganz anderes.

Er stand auf und schüttete Kaffee in eine Tasse. Langsam schlürfte er den ersten Schluck der starken, heißen Brühe.

Ein Schrei zerriss die frühmorgendliche Stille. Jennifer! Andi stellte die Tasse auf den Tisch, der Kaffee schwappte über und bildete eine dunkelbraune Pfütze, die sich zum Rand des Tisches ausbreitete. Er rannte in den Flur.

Jenny hatte die Tür zu ihrem Schlafzimmer aufgerissen. Sie trug einen Flanellschlafanzug, aber selbst in dieser züchtigen Bekleidung fand Andi sie hinreißend. Er riss seine Blicke von ihren Brüsten los, die sich unter dem Stoff des Oberteils deutlich abzeichneten.

»Eine Ratte!«, schrie Jenny und machte einen großen Satz aus dem Zimmer.

»Das bildest du dir ein«, versuchte Andi, sie zu beruhigen.

»Ich habe doch keine Halluzinationen!«, brüllte Jenny.

Chris schwang sich aus dem Bett und ließ sich auf die Knie fallen. »Da!«, rief er und sprang in den Stand.

Er läuft wirklich zu ungeahnter Hochform auf, dachte Andi.

Chris deutete mit dem Arm auf die Tür. Etwas Schwarzes mit langem, dünnem Schwanz bewegte sich schnell ins Wohnzimmer. Chris vollführte einen etwas ungelenken Hechtsprung, schaffte es aber, das Ding zu fassen. Ächzend richtete er sich auf und hielt es in die Höhe.

Andi lachte. Ein mechanisches Spielzeug.

»Das sieht doch täuschend echt aus«, maulte Jenny.

»Was ist los?« Nicole stand in der Schlafzimmertür.

»Chris, der edle Ritter, hat gerade seine Holde vor dem Tod durch einen Rattenbiss bewahrt.« Andi nahm seinem Freund das Spielzeug ab. Er öffnete das Batteriefach und schaltete das Tier ab, das immer noch mit den Beinen strampelte.

Eine Glocke ertönte. »Bingo!«, rief der Spielleiter. »Tausche eine Ratte gegen ein Fünf-Sterne-Frühstück.«

Nicole ging zur Tür und drückte den Öffner. Wie gestern stand ein Servierwagen davor. Andi warf das Spielzeug hinaus.

»Lass uns den Tisch decken!«, schlug Nicole vor.

Zum zweiten Mal an diesem Morgen störte ein Schrei den Frieden. »Hilfe!«

Es war Sandy, deren Bild auf allen Monitoren erschien.

»Ich denke, die Tusse kann keinen Kontakt aufnehmen«, sagte Andi.

»Wer hat das gesagt?« Der Spielleiter klang verärgert. »Sie kann euch nicht hören, ihr das arme Wesen aber sehr wohl« Er machte eine kurze Pause. »Guten Appetit – wenn er euch noch nicht vergangen ist.«

»Ach, du Scheiße!« Nicole deutete auf den Bildschirm. Sandy hatte die Kamera nach unten geschwenkt. Sie stand bis zum Bauchnabel im Wasser.

Chris rannte zum Hometrainer und begann wie wild zu strampeln.

»Ihr glaubt das wirklich?«, rief Andi und begann zu lachen. »Ich fasse es nicht!«

Jenny trat neben ihn. Ihr Gesicht war kreidebleich. »Schau dir das doch mal an! Das kann man nicht spielen!«

Vierzehn

Samstag. Acht Uhr zwanzig

»Kann nicht mal jemand ein Fenster aufmachen?« Jonas wedelte mit der Hand vor seinem Gesicht herum. Die Luft in Marco Ahrends Wohnung war abgestanden, den Geruch konnte er nicht definieren. Der weiße Plastikoverall, ohne den Grendel ihn vor die Tür verbannt hätte, tat sein Übriges. Wer Angst vor dem Erstickungstod hatte, wäre hier an der falschen Adresse.

Grendel öffnete ein Fenster in der Küche, Quandt folgte ihm und atmete auf. Er beugte sich hinaus, der Blick ging auf einen betonierten Innenhof, zwei Bäume mühten sich, der Szene den Anstrich eines Gartens zu geben. Ein Mann im Jogginganzug, eine prall gefüllte Plastiktüte in der Hand, stieg in einen Ford Fiesta. Glas klirrte. Als der Mann das Auto startete, quoll eine schwarze Rauchwolke aus dem Auspuff. Ein Hund bellte.

»Nicht gerade die Gegend, die man Bodensee-Touristen zeigt«, sagte Grendel. Zwei seiner Leute überprüften das Schlafzimmer auf Spuren. Jonas hatte nur einen kurzen Blick hineingeworfen. Ein schmales Bett, eine Kommode mit Spiegelaufsatz, die er eher im Schlafraum einer siebzigjährigen Dame erwartet hätte, ein zweitüriger Eichenschrank. Auf dem Boden ein Flokati, an den Rändern ausgefranst. Auch die Küchenmöbel waren alt, aber penibel sauber. Nirgendwo lag Müll herum, gespültes Geschirr stand sauber aufgereiht im Abtropfgestell. Neben der Tür ein Katzenklo. Daher kam der Geruch, dachte Quandt. Im Fressnapf befanden sich angetrocknete Reste, die Wasserschale war leer. Wo war die Katze? Lag sie verdurstet unter dem Bett?

»Das sieht ganz so aus, als wäre länger niemand mehr in der Wohnung gewesen«, stellte Grendel fest.

»Hat jemand eine Katze gesehen?«, rief Jonas.

»Tot oder lebendig«, ergänzte Grendel. Jonas grinste. Hartmut hatte seinen Humor wiedergefunden, er hatte sich mit den entgangenen Urlaubsfreuden abgefunden.

»Hallo! Kann ich reinkommen?« Thal stand vor der Tür.

Jonas ging in den Flur. »Weiß Madlaina, dass du hier bist?«

»Sie hat mich hergefahren, sucht nur noch einen Parkplatz. Wo ist Bettina?«

Jonas zuckte mit den Schultern. »Sie wollte um acht Uhr hier sein, ist aber bis jetzt nicht aufgetaucht.«

Thal machte einen Schritt in die Wohnung, aber Jonas hob die Hand. »Du bleibst besser draußen. Im Prinzip gibt es hier auch nichts zu sehen und für uns alle ist auf keinen Fall Platz. Außerdem bringt Grendel dich um, wenn du ohne Schutzkleidung ...«

Thal machte eine beschwichtigende Bewegung mit beiden Händen. »Schon klar. Vielleicht sollten wir derweil die Nachbarn befragen.«

Quandt verließ die Wohnung und zerrte sich die Plastikhaut vom Körper. »Wie Grendels Jungs das aushalten ist mir ein Rätsel.«

Thal klingelte an der benachbarten Tür. Laut Namensschild wohnt hier Carmen Mork. Es rührte sich nichts. Thal drückte erneut den Klingelknopf und ließ den Finger zwei Sekunden darauf ruhen. Wieder nichts. Sie wollten schon die Treppe hinuntersteigen, als ein schlurfendes Geräusch signalisierte, dass doch jemand zu Haus war.

»Guten Morgen!« Jonas drehte ruckartig den Kopf. Bettina stand zwei Treppenstufen unter ihnen. Sie trägt das gleiche Sommerkleid wie gestern, dachte er. Wann hatte es so etwas schon einmal gegeben?

Bettina wollte etwas sagen, aber Jonas hielt sich den Finger vor den Mund.

»Frau Mork!«, sagte Thal. »Polizei!«

Jonas zog seinen Ausweis aus der Tasche und hielt ihn vor den Türspion. Langsam öffnete sich die Tür so weit, wie es die Sicherungskette zuließ. Eine Frau schaute sie verschlafen an. Jonas hatte noch nie jemanden mit so ausgeprägten dunklen Ringen um die Augen gesehen, die Haare waren verfilzt. Sie hatte sich in eine gelb-rot karierte Decke gewickelt.

»Was wollen Sie von mir?«

»Dürfen wir bitte reinkommen.«

Die Frau stöhnte auf, öffnete aber die Tür.

»Da ist das Wohnzimmer«, sagte sie und deutete den Flur entlang. »Ich werde mir ja wohl noch was anziehen dürfen.«

Langsam schlurfte sie in den abgedunkelten Raum rechts.

»Was ist los, Baby?«, meldete sich eine raue Männerstimme. »Wer schellt da mitten in der Nacht?«

»Alles gut, Süßer. Schlaf einfach noch ein bisschen.«

Bettina und Jonas gingen ins Wohnzimmer. Thal folgte ihnen und setzte sich in einen unbequemen Sessel. Das Sofa war von Wäschebergen belegt.

Drei Minuten später tauchte die Frau wieder auf. Sie trug Jeans und Schlabberpulli, die Augenringe hatte sie notdürftig abgedeckt. Ohne etwas zu sagen, blickte sie von einem Ermittler zum anderen.

»Frau Mork?«, fragte Jonas.

»Wer sonst?«, brummte die Frau.

»Wir sind hier wegen Ihres Nachbarn.«

»Dem Marco?« Sie schaute Bettina an, als provozierte die Polizistin sie in ihrer stilvollen Sommerbekleidung. »Der ist in den Ferien«, setzte sie ungefragt hinzu. »Hat er zumindest gesagt. Auf jeden Fall soll ich die Post aus dem Kasten nehmen.«

Sie deutete auf ein paar Briefe. »Was ist denn jetzt mit Marco?«

»Er ist tot«, antwortete Jonas.

»Weiß Andrea Bescheid?«

Carmen Mork schien nicht sonderlich geschockt von der Todesnachricht.

»Wer ist Andrea?«, fragte Bettina.

Die Frau kniff die Augen zusammen und ließ ihren Blick über die Polizistin wandern.

»Seine Freundin.«

»Wo wohnt sie?« Thal hatte genug von der unergiebigen Befragung.

»Keine Ahnung. Aber sie hat seinen Kater.«

Ohne ein weiteres Wort schlurfte Carmen Mork in die Küche. Thal zuckte die Schultern. »Lasst uns gehen.«

Auf der Treppe hakte sich Bettina bei ihm ein. »Du bist also doch wieder an Bord. Was sagt Madlaina dazu?«

Thal schüttelte den Kopf. »Traut mir denn niemand mehr zu, Dinge alleine zu entscheiden?«

Fünfzehn

Samstag. Neun Uhr zehn

Nick klatschte mit großer Geste Beifall in Richtung der Zelle. Jacky hatte die Spieler ordentlich aufgescheucht. Sie strampelten sich ganz schön ab, einer nach dem anderen hatten sie auf dem Trainingsgerät Platz genommen. Am ausdauerndsten war dieser Andi, der schien regelmäßig zu trainieren, die anderen machten viel früher schlapp.

»Wir sollten sie für eine Weile erlösen«, sagte Nick.

Hamid nickte. »Okay, stoppen wir das Wasser.« Er betätigte einen Schalter. »Sollen wir es ihnen sagen?«

Nick schüttelte den Kopf und deutete auf den größten der Kontrollbildschirme. Nicole, die kleine mopsige Brünette, die bisher mit vor Schreck geweiteten Augen auf den Fernseher gestarrt hatte, ließ sich in einen Sessel fallen. »Sie haben es schon bemerkt. Gönnen wir ihnen ein paar Minuten Ruhe.«

Nick stand auf und schlug Otto Scharfenberg auf die Schulter. »Die Nummer mit der Ratte war übrigens vom Feinsten.« Otto strahlte, legte danach aber sofort die Stirn in Falten. »Ich fürchte, dieser lange Schlaks hat sie kaputtgemacht. Das Ding ist viel zu empfindlich, da muss ich mir noch was anderes einfallen lassen.«

»Hey, was ist da los?« Hamid drehte die Lautstärke nach oben. Im Apartment war ein Streit ausgebrochen. Nicole warf ihrem Mann Andi vor, die Sache mit Sandy nicht ernst genug zu nehmen. »Du hast Chris fast die ganze Schufterei alleine machen lassen.«

Nick grinste. Da kann man mal sehen, wie unterschiedlich Menschen Dinge wahrnehmen. Für ihn war Andi in diesem Fall der Held der Arbeit. Der winkte allerdings ab.

»Was soll das? Das ist doch alles nur Show, verdammt noch mal!«

»Meinst du?« Nicole hatte die Stimme erhoben, ein feiner Spuckeregen verteilte sich in der Luft. »Die Frau sieht für mich nicht so aus, als würde sie spielen.«

Andi fing an zu lachen, er konnte sich kaum wieder beruhigen. »Was glaubst du denn? Dass sie hier eine Tusse gefangen halten und stundenlang im Wasser stehen lassen?« Er schlug sich vor Vergnügen auf die Schenkel.

»Es spielt überhaupt keine Rolle, ob es Show ist oder echt.« Chris hockte auf der Sofalehne, die Beine lässig überkreuzt. Er hatte Oberwasser, keine Frage.

»Was ist das denn für eine philosophische Betrachtung?«, fragte Andi.

»Ich denke, dass es mehr Spaß macht, wenn wir das Spiel ernst nehmen. Andernfalls hätten wir uns die Ausgabe auch sparen und in ein stinknormales Hotel ziehen können. Ich finde, wir sollten uns um die Frau kümmern. Ich jedenfalls möchte hier keine Horrorszenen sehen, gespielt oder echt.«

Jenny, die der Diskussion von der Tür aus zugesehen hatte, ging federnd zum Sofa und nahm ihren Mann in den Arm.

»Ooooch ...!« Otto schlug theatralisch die Hände vor den Mund. »Schaut euch mal den Andi an, diesen tollen Hecht. Jetzt wird ihm klar, dass er den blonden Feger, nach dem er die ganze Zeit giert, nicht so einfach rumkriegen wird. Für Jenny ist im Moment wieder ihr Mann der Held.«

Alle Spieler drehten sich schweigend um und schauten auf den Bildschirm, von dem Sandy verzweifelt schaute.

»Ich glaube, Jacky muss mal raus«, sagte Hamid. »Wir müssen sie ablenken.«

»Am besten mit ein bisschen Action.« Otto rieb sich die Hände.

Nick legte dem Regisseur die Hand auf die Schulter. »Lass es krachen, Hamid!«

Hamid Keser nickte und tippte auf einer Tastatur herum. Wie aus dem Nichts brach ein Inferno los. Ohrenbetäubender Lärm. Staub lag in der Luft, auf den Monitoren war kaum etwas zu erkennen.

Otto klatschte in die Hände. »Perfekt!«

Sechzehn

Samstag. Neun Uhr fünfzig

»Was für ein himmlischer Duft!«

Thal nahm eine Espressotasse vom Abtropfsieb der Pavoni. Zum Glück nahm ihm die sensible Maschine seine lange Abwesenheit und die daraus folgende Untätigkeit nicht übel, sondern produzierte den besten Espresso, den man nördlich der Alpen bekommen konnte.

Madlaina streckte Zeige- und Mittelfinger der rechten Hand in die Höhe. »Schon der zweite heute.«

»Fünf sind erlaubt«, entgegnete Thal und nahm den ersten Schluck.

»Aber schön über den Tag verteilt.« Madlaina lächelte ihn an, was die Ermahnung deutlich abschwächte.

Thal leerte die Tasse und setzte sich zu den anderen an den Besprechungstisch. Das ganze Team war versammelt. »Was ist mit den Laborergebnissen, Hartmut?«

Grendel hatte der Diskussion über die erlaubte Kaffeemenge mit leicht geöffnetem Mund zugehört. Er straffte den Oberkörper und ordnete hektisch seine Notizen.

»Wir können jetzt mit an Sicherheit grenzender Wahrscheinlichkeit ausschließen, dass der Fundort der Tatort ist. Unter den Fingernägeln des Toten und auf seiner Kleidung fanden sich vor allem Zement und Calciumhydroxid.«

»Wie bitte?«, fragte Stephanie und blies in ihre Teetasse.

»Gelöschter Kalk«, antwortete Grendel.

»Mörtel«, warf Thal ein.

»Genau.« Grendel nickte ihm anerkennend zu. »Der Mann hat sich die Finger an einer Mauer wund gekratzt.«

»Er war also tatsächlich eingesperrt und wollte sich befreien.« Madlaina tippte eine Notiz in ihr Tablet.

»So sieht es aus!« Grendel lehnte sich zurück. Er war sichtlich zufrieden, dass er einen entscheidenden Baustein zu den Ermittlungen beitragen konnte.

»Können wir schon in der Rechtsmedizin anrufen?«, fragte Bettina.

»An einem Samstag?« Thal schüttelte den Kopf. »Ich bezweifle, dass Restle heute überhaupt am Arbeitsplatz erscheint, und wenn, dann gewiss nicht um diese Zeit.«

Quandt zog sein Handy aus der Tasche. »Ich habe die Mobilnummer von Fiona Lee. Vielleicht kann sie uns etwas sagen.« Er schaltete den Lautsprecher an und legte das Smartphone auf den Tisch.

»Guten Morgen, Jonas«, meldete sich die Rechtsmedizinerin fröhlich. »Auch schon am Schaffen?«

»Klar. Das ganze Team sitzt am Tisch und wartet gespannt darauf, ob du uns etwas zur Todesursache von Marco Ahrend sagen kannst.«

»Kann ich«, kam es leise aus dem Lautsprecher. Thal hielt die Luft an.

»Es gibt keinen Zweifel, dass der Mann verdurstet ist. Die Hautabschürfungen hat er sich selbst beigebracht, unter den Fingernägeln fand sich ...«

»Mörtel«, warf Grendel ein, der sich diese Erkenntnis nicht streitig machen lassen wollte.

»Dann wisst ihr ja schon alles«, sagte Lee gelassen. »Für mich sieht das nach einem grausigen Verbrechen aus. Ihr seid nicht zu beneiden.«

Quandt bedankte sich und beendete das Gespräch. Fast eine Minute sprach niemand. Madlaina wagte sich als erste aus der Deckung.

»Jemand sperrt einen Mann ein. Ohne Nahrung und ohne Flüssigkeit. Er wartet, bis der Mann verdurstet ist und bringt die Leiche dann an einen anderen Ort, von dem er glaubt, dass der Tote dort schnell gefunden wird.«

Thal schaute auf die Tischplatte. Madlainas präzise Analyse schockierte ihn. War es wirklich so einfach und grausam zugleich?

»Das ist eine Möglichkeit«, sagte Bettina. Sie hatte die Beine übereinandergeschlagen, bei aller Konzentration machte sie im Gegensatz zum gestrigen Abend den gelassensten Eindruck von allen. »Genauso gut könnte ein unbeteiligter Dritter den Toten gefunden und woanders hingeschafft haben.«

»Warum sollte er das tun? Und vor allem: Warum ruft er nicht die Polizei, wenn er eine Leiche findet?« Jonas schien Bettinas Theorie für absurd zu halten. Die Kollegin ließ sich davon aber nicht beeindrucken, sondern zuckte mit den Schultern. »Keine Ahnung, warum. Was wissen wir schon davon, was in manchen Leuten vorgeht.«

»Das führt uns im Moment nicht weiter«, sagte Thal. »Wir müssen beide Varianten des möglichen Tatablaufs ins Kalkül ziehen. Was ist mit Ahrends Wohnung?«

Grendel, der seinen Gedanken nachgehangen hatte, schrak auf. »Nichts. Keinerlei Hinweise oder Spuren. Die Post gab auch nichts her, wir durchforsten gerade seinen PC, aber ehrlich gesagt mache ich mir da keine allzu großen Hoffnungen.«

Stephanies Handy klingelte. »Die Kollegen in Singen«, sagte sie und nahm das Gespräch an. Auch sie schaltete den Lautsprecher ein. Marco Ahrends Mutter war soeben in ihrer Wohnung aufgetaucht. »Stark alkoholisiert. Anders ausgedrückt: volltrunken. Und das um diese Zeit!«

»Bringt sie trotzdem her«, entschied Thal spontan. »Uns läuft die Zeit davon.«

Siebzehn

Samstag. Zehn Uhr zehn

»Die spinnen doch!«

Nicole klopfte sich den Staub von der Hose. Vor einer knappen Stunde war ein Teil der Decke des Apartments eingestürzt. Es war ein richtiges Spektakel gewesen, mit ohrenbetäubendem Lärm, mit Zugluft, die wie ein Sturm durch die Räume fegte, und mit Dreck. Scheinbar.

Andi zupfte an Nicoles Haaren und hielt ihr die geöffnete Hand vors Gesicht. »Das ist ein Spiel, Liebling! Was aussieht wie Staub, sind winzige Papierschnipsel.« Er warf die Stückchen wie Konfetti in die Luft.

Nicoles Gesicht war von der Aufregung puterrot. Sie stemmte die Hände in die Seiten und schüttelte den Kopf. »Du hast sie doch nicht mehr alle. Die Decke stürzt ein, und du glaubst immer noch, dass alles nur eine Inszenierung ist. Was wäre passiert, wenn einer von uns zufällig dort gestanden hätte?« Sie deutete auf einen Stein, der zwei Meter neben ihr auf dem Boden lag. »Mystery Hotel: Genießen Sie den besonderen Nervenkitzel. Tod inklusive! Habe ich mir das so vorzustellen, ja?«

Andi machte einen Schritt zur Seite und kickte den Stein mit der Fußspitze weg. »Styropor. Alles nur Show!«

Nicole schluchzte auf und rannte ins Schlafzimmer. Sie war wirklich mit den Nerven am Ende. Andi wusste, dass es nichts brachte, wenn er ihr folgte. In diesem Zustand konnte sie niemand beruhigen, in einer Stunde sähe die Welt ohnehin anders aus. Er schaute auf den Monitor. Der

Bildschirm war schwarz. Wenigstens war nichts mehr von dieser Sandy zu sehen.

»Merkt ihr das auch?« Jenny schlang sich die Arme um den Oberkörper. Die goldblonden Härchen auf ihren Unterarmen hatten sich aufgerichtet. »Sollen wir uns jetzt hier den Arsch abfrieren, oder was?«

Es war tatsächlich deutlich kühler geworden. Ein spürbarer Luftzug strich um Andis Kopf. Die Kälte kam von oben.

Chris deutete auf das Loch in der Decke. »Keine Ahnung, ob das Absicht war oder nicht, aber wir müssen wohl das Loch schließen, wenn wir nicht erfrieren wollen.«

Andi stöhnte auf. Immer diese Übertreibungen. Draußen herrschten vermutlich über zwanzig Grad, und selbst wenn sie die Luft in einer Klimaanlage kühlten, würden sie es wohl kaum schaffen, das ganze Apartment auf Kühlhaustemperatur zu bringen. »Wir sollten eine Entscheidung treffen.«

Chris schaute ihn erstaunt an.

»Na, ist doch wahr«, sagte Andi. »Wir können das Spiel jetzt sofort beenden.«

Er deutete auf den knallroten Buzzer. »Wir brauchen nur den Panikknopf zu drücken und können raus. Willst du das?«

Chris senkte den Kopf. Er traf nicht gerne Entscheidungen, schon gar nicht, wenn er sich unter Druck gesetzt fühlte. Andi musste ihm auf die Sprünge helfen.

»Ich finde, dass wir weitermachen sollten. Erstens haben wir für das ganze Wochenende bezahlt, und wenn wir jetzt abbrechen, bekommen wir keinen Cent zurück.«

Chris verzog das Gesicht.

Ich wusste gar nicht, dass du geizig bist, dachte Andi, schaute aber weiter dem Freund in die Augen, ohne eine Regung zu zeigen.

»Zweitens tun uns diese Tage gut.«

»Da bin ich mir nicht so sicher.« Endlich sagte Chris etwas. »Wenn ich mir Nicole anschaue, die hat die Schnauze voll.«

»Wart's ab«, sagte Andi und erlaubte sich ein Grinsen. »Ich kenne meine Frau. In einer halben Stunde ist sie wieder ganz die alte.« Er schaute kurz zur Decke, bevor er weitersprach.

»Es geht doch darum, dass wir vier etwas zusammen schaffen. Jetzt sollten wir erst mal das Loch da oben schließen. Keine Ahnung, was danach passiert, vielleicht wieder diese Tusse im Wasser. Was auch immer es ist, wir schaffen das nur gemeinsam.«

Chris nickte langsam. »Du meinst, diese Aktionen stärken unsere Freundschaft?«

»Genau.«

Chris wirkte noch nicht endgültig überzeugt. Er musste noch einen draufsetzen, auch wenn es ihm nicht leicht fiel. »Hast du gesehen, wie Jenny dich angestrahlt hat, als du auf dem Heimtrainer geschuftet hast, um das Wasser aus Sandys Zelle zu pumpen? Deine Frau ist stolz auf dich!«

Andi hatte keine Ahnung, wie es um die beiden bestellt war. Wie funktionierte ihre Beziehung, wie tickten sie als Paar? Ehrlich gesagt interessierte es ihn auch nicht. Er verfolgte ein anderes Ziel, auch wenn er im Moment meilenweit davon entfernt zu sein schien: Andi Engler gab nicht auf.

»Nicole ...«, begann Chris noch einmal.

»Ich weiß, ich weiß ...« Andi hob theatralisch die Hand. »Lass das meine Sorge sein, ich hole sie schon wieder runter. Allerdings musst du mir eins versprechen: In den nächsten Stunden lass mich der Held sein.« Er grinste Chris an, der ihm einen Klaps auf die Schulter gab.

»Meinetwegen. Wie gehen wir vor?«

»Wir sollten uns nach einer Leiter umsehen und das Loch inspizieren. Es muss eine Mechanik geben, um die Decke abzusenken. Wenn wir die finden, können wir sie auch wieder anheben.«

»Guter Plan«, sagte Chris und rieb sich die Hände.

Fehlt nur noch, dass er reinspuckt, dachte Andi und grinste.

Achtzehn

Samstag. Zehn Uhr vierzig

Thal rutschte auf dem Holzstuhl hin und her. Das war der Nachteil, wenn man an Gewicht verloren hatte, das Gesäß reagierte empfindlich auf unbequeme Sitzmöbel. Er nahm die Fernbedienung und erhöhte die Lautstärke. Bettina hatte seine Anwesenheit bei der Befragung kategorisch abgelehnt. Er war nicht im Dienst und wenn das rauskam, wäre es ein gefundenes Fressen für die Presse. Thal musste sich fügen, Bettina leitete derzeit das Kommissariat. »Kommissarisch«, flüsterte er und klopfte mit einem Fingerknöchel auf die Tischplatte.

Bettina und Madlaina saßen entspannt im Besprechungsraum 1. Was für ein Gegensatz! Hier die elegante Bettina in ihrem Sommerkleid, das man eher auf einer Cocktailparty als in einem Kriminalkommissariat erwarten würde. Elegant, distinguiert, damenhaft.

Dort Madlaina. Ganz in schwarz, der enge Rock endete eine Handbreit über dem Knie, die Absätze der Pumps taugten als Mordwaffe. Raumfüllend, sinnlich, dominant.

Die Tür wurde geöffnet und ein uniformierter Beamter führte eine Frau herein. Ihre Figur war unproportioniert, der massige Oberkörper ruhte auf derart dünnen Beinen, dass man fürchten musste, die Statik könnte nicht funktionieren. Tatsächlich schwankte die Frau, was aber eher auf ihre Trunkenheit zurückzuführen war. Thal glaubte, die Schnapsfahne durch den Monitor zu riechen. Er schätzte Marco Ahrends Mutter Lotte Stütz auf sechzig, sie beantwortete die Frage nach ihrem Alter mit einem genuschelten »Neunundvierzig«.

Madlaina war genauso überrascht wie Thal. »Dann haben Sie Ihren Sohn Marco mit siebzehn bekommen?«

Die Zeugin winkte ab, als wollte sie über dieses Thema nicht reden.

»Wo waren Sie heute Nacht?«, fragte Bettina. Verstärkt und durch den Lautsprecher leicht verzerrt wirkte sie schneidend. Lotte Stütz lehnte sich zurück und schaute die Polizistin an, als müsste sie erst eine Entscheidung treffen, wie viel sie dieser Frau preisgeben wollte.

»Was geht Sie das an?«

»Ihr Sohn ist tot. Er wurde ermordet.«

Thal hielt die Luft an. Bettinas Vorgehen war riskant, wenn sie Pech hatten, brach die Frau zusammen.

»So«, nuschelte sie tonlos.

»Mehr haben Sie nicht zu sagen?«

Lotte Stütz zuckte mit den Schultern.

»Nun kommen Sie schon!« Bettina senkte ihre Stimme nicht. »Wir können Sie auch eine Weile hierbehalten. Irgendwann sagt uns jede, was wir wissen wollen.«

Thal grinste. Hatten Bettina und Madlaina etwa die ›Guter Bulle, böser Bulle‹-Taktik verabredet und die Rollen getauscht? Normalerweise gab Madlaina die harte Ermittlerin.

»Also? Ich höre!« Bettina legte die Arme auf die Tischplatte und beugte sich vor.

»Bin um die Häuser gezogen.« Lotte Stütz veränderte ihre Sitzposition nicht, aber Thal sah, dass sich ihre Nackenmuskulatur anspannte.

»Ich kann mich beim besten Willen nicht erinnern, wo ich überall war.«

»Bis morgens um zehn?« Bettina rückte ein paar Zentimeter vor.

Stütz ließ den Kopf leicht nach vorne fallen. Sie haben sie, dachte Thal.

»Zum Schluss bin ich mit einem Typen nach Hause gegangen.«

»Name?«

»Nomad.«

»Und weiter?«

»Weiß ich nicht.«

Bettina drückte die Unterarme auf die Tischplatte. Sie wollte aufspringen, Madlaina hielt sie zurück.

»Aber die Adresse müssen Sie kennen, da sind Sie heute Morgen aufgewacht.«

»Darf ich rauchen?« Sie stellte eine abgewetzte Handtasche auf den Tisch und zog ein silbernes Zigarettenetui heraus, das auf eigenartige Weise deplatziert wirkte.

»Später«, sagte Madlaina. »Erst brauchen wir die Adresse.«

Lotte Stütz legte das Etui geöffnet auf die Tischplatte. Es enthielt zwei selbst gedrehte Zigaretten.

»Fittingstraße. Hausnummer weiß ich nicht. Eins von diesen langen Häusern.«

Madlaina notierte die Adresse und nickte dem Uniformierten zu, der sie in Empfang nahm. Die Aussage ließ sich schnell überprüfen.

»Ihr Sohn hatte eine Freundin.« Bettina ließ offen, ob es sich um eine Frage oder eine Feststellung handelte.

»Hatte er.« Sie nickte.

»Name?« Bettina schien endgültig die Geduld zu verlieren. Thal sah Madlainas scharfen Blick, mit der sie die Kollegin zurechtwies.

»Andrea von Stetten.« Lotte Stütz spuckte den Namen aus. Die Verachtung war in jeder Silbe zu hören.

»Wenn Sie mich fragen: Diese elende Schlampe hat ihn auf dem Gewissen mit den Flausen, die sie ihm in den Kopf gesetzt hat.«

Neunzehn

Samstag. Elf Uhr fünfzig

»Die Nummer mit der Decke ist perfekt, Otto.«

Nick Bublitz hatte sich den Ablauf des Deckensturzes noch einmal im Video angesehen. Er war skeptisch gewesen, als Scharfenberg ihm von seiner Idee erzählt hatte, musste aber zugeben, dass sie damit einen spektakulären Akt hatten.

Otto winkte ab. »Na ja ... Für meinen Geschmack dauert es zu lange, bis wir alles wieder für die nächsten Spieler gerichtet haben. Da gibt es noch einiges zu verbessern. Diese Papierfetzen als Staubersatz sind nicht das Wahre, man bräuchte etwas, das man einfacher aufsaugen könnte.«

Deshalb mochte Bublitz ihn, Otto war Perfektionist.

Jacky saß in einen himmelblauen Bademantel gehüllt und mit einem weißen Handtuch um den Kopf auf einem Stuhl neben Hamid. Sie hatte ein Bein auf die Sitzfläche gestellt und feilte sich die Zehennägel. Es kostete Hamid Mühe, seinen Blick von ihrem Oberschenkel zu nehmen. Der Bademantel war aufgeklappt und ließ viel Bein sehen. Wenn nicht mehr. Jacky schaute Hamid hin und wieder mit Augenaufschlag an. Da bahnte sich doch nicht etwas an? Nick war es im Grunde genommen egal, solange die Arbeit nicht darunter litt.

»Zeit für dich, wieder in deine nasse Kammer zu gehen«, sagte Nick.

»Ach komm!« Sie drehte den Kopf zur Seite und schaute ihn an. Ihre Zungenspitze erschien für einen Moment zwischen den Lippen. Was für ein Luder, dachte Nick. Die Kleine war mit allen Wassern gewaschen.

»Du wirst nicht fürs Rumsitzen bezahlt!« Nick grinste, denn im Grunde genommen tat sie in der Zelle nichts anderes, sah man von schauspielerischen Einlagen ab.

»Wie lange muss ich denn noch?«

»Bis zum bitteren Ende«, sagte Otto und ließ ein dröhnendes Lachen hören.

»Meinst du wirklich, wir sollen die vier jetzt schon wieder unter Druck setzen?« Hamid faltete die Hände im Schoß. »Die haben es gerade erst geschafft, das Loch in der Decke zu schließen. Ist ja auch ein verdammtes Puzzlespiel, die Einzelteile an die richtige Stelle zu bringen. Vielleicht sollten wir sie erst mal was essen lassen, die haben anderthalb Stunden geschuftet.«

Nick lächelte. Hamid Keser wollte sich nicht vom Anblick der schönen Nixe trennen. Aber er hatte recht, man durfte den Bogen nicht überspannen. Am Ende drückten sie den Panikknopf und das wäre ein herber Verlust.

»Okay, bringt ihnen was zu essen! Aber in einer Stunde geht die Wassershow weiter.«

»Danke, Nick«, hauchte Jacky.

Nick winkte ab. »Und erhöht die Temperatur im Apartment! Wir wollen ein bisschen was zu sehen bekommen.«

Zwanzig

Samstag. Zwölf Uhr dreißig

»Es geht mir gut. Wirklich!«

Thal hatte Mühe, seine Verärgerung im Zaum zu halten. Es nervte ihn stündlich mehr, dass ihn die Kollegen in Watte packten. Allen voran Madlaina, die ihn geradezu bemutterte. Sie schaute ihn mit funkelnden Augen an, die nicht zu ihrer entspannten Körperhaltung passen wollten. Er überlegte, ob er sich den dritten Espresso des Tages brühen sollte. Besser nicht, dachte er und ärgerte sich gleichzeitig, dass er nicht seinem Verlangen folgte.

»Ich passe schon auf mich auf«, brummte er und goss sich ein Glas Wasser ein. »Das habe ich in den letzten Wochen bewiesen. Noch nie in meinem Leben habe ich so viel Sport getrieben, nie so gesund gelebt. Alles ist bestens, glaub mir. Mir fehlt nur eine sinnvolle Betätigung.«

»Darüber reden wir noch«, sagte Madlaina. Sie schaute ihm in die Augen, kein einziger Muskel in ihrem Gesicht zuckte.

Thal war alarmiert. »Hast du Pläne, von denen ich wissen sollte?«

Langsam beugte sich seine Freundin vor und nahm die Flasche Cola vom Tisch. »Leah würde es gefallen«, sagte sie und deutete mit einer Kopfbewegung auf das Selbstporträt von Thals verstorbener Frau.

Er hatte das Gefühl, einen Flashback zu erleben. Auf dem Bild trug Leah einen leuchtend gelben Pareo, saß mit untergeschlagenen Beinen auf einer Bambusmatte und lächelte den Betrachter an. Ihr Haar war hochgesteckt, als einzigen Schmuck trug sie eine hellgelbe Frangipaniblüte hinter dem Ohr. Sie war eines Tages unangekündigt im Büro aufgetaucht und hatte das Bild aufgehängt. »So denkst du jeden Tag an unsere Vereinbarung«, hatte sie gesagt. »Spätestens in drei Jahren schließt du die Tür zu diesem Büro endgültig hinter dir zu und wir fahren für ein halbes Jahr in Gauguins Südseeparadies.« Der Zeitpunkt wäre jetzt gekommen gewesen, wenn ... Thal schluckte und klimperte mit den Augen. Leah war tot und die Vereinbarung bedeutungslos.

»Was hältst du von dem Fall?« Er musste das Gespräch auf ein anderes Thema bringen. Gefühlsduselei würde ihnen jetzt nicht weiterhelfen.

Madlaina lächelte. Sie hatte ihn durchschaut, wusste genau, dass er das Thema wechselte, um ein Gespräch über seine Zukunft, die auch ihre war, zu vermeiden.

»Die Sache macht mir Angst.« Madlaina schraubte die Flasche auf und trank. »Ich glaube nicht, dass es sich um eine spontane Tat handelte. Es ist nur ein Bauchgefühl, aber wenn jemand einen Menschen ohne Essen und Trinken bei lebendigem Leibe einmauert, geschieht das geplant.«

»Du spekulierst«, sagte Thal. »Wir haben keine Ahnung, was passiert ist und wie Marco Ahrend zu Tode gebracht wurde. Wir wissen nicht einmal, ob es sich überhaupt um einen Mord handelt.«

»Komm schon!« Madlaina stellte die Flasche schwungvoll auf den Tisch. »Du weißt selbst, dass es ausgesprochen unwahrscheinlich ist, dass ein Mensch freiwillig verdurstet. Wenn man sich umbringen will, gibt es bessere Möglichkeiten.«

Thal musste ihr zustimmen, ihre bildhafte Darstellung eines eingemauerten Menschen war ihm trotzdem zu weit hergeholt.

»Was haben wir noch?«

»Ich bin mir nach Grendels Ergebnissen und den Analysen der Rechtsmediziner sicher, dass der Täter die Leiche umgelagert hat.«

»Tatort ist nicht gleich Fundort«, murmelte Thal.

»Genau. Dafür gibt es in der Regel einen Grund.«

»Der Tatort ist eindeutig dem Täter zuzuordnen«, sagte Thal. »Hätten wir den Toten dort gefunden, wären wir ihm auf die Spur gekommen.«

»Richtig. Zumindest glaubt er das.«

Thal stand auf und ging zum Sideboard. Die glänzende Kaffeemaschine sendete Lockrufe. Er streichelte mit der Hand über das kühle Metall, drehte sich aber abrupt um. Madlaina sah ihn an, als verfolgte sie eine dramatische Handlung. Er prustete los und sie fiel ein.

»Nummer drei«, sagte sie und kicherte weiter.

Thal füllte Bohnen in die Mühle und kontrollierte den Wasserstand. »Angenommen, die Hypothese stimmt, dann wissen wir, warum er die Leiche vom Tatort wegschaffte. Bleibt die Frage: Warum bringt er sie in die Scheune?«

»Möglichkeit eins«, sagte Madlaina und klopfte mit einem Bleistift auf den Tisch, »der Fundort bot sich an, weil er sich in der Nähe des Tatorts befindet.«

»Was der Erfahrung widerspricht. Wenn sich ein Täter die Mühe macht, eine Leiche an einen anderen Ort zu schaffen, versucht er, möglichst viel Distanz zwischen sich und den Fundort zu bringen.«

Die ersten Tropfen des Espresso flossen in die Tasse, der Duft erfüllte binnen Sekunden den Raum.

»Bleibt die zweite Möglichkeit: Der Fundort ist aus irgendeinem Grund besonders gut geeignet.«

»Hast du eine Idee, was das sein könnte?«

Madlaina nickte. »Die Scheune soll in Kürze grundsaniert werden. Wenn der Täter das wusste, wollte er, dass die Leiche gefunden wird.«

Thal atmete tief ein. »Bringt uns das dem Täter näher?«

»Vielleicht. Wenn wir damit sein Psychoprofil schärfen können.«

»Was ist mit der Mutter? Sie ist im Moment die Einzige, die überhaupt als Verdächtige infrage kommt.«

»Sie hat nichts damit zu tun.« Madlaina warf den Bleistift auf die Tischplatte. »Möglicherweise ist Lotte Stütz lebensuntüchtig und ganz bestimmt war sie ihrem Sohn Marco keine gute Mutter. Aber ich bin sicher, dass sie nichts mit dem Mord zu tun hat.«

Thal konnte sich die Frau genauso wenig als Mörderin vorstellen, wollte sie aber noch nicht von der Liste streichen.

»Sie hasst die Freundin ihres Sohnes, das steht fest.«

Madlaina wiegte den Kopf hin und her, als wüsste sie nicht, was sie von dieser Feststellung halten sollte. »Vielleicht hat sie einen Grund. Lass uns abwarten, was Bettina und Jonas von dieser ominösen Freundin erfahren.«

Thal nahm die kleine Kaffeetasse und sog den Duft ein.

»Genieße es!«, sagte Madlaina.

Einundzwanzig

Samstag. Zwölf Uhr vierzig

Bettina straffte den Oberkörper. Trotz ihrer Erfahrung war es jedes Mal ein spannender Augenblick, einem Zeugen zum ersten Mal gegenüberzutreten. Jedes Gespräch konnte sie der Lösung eines Falls näherbringen. Und wer weiß, vielleicht schaute man in ein paar Sekunden der Täterin ins Gesicht. Sie spürte, wie eine Gänsehaut über ihre Arme wanderte.

Andrea von Stetten wohnte in einem Vierfamilienhaus in der Fischenzstraße im äußersten Zipfel des Ortsteils Paradies. Es waren kaum mehr als hundert Meter zur Schweizer Grenze, genauso nah lag das Ufer des Seerheins.

»Ja, bitte?« Die Frau öffnete die Tür ein paar Zentimeter.

»Frau von Stetten?«

»Moment, ich muss erst die Katze einsperren.«

Ein paar Sekunden später lächelte eine etwa dreißig Jahre alte Frau Bettina an. Sie trug einen eleganten hellen Hosenanzug, über der Brust baumelte eine Kette aus dicken roten Holzperlen.

Bettina stellte sich und Jonas Quandt vor und bat, hereinkommen zu dürfen. Andrea von Stetten lächelte noch immer, was auf ein blütenweißes Gewissen hindeutete. Die meisten Menschen wurden angesichts eines Polizeiausweises nervös und durchforsteten im Kopf die jüngere Vergangenheit nach Vergehen.

Die Wohnung musste vor Kurzem renoviert worden sein. Weiß getünchte Wände, helle, moderne Möbel, wohl platzierte Accessoires weit weg vom Massengeschmack.

Nichts, was man bei ›Depot‹ oder ›Ikea‹ findet, dachte Bettina.

Die Hausherrin bat die Polizisten, auf dem Sofa Platz zu nehmen, sie selbst setzte sich in einen Sessel und zog die Beine hoch. Sie war barfuß, die Füße zeugten von regelmäßiger Pflege. Der Nagellack harmonierte perfekt mit der Halskette.

»Wir sind wegen Marco Ahrend hier«, eröffnete Jonas das Gespräch.

»Hat er was angestellt?«, fragte von Stetten immer noch lächelnd.

»Nein. Er ist tot.«

Das Lächeln erstarb. Die Farbe verschwand aus Andrea von Stettens Gesicht. Sie sprang auf und ging in die Küche. »Ich bereite uns einen Tee«, sagte sie.

Jonas schaute Bettina an.

»Übersprunghandlung«, flüsterte sie und folgte der Frau.

»Kann ich Ihnen helfen?«

Frau von Stetten schüttelte den Kopf. »Kann ich Marco sehen?«

»Später«, sagte Bettina und verzichtete auf die Frage, ob sie nicht wissen wolle, was mit ihrem Freund passiert war. »Erst müssen wir ein paar Dinge klären.«

»Möchten Sie einen Tee?« Von Stetten füllte Teeblätter mit einem Plastiklöffel in eine Glaskanne. Auf dem Herd kochte Wasser.

»Gerne«, antwortete Bettina.

»Und der Kollege?«

»Nein danke!«

Bettina erschrak, sie hatte nicht bemerkt, dass Jonas ihnen gefolgt war. Er stand mit verschränkten Armen in der Tür.

»Wie lange kennen Sie Marco?«, fragte er.

»Knapp zwei Jahre.«

»Wo haben Sie sich kennengelernt?«

»Ich arbeite ehrenamtlich in einem Stadtteilprojekt im Berchengebiet.«

»In Marcos Quartier«, sagte Bettina.

Andrea von Stetten nickte. Sie stellte einen Timer auf zwei Minuten und goss Wasser in die Teekanne. »Marco arbeitete in einem Theaterprojekt mit, das ich betreut habe.«

»Was sind Sie von Beruf?« Jonas streckte der Zeugin die Hände entgegen, um ihr das Tablett mit den Teetassen abzunehmen.

»Theaterpädagogin.«

Bettina fragte sich, ob man in diesem Beruf genug verdiente, um sich eine solche Wohnung zu leisten.

»Was tat Herr Ahrend in diesem Projekt?« Jonas trug das Tablett ins Wohnzimmer. Die Tassen klapperten.

»Er hatte einen Ein-Euro-Job. Er ist Tischler, wie Sie wissen.«

Bettina ärgerte sich, dass diese Information bisher in den Akten fehlte. Hatte jemand vergessen, sie zu notieren? Oder waren sie in diesem Fall zu schlampig und hatten überhaupt nicht daran gedacht, das berufliche Umfeld des Toten zu durchleuchten?

»Marco Ahrend war arbeitslos?«, fragte Bettina.

»Finden Sie in seinem Beruf mal eine Stelle«, sagte von Stetten, als müsste sie ihren Freund verteidigen. »In Konstanz ist das nahezu unmöglich. Als wir uns vor drei Jahren trafen, war er schon drei Jahre arbeitslos und glücklich über die Chance, etwas Sinnvolles zu tun.«

Der Timer piepte. Andrea von Stetten goss den Tee durch ein Sieb in eine Silberkanne und trug sie ins Wohnzimmer.

Bettina trank einen Schluck Tee. Er schmeckte wunderbar, bei anderer Gelegenheit sollte sie nach der Sorte fragen.

»Bei der Arbeit haben Marco Ahrend und Sie sich angefreundet?« Jonas tastete sich behutsam vor, Bettina nickte ihm anerkennend zu.

»Er hat mir imponiert.« Andrea von Stetten hielt sich die Teetasse vor den Mund und pustete hinein. Ohne einen Schluck getrunken zu haben, stellte sie das zarte Porzellangeschirr zurück auf den Tisch. »Er wollte unbedingt noch etwas anderes aus seinem Leben machen, als Hartz IV zu beziehen. Und er konnte gut mit Kindern umgehen.« Sie lächelte. »An Marco ist ein Schauspieler verloren gegangen. Wer weiß, wenn jemand sein Talent erkannt hätte ...«

Sie griff ruckartig nach der Tasse, als wäre ihr eben eingefallen, dass sie noch nichts getrunken hatte.

»Seine Nachbarin hat uns erzählt, dass er in Urlaub gefahren ist. Ist es seine Katze, die sie vorhin eingesperrt haben?«

»Ja, das ist Richy.« Sie trank noch einen Schluck. »Das ist ein lustiger Name, finden Sie nicht? Marco liebt Richy Müller.«

»Wohin ist er verreist?«, fragte Jonas nach.

»Gar nicht. Das war seine Ausrede, wenn er in der Klinik war.«

»Klinik?«, fragte Bettina. »War er krank?«

Andrea von Stetten leerte die Teetasse, behielt sie aber in der Hand. »Nein, er verdiente sich ein bisschen Geld als Testperson im Zulassungsverfahren für neue Medikamente. Ich wollte ihn davon abbringen, aber ...« Sie schloss die Augen und beugte sich nach vorn. Die Teetasse glitt ihr aus der Hand, der Oberkörper begann zu zucken. Ein Weinkrampf schüttelte die zierliche Frau.

Jonas ging in die Knie, Bettina glaubte im ersten Moment, er wollte die Zeugin in den Arm nehmen, aber er hob nur die Tasse vom Boden auf.

Sie warteten, bis Frau von Stetten ein Taschentuch aus der Hosentasche gezogen und sich die Tränen von den Wangen gewischt hatte.

»Hatten Sie und Marco Ahrend eine Beziehung?«, fragte Jonas. Bettina hätte die Frage lieber zurückgestellt, aber Andrea von Stetten schien sie gutzutun. Sie schloss für eine Sekunde die Augen.

»Natürlich hatten wir die. Aber darum geht es Ihnen nicht. Sie wollen wissen, ob wir miteinander geschlafen haben, richtig?«

Jonas Adamsapfel hüpfte. Er nickte.

»Haben wir. Genau zwei Mal. Es war schön, fühlte sich für uns aber nicht richtig an.«

Bettina wusste nicht, was sie sagen sollte, und auch Jonas schwieg.

Andrea von Stetten holte tief Luft. »Ich habe ihn geliebt. Sehr sogar.«

Zweiundzwanzig

Samstag. Vierzehn Uhr zehn

»Ich halte diese Affenhitze nicht mehr aus!«

Jenny zog sich das Sweatshirt über den Kopf, darunter trug sie einen Spitzen-BH. Nicole registrierte die lüsternen Blicke ihres Mannes. Andi war immer noch scharf auf Christians Frau, obwohl die Affäre Jahre zurücklag. Sie hatte nie mit ihm darüber gesprochen. Ihm selbst war ein Geständnis wohl nicht in den Sinn gekommen und Nicole wollte dem Schmerz nicht neue Nahrung geben, als er endlich abebbte. Jetzt drohte die Wunde wieder aufzureißen.

Die Hitze war tatsächlich unerträglich. Nicole trat an die Wand und klopfte auf das Thermometer. Einunddreißig Grad. Kühlung war nicht in Sicht, jedenfalls hatten sie keine Ahnung, wie sie die Temperatur hätten senken können. Andi werkelte seit einer halben Stunde am Regler der Klimaanlage herum. Chris lümmelte auf dem Sofa und starrte die Decke an, als könnte er dort die Lösung finden.

»Bitte!«

Der Schrei ging Nicole durch Mark und Bein.

»Bitte! So helft mir doch!«

Sie hatte gehofft, dass dieser Spuk zu Ende war.

Alle Bildschirme im Apartment flackerten. Ein undeutliches Bild erschien, das langsam scharf gestellt wurde.

Sandy. Das Wasser reichte ihr bis zur Brust. Es sprudelte in einem Schwall in ihre enge Zelle. Der Blick der jungen Frau sprach Bände. Wenn es in diesem Tempo weiterging, würde es nicht mehr lange dauern.

Nicole rannte zum Trimmrad und schwang sich in den Sattel. Hoffentlich hatte sich nichts daran geändert und sie konnten damit den Wasserfluss stoppen. Ihre Beine bewegten sich so schnell, wie sie treten konnte. Sie war außer Form, atmete schon schwer. Nahm der Wasserschwall ab? Sie starrte auf den Bildschirm, war sich aber nicht sicher. Schweiß rann über ihre Stirn, brannte in ihren Augen. Sie nahm die Hände vom Lenker und tat es Jenny gleich. Sie schämte sich wegen ihres alten hässlichen BHs.

Drei Minuten später musste sie den Tritt verlangsamen. Ihr Atem rasselte.

Christian trat ans Rad und legte ihr eine Hand auf die Hüfte. Die Stelle brannte.

Auf dem Weg zum Sofa versagten fast ihre Beine. Die Hitze machte das Radeln zur Tortur. Immerhin schien das Wasser langsamer in Sandys Zelle zu fließen. Gestoppt hatten sie es aber nicht. Wie lange würde es dauern, bis ...?

»Kannst du den Regler reparieren?«, fragte Nicole ihren Mann.

Andi zuckte mit den Schultern. »Du siehst doch, dass ich es versuche.«

»Wenn nicht, löst du gleich Christian ab. Wir müssen uns schnell abwechseln, sonst halten wir das nicht durch.«

Andi lachte auf und ließ sich auf dem Boden nieder. Er zog die Beine in den Schneidersitz. »Vergiss es, Nicole! Das ist ein Spiel, wie oft soll ich das noch sagen? Lass uns zuschauen, wie sie uns das Ertrinken dieser Lady vorführen. Ist bestimmt eine perfekte Inszenierung.« Er lachte erneut auf. Es klang gekünstelt.

»Obwohl ...« Er sprang auf, griff in die Hosentasche und zog einen Geldschein hervor. »Ich wette zehn Euro, dass der Bildschirm in der entscheidenden Szene schwarz wird.«

»Was bist du bloß für ein Zyniker!« Nicole fegte den Geldschein vom Tisch. »Ein Misanthrop bist du!«

Sie wunderte sich darüber, dieses Wort gebraucht zu haben, es gehörte nicht zu ihrem alltäglichen Wortschatz. Sie drehte sich zu Jenny um. »Machst du wenigstens mit? Oder bist du auch sensationsgeil?«

Jenny funkelte sie mit zu Schlitzen verengten Augen an. Langsam, mit herausgestreckter Brust und mit den Hüften wackelnd ging sie zum Trimmrad. Was für eine Show!, dachte Nicole.

Jenny legte ihrem Mann eine Hand auf die Schulter. »Soll ich dich ablösen?«

Christian war außer Atem und kletterte vom Sattel.

Jenny begann zu treten. Provozierend langsam. Dabei beugte sie sich über den Lenker, ihre schweren Brüste pendelten trotz BH hin und her, sie quollen fast aus den Stoffschalen.

Andi gab sich nicht einmal mehr Mühe, sie nicht anzustarren.

Nicole schaute zum Monitor. Sandys Lage hatte sich nicht verbessert. Immerhin lief das Wasser langsamer.

Andi bückte sich, hob den Zehneuroschein vom Boden und schlenderte zum Standrad. »Lass mich mal, Jenny. Das ist was für einen richtigen Mann.«

Dreiundzwanzig

Samstag. Fünfzehn Uhr fünf

»Ei, ei, ei ...«

Thal hatte sich auf alle viere begeben. Leah krabbelte auf ihn zu und brabbelte fröhlich vor sich hin. Thal fragte sich, was der größere Antrieb für ihn gewesen war, den Kampf um sein Leben aufzunehmen: seine Liebe zu Madlaina oder der Wunsch, seine Enkeltochter aufwachsen zu sehen.

»Wenn der Herr Hauptkommissar seine Opa-Pflichten erfüllt hat, können wir uns wieder mit dem Fall beschäftigen.«

Stephanie klang genervt. Thal stand auf, klopfte sich den nicht vorhandenen Staub von der Hose und setzte sich in den Ohrensessel, den zu besetzen sich niemand getraut hatte. Er war der Platz des Anführers.

Bettina hatte die Kollegen zur Besprechung in ihre Wohnung gebeten. Pranom, das thailändische Kindermädchen, hatte ihren freien Nachmittag und sie musste sich um ihre Tochter Leah kümmern.

Thal schaute sich um und fühlte einen Moment großer Zufriedenheit. Wenn er etwas in seinem Leben richtig gemacht hatte, dann das. Er hatte seiner Enkeltochter diese Wohnung gekauft und zahlte Pranoms Gehalt. So wuchs Leah zwar nach dem Tod von Thals Sohn Tobias ohne Vater, aber in behüteten Verhältnissen auf.

»Also gut«, sagte Thal. »Was gibt es Neues?«

Alle stellten ihre Kaffee- oder Teetassen ab, die dienstliche Besprechung hatte begonnen.

»Ich habe mich mit der Familie von Stetten beschäftigt«, sagte Stephanie und blätterte in ihren Unterlagen. »Andreas Mutter ist vor drei Jahren gestorben. Sie stammte aus einer Unternehmerfamilie, war also bereits vermögend, als sie ihren Mann heiratete. Zum Glück, denn mit ihrem Vater hat sich Andrea von Stetten überworfen, seit sie sich – wie er es ausdrückt – der brotlosen Kunst verschrieben hat.«

»Sie hat also Geld«, sagte Bettina. »Von ihrem Gehalt als Theaterpädagogin könnte sie ihren Lebensstil auch kaum finanzieren.«

Jonas nahm einen Pfirsich aus der gläsernen Obstschale und biss hinein. »Die beiden sind schon ein merkwürdiges Paar, dieser arbeitslose Tischler und die vermögende Erbin. Ehrlich gesagt kann ich mir kein Bild von Marco Ahrend machen.«

Thal lächelte. Eins hatte er in all den Jahren als Ermittler gelernt: Soziale Schranken spielten eine Rolle, aber Menschen, die wussten, wie man sie überwindet, und das in der Praxis lebten, waren die interessantesten. Leider half ihnen diese Erkenntnis nicht weiter, besser hielten sie sich an die Fakten.

»Wir wissen, dass Ahrend sich als Versuchskaninchen bei der Arzneimittelzulassung zur Verfügung gestellt hat. Kann es sein, dass ihm dabei etwas zugestoßen ist?«

Jonas angelte sein Smartphone vom Tisch. »Ich weiß, was du meinst«, sagte er in Thals Richtung, den diese flapsige Bemerkung erheiterte. »Ich frage mal Fiona.«

Das Telefongespräch plätscherte ein paar Sekunden in einem vertrauten Small Talk vor sich hin. Thal wunderte sich über das freundschaftliche Verhältnis seines Kommissaranwärters mit der Rechtsmedizinerin. Um Sex konnte es nicht gehen, Jonas war schwul. Anscheinend mochten sie sich. Bevor Thal Quandt drängen konnte, zur Sache zu kommen, bekam der die Kurve.

»Sind im Zulassungsverfahren für ein Medikament Tests denkbar, die beim Probanden Symptome des Verdurstens erzeugen?«

Fiona Lee brauchte zwei Sekunden für ihre Antwort. »Ohne das Medikament zu kennen, ist das schwer zu sagen. Gehört habe ich davon noch nicht. Vor allem laufen diese Tests unter strenger medizinischer Kontrolle. Wenn da etwas schiefgeht, greifen die Kollegen sofort ein.«

»Und später, wenn der Test abgeschlossen ist?«

»Das halte ich erst recht für unwahrscheinlich.«

»Habt ihr bei Marco Ahrend ungewöhnliche Substanzen gefunden?«

Fiona Lee stöhnte auf. »Du weißt so gut wie ich, dass wir nur finden, wonach wir suchen. Gib mir einen Anhaltspunkt und ich sage dir spätestens übermorgen, ob sich das Zeug in der Leiche nachweisen lässt. Wo auch immer.«

Jonas beendete das Gespräch. Das Schweigen im Raum war beredt. Sie kamen nicht weiter, ohne zu wissen, für welche Unternehmen Ahrend als Versuchsperson gearbeitet hatte. Thal wählte Grendels Nummer und legte das Handy mit eingeschaltetem Lautsprecher auf den Tisch.

»Hast du etwas über die Pharmakonzerne und die Kliniken?«

Grendel wusste sofort, was Thal meinte, verfiel aber in seine Gewohnheit, die Kollegen auf die Folter zu spannen.

»Wir sind noch dabei, die Dateien in Ahrends Computer zu sichten. Das ist nicht kompliziert, weil ...«

»Bitte, Hartmut.«

Grendel räusperte sich. »Der Tote war ein ordentlicher Mensch und hat seine Kontoauszüge sauber abgelegt. Es finden sich Überweisungen von verschiedenen Unternehmen in Stuttgart und Zürich. Die Namen und Adressen schicke ich dir gleich.«

Thal bedankte sich bei Grendel und schaute in die Runde. Er blickte in resignierte Gesichter. Bettina brachte es auf den Punkt.

»Da kommen wir jetzt nicht weiter. Die Mitarbeiter, die uns über die Tests Auskunft geben können, sind garantiert längst im Wochenende. Vor Montag erreichen wir da niemanden.«

»Wir sind also zur Untätigkeit verdammt?«, fragte Madlaina.

»Es sieht so aus.«

Vierundzwanzig

Samstag. Sechzehn Uhr fünfundzwanzig

Wie schnell sich die Dinge ändern konnten.

Nick Bublitz lächelte, während er auf den Monitoren beobachtete, wie sich die Spieler im Apartment bemühten, den Wasserstand in Sandys Zelle zu senken. Ohne allzu großen Erfolg, Hamid hatte sich einen Spaß daraus gemacht, den Wasserhahn mal zu- und dann wieder aufzudrehen. Bei diesem Spiel konnte der Regisseur seine sadistische Ader ausleben.

»Wir lange lassen wir sie noch strampeln?«, fragte Hamid.

Nick schaute auf die Uhr. »Eine halbe Stunde, würde ich sagen. Wenn sie so lange durchhalten.«

Die Ermüdungserscheinungen waren unübersehbar. Vor allem Chris, der lange Schlaks, schaffte es kaum noch, sich auf den Beinen zu halten. Die Sensation des Nachmittags war seine Frau Jennifer. Sie trug noch immer ihre Brüste zur Schau, der vom Schweiß feuchte Körper glänzte, ihr Blick war wegen der Anstrengung verschleiert. Erotik pur, dachte Nick. Wenn er jetzt keinen Fehler machte und sie das Timing nicht verpatzten, würde er seinen Kunden in dieser Nacht ein besonderes Spektakel liefern.

»Und wie geht's weiter?« Hamid riss Nick aus seinen Gedanken. Er brauchte eine Sekunde, bis er begriff, worauf sich die Frage bezog.

»Wir lassen Sandy ertrinken.«

Der Satz stand wie ein Menetekel im Raum. Für einen Augenblick schwiegen alle. Otto, der gelangweilt auf dem

Sofa lümmelte und auf einen Auftritt wartete, hielt die Luft an.

»Was?« Nicks Frage durchschnitt die Stille wie ein Peitschenknall.

»Bisher haben wir immer ...«

Nick winkte ab. »Ich möchte, dass die vier richtig Druck haben.«

Hamid schaute ihn aus aufgerissenen Augen an.

Klar, dachte Nick. Er wusste nichts von den Nebengeschäften und ahnte nicht einmal, dass sein Gehalt davon abhing, ob die Spieler heute Nacht die Kontrolle verloren.

»Hast du ein Problem?«, fuhr er den Regisseur an.

»Nein. Aber ich fürchte, dass einer von ihnen den Buzzer drücken wird, wenn Sandy stirbt.«

Das Risiko bestand, das wusste Nick. Aber er musste es eingehen. Außerdem hatte er es Darius versprochen. »Diesmal gibt es kein Pardon«, hatte sein Freund ihn angewiesen. Er brauchte nicht auszusprechen, was passieren würde, sollte Nick dem nicht folgen.

»Sandy stirbt. Basta!«

Hamid drehte seinen Stuhl zum Regiepult.

»Lass es auf allen Bildschirmen laufen, okay? Keinem von ihnen soll Sandys Tod entgehen können.«

Hamid tippte schweigend auf einer Tastatur herum. Nick hatte keine Ahnung, wie man den Mechanismus in der Zelle steuerte. Brauchte man dafür wirklich so viele ausgeschriebene Befehle. Oder wollte Hamid sich mit einer sinnlosen Tätigkeit ablenken? Die Installation war darauf angelegt, Sandy ertrinken zu lassen. Das wusste Hamid, warum machte er jetzt ein Drama daraus? Seine Aufgabe war einzig und allein, ihren Tod perfekt in Szene zu setzen.

»Was ist mit der Temperatur?«, fragte Hamid. Er klang gelassen. Nick atmete auf.

»Die bleibt oben. Du hast doch auch nichts dagegen, der scharfen Braut ein bisschen länger auf die Titten zu schauen, oder?«

Hamid zog den Kopf zwischen die Schultern. Touché, dachte Nick.

»Wir sorgen aber noch für einen Knalleffekt.«

Otto richtete sich auf dem Sofa auf. Nick drehte sich zu ihm. »Funktioniert die Wand?«

Otto strahlte. Sie hatten diesen Effekt bis jetzt nie live ausprobiert, aber Nick wusste, dass sein Requisiteur und Spielleiter darauf besonders stolz war.

»Das müsste klappen.« Otto stand auf und trat neben Hamid. »Ich habe die Mechanik zuletzt vor drei Tagen kontrolliert, da funktionierte alles einwandfrei.«

Nick spürte ein Ziehen in der Bauchgegend. Ein untrügliches Zeichen, dass die Spannung wuchs. »Gut. Dann fahren wir sie hoch.«

Ohne sich ihm zuzuwenden, fragte Hamid: »Irgendwelche Wünsche die Konstellation betreffend?«

Nick grinste. »Wir trennen sie.«

Er ballte die Hände zu Fäusten, streckte die Arme aus und legte die Unterarme übereinander.

»Aber über Kreuz.«

Fünfundzwanzig

Samstag. Einundzwanzig Uhr zwanzig

»Wusstest du, dass es so ausgeht?«

Er schüttelte den Kopf. »Nein, ich hatte keine Ahnung.«

Jenny schaute ihn skeptisch an.

»Ehrlich nicht!«

»Könnten wir wenigstens den Monitor abschalten? Ich kann es echt nicht mehr sehen.«

Er wusste, was sie meinte. Auch ihm ging das Bild an die Nieren, obwohl er nie daran gezweifelt hatte, dass Sandys Ertrinken eine Inszenierung war. Zumindest war er sich sicher gewesen. Jetzt hatte er Mühe, das Bild auf dem Bildschirm zu betrachten.

Wie lange hatte der angebliche Todeskampf gedauert? Fünf Minuten, schätzte er. Kurz nachdem die Zelle voll Wasser gelaufen war, hatte Sandy mit aller Macht die Hände gegen die Decke gestemmt. Luftbläschen kamen aus Mund und Nase. Die Augen traten aus ihren Höhlen. Nach zwei Minuten hatte er den Eindruck, dass sie bewusstlos wurde, aber sie erholte sich davon. In einer ruckartigen Bewegung, als hätte sie jemand aus dem Tiefschlaf geholt, riss sie die Augen auf und öffnete den Mund. Sie sog Wasser ein. Eine Sekunde später versuchte sie, es auszuhusten. Dabei sank sie nach unten, stieß sich mit den Beinen ab und schoss nach oben. Der Kopf knallte gegen die Decke. Der Körper verkrampfte, es sah aus, als hustete sie anfallartig, letzte Luftbläschen stiegen nach oben. Sandy schien erneut das Bewusstsein verloren zu haben, der Körper sank nach unten, um kurz darauf ohne Anstrengung nach oben zu treiben. Ein bizarres Ballett voller Leichtigkeit. Irgendwann blieb sie am Boden des Raumes, der Körper klappte in Hüfthöhe ein. Sandy sackte in einer Art Embryonalstellung zusammen.

Noch immer bewegte sich der Kopf leicht auf und ab, als würde er von Wellen angehoben. Sie starrte sie aus aufgerissenen Augen an. Der Mund war zu einem stummen Schrei aufgerissen.

Jenny stand auf, holte ein Handtuch aus dem Bad und legte es über den Monitor. Es rutschte herunter. Sie brauchte mehrere Versuche, bis sie es so festgesteckt hatte, dass es hängen blieb.

»Ich glaube dir kein Wort. Du hast es gewusst!«

»Nein, das musst du mir glauben.« Er lächelte sie an. »Obwohl ich nichts dagegen habe, wie es gelaufen ist.«

Das war untertrieben. Aber er musste vorsichtig sein. Er hatte seine Chance geschenkt bekommen, er wollte sie nicht vermasseln. Die Wand, die ohne Ankündigung mitten im Flur des Apartments und bis auf ein leises Zischen der Hydraulik geräuschlos aus dem Boden gefahren war, hatte alles verändert. Großes Kino war die Aktion auch noch. Der Spielleiter hatte sie zuvor mit militärischem Gebrüll aufgefordert, sich in bestimmte Räume zu begeben. Andernfalls war es lebensgefährlich. So waren sie am Ende getrennt: Nicole mit seinem Freund Christian auf der einen Seite der Wand, er mit Jennifer auf dieser. Genau die Situation, die Andi von Anfang an herbeigesehnt hatte: mit Jennifer allein.

Das war jetzt knapp drei Stunden her, er war keinen Schritt weitergekommen. Jenny verhielt sich steif wie ein Brett. Anfangs hatte sie sich in den Arm nehmen lassen, hatte erlaubt, dass er ihr über die Haare strich. Als er die

Kameras verhängt hatte, hatte sie ihn zum ersten Mal skeptisch angesehen. Sie war auf der Hut. Er hatte geschwiegen, sich neben sie gesetzt und ihr direkt in die Augen gesehen. Frauen erlagen seinen Blicken, das hatte er oft genug erlebt. Jenny schien immun dagegen zu sein.

Er musste einen neuen Anlauf nehmen. Vielleicht hatte es an Sandys toten Augen gelegen, er hatte sie verhängt.

Jenny setzte sich einen Meter von ihm entfernt auf die Bettkante. Er rutschte an sie heran, zog ihren Kopf an seine Schulter, steckte seine Nase in ihr Haar und umfasste ihre Taille. Sie ließ es geschehen.

Wie zufällig ließ er eine Hand unter ihrer Brust landen, schickte nur einen Finger auf Wanderschaft nach oben. Für einen Augenblick glaubte er, am Ziel zu sein. Sie stieß einen Seufzer aus. Dann flüsterte sie: »Nicht, Andi!«

Er ignorierte das, sie war doch geil wie er. Langsam schob er seine Hand nach oben.

»Andi!« Ihre Stimme war deutlich lauter.

Er umfasste ihre Brust.

Jenny schlug sie weg und sprang auf. »Was soll das?«, zischte sie. »Du wusstest, dass die Mauer das Apartment in zwei Teile trennt. Natürlich! Du hast es so eingefädelt, dass wir beide auf der gleichen Seite landen, um mich ins Bett zu kriegen.«

Sie blieb einen halben Meter vor ihm stehen, er spürte die Hitze ihres Körpers.

»Du hast dich getäuscht, Andreas Engler!«

Sie rannte im Zimmer auf und ab. Das Handtuch fiel vom Bildschirm. Sandy starrte sie wieder an wie eine stumme, endlose Anklage.

»Glaubst du wirklich, dass ich mit dir vögele, während sie ...« Jenny vollendete den Satz nicht. »Und keine fünf Meter entfernt Chris ...« Wieder sprach sie den Satz nicht zu Ende.

Andi glaubte nicht, dass sie sich Sorgen machte, dass Nicole oder Chris etwas mitbekämen. Die Wand schien schalldicht zu sein, die Konstrukteure dieses Exit-Rooms hatten gute Arbeit geleistet.

»Wann können wir hier raus?«, fragte Jenny.

»Wann immer du willst«, antwortete Andi resigniert. Wenn er bei ihr nicht landen konnte, war das Wochenende eh gelaufen. Wenn sie nach Hause wollte, bitte sehr. »Du brauchst nur den Panikknopf zu drücken.«

Jenny starrte auf den roten dicken Plastikknopf, der an die Buzzer in Fernsehshows erinnerte. Sie dachte nach.

Andi rätselte, was in ihr vorging. Fragte sie sich, was Chris von ihr halten würde, wenn sie jetzt die Nerven verlor? Hatte sie Angst, dass ihr Mann Fragen stellen würde?

»Gut«, sagte sie schließlich. »Wir bleiben. Aber du schläfst auf der Couch.«

Sechsundzwanzig

Sonntag. Vier Uhr fünf

Das war der Durchbruch!

Nick Bublitz schlug sich auf die Schenkel, stand auf und öffnete den monströsen Kühlschrank, mit dessen Energieverbrauch man ein ganzes Dorf versorgen konnte. Gut, dass er eine Flasche Champagner kalt gestellt hatte. Er öffnete die Flasche, goss ein Glas voll und prostete sich selbst zu.

Darauf hatte er lange gewartet. In dieser Nacht hatte alles gepasst, die Inszenierung war perfekt gewesen. Er hatte sich nicht vom Bildschirm lösen können, und er wusste, dass es anderen auch so gegangen war. Wie viele es waren, wusste er nicht, die Abrechnung würde erst im Laufe des Vormittags aktualisiert. Vielleicht waren seine Nebengeschäfte bald lukrativer als die Einnahmen aus dem Mystery Hotel. Er hatte das nicht geplant, aber wenn es so kam, sollte es ihm recht sein. Hauptsache, in der Kasse klingelte es.

Er goss sich ein weiteres Glas ein. An die Puffbrause konnte man sich gewöhnen. »Auf eine grandiose Nacht!« Er trank gierig. Sandys dramatischer Abgang war der erste Höhepunkt gewesen. Er konnte das Entsetzen der Spieler riechen, den Angstschweiß, die Panik, die Hilflosigkeit. Sie hatten es nicht geschafft, die Frau vor dem Tod zu retten. Mehr noch: Sie waren schuld daran, dass Sandy sterben musste. Und sie wurden ständig daran erinnert, die Kamera blieb gnadenlos auf die Leiche gerichtet, die sanft im Wasser schaukelte. Fast war es ein friedliches Bild, dachte

Nick und grinste. Hamid war ein begnadeter Regisseur, er hatte das Sterben perfekt in Szene gesetzt. Handelte es sich um eine Fernsehdokumentation, könnte er sich auf den Grimme-Preis freuen.

Und dann die Wand. Er klopfte sich in Gedanken auf die Schulter für die Idee, die Paare zu trennen. Er hätte einen Tausender darauf gesetzt, dass dieser Andi und die dralle Jenny die Chance nutzen würden, ein Nümmerchen zu schieben. Die Wette hätte er verloren, etwas anderes, mit dem er nie gerechnet hätte, hatte ihm den Atem verschlagen. Dabei hätte der Typ es beinahe verpatzt, weil er sich anstellte wie ein Primaner beim ersten Date. Zum Glück bekam er rechtzeitig die Kurve. Und wie!

Nick lachte auf. Er hob die Flasche und hielt sie schräg gegen das Licht der Stehlampe. Noch halb voll! Er führte sie an den Mund und nahm einen kräftigen Schluck. Die Kohlensäure staute sich in seiner Speiseröhre und entwich mit einem lauten Rülpsen.

Seine Kunden würden zufrieden sein. Heute Nacht hatten sie ihr Geld in erstklassiges Material investiert. Das würde sich rumsprechen, nichts war so geschwätzig wie ein paar geile Männer im Netz. Er würde die kritische Masse erreichen und dann ...

Langsam ließ er die flache Hand schräg nach oben durch die Luft gleiten. »Wummmmm!«

Er nahm das Notebook vom Tisch und stellte es sich auf den Schoß. Noch einmal wollte er sich das Video der Nacht ansehen. Den Film, der die erste Sprosse zum Erfolg war.

Er trank einen Schluck. Champagner perlte über sein Kinn.

Auf dem Bildschirm vögelte das Paar, Körper, Gesichter, alles bestens beleuchtet und in Szene gesetzt. Selbst in Zeitlupe war das wilde Action.

Er leerte die Flasche, ließ sie auf den Boden gleiten und schaltete auf das Bild der toten Sandy. Noch immer bewegte sich ihr Kopf sanft im Wasser auf und ab. Selbst tot war sie eine aufregende Frau.

Er sollte bald einen Ausflug ins ›Alibaba‹ machen. Er brauchte mehr Frauen wie sie.

Siebenundzwanzig

Sonntag. Acht Uhr zwanzig

Wie gerne hätte er länger geschlafen!

Thal rieb sich die Augen. In der Klinik warfen sie einen morgens um halb sieben aus dem Bett. Sein Körper hatte sich an das frühe Aufstehen gewöhnt, da konnte sein Geist noch so rebellieren. Um sieben war er aufgewacht, zwanzig Minuten später hatte er sich den ersten Espresso zubereitet und auf der Dachterrasse genossen. Diese sechzig Quadratmeter über den Dächern der Altstadt waren der wahre Luxus der Wohnung und der wichtigste Grund, warum Madlaina und er immer noch hier wohnten. Madlaina hatte die Terrasse in einen luftigen Garten verwandelt. Er hatte ihr anfangs als Gärtnerin nicht viel zugetraut, aber sie hatte einen grünen Daumen.

Vieles sprach dafür, aus der Niederburg wegzuziehen. Die Gassen waren zu eng, es gab zu viele Gasthäuser und Wirtschaften, deren Gäste in den lauen Sommernächten am liebsten ihren Wein vor der Tür tranken. Schlafen bei geöffneten Fenstern wurde zur Tortur, es sei denn, man interessierte sich für den Klatsch und Tratsch von Hinz und Kunz. Wenn sie von einem Umzug fantasierten, stiegen sie die steile Klapptreppe empor. Der Blick auf die Türme des Münsters entschädigte für alles. Etwas Ähnliches zu finden war in Konstanz nahezu unmöglich, selbst wenn man über Thals finanzielle Möglichkeiten verfügte.

Heute Nachmittag würde er zurück auf die Mettnau fahren und die letzte Woche der Reha antreten. Ein Abbruch der Kur kam nicht infrage, Madlaina hatte mit Konsequenzen gedroht. In dieser Frage war sie wie Leah. Auch seine verstorbene Frau hatte keine Kompromisse gemacht, wenn es um ihre Zukunft ging. Mit sechzig hatte Thal den Job an den Nagel zu hängen. Basta! Er hätte es getan. Oder nicht? Die Frage war hypothetisch, bewegte ihn aber seit ein paar Tagen. Was wollte er selbst? Noch kannte er die Antwort nicht, aber er wusste, dass er sie finden musste.

Er hörte Madlaina die Klapptreppe heraufsteigen. Ihr Kopf erschien in der Luke. Ungekämmt strebten die Haare nach allen Seiten. Thal wusste nicht, welche Madlaina er am meisten liebte. Die natürliche Wilde, die ihn aus verschlafenen Augen anlächelte. Oder die Rockröhre, deren Bühnenshow eine Energie offenbarte, der er sich in schwachen Momenten kaum gewachsen fühlte.

»Kaffee?«, fragte er.

Sie nickte und er stand auf, um ihr einen Espresso zu bereiten. Er umarmte sie und spürte, wie ihre Wärme seine Lebensgeister antrieb.

»Was machen wir heute?«, rief sie in die Küche herunter. »Das Wetter soll sommerlich bleiben.«

»Wir könnten segeln«, antwortete Thal und betätigte die Maschine. Er war seit Ewigkeiten nicht mehr auf dem See gewesen. Das Boot lag im Yachthafen an der Seestraße, das war nur ein kurzer Spaziergang. Ein Tag auf dem Wasser würde ihm guttun, nur er und Madlaina und der See.

Er trug die Kaffeetasse nach oben.

Madlaina hatte sich in einen der niedrigen Korbsessel gelümmelt, die Beine lagen auf der Brüstung und glänzten in der Morgensonne.

»Ist das nicht zu anstrengend für dich?« Sie nahm ihm die Tasse ab. Die Leichtigkeit dieses herrlichen Sonntagmorgens war verschwunden. Stattdessen saß das Menetekel seines Herzinfarkts in der Hollywoodschaukel und feixte. Würde das jemals aufhören? Musste Thal sich daran gewöhnen, dass alle ihm wohlgesonnenen Menschen ihn in Watte packten?

»Das Wetter ist gut, ein Sturm ist nicht in Sicht ...« Er schaute nach oben, als prüfe er zur Sicherheit die Geschwindigkeit, mit der die einzige weiße Wolke über den Himmel zog.

»Du weißt, wie schnell das Wetter umschlagen kann. Lass uns lieber einen Spaziergang machen. Was hältst du davon, wenn wir irgendwo auf ein ausgedehntes Frühstück einkehren?«

Das Telefon schrillte, ehe Thal antworten konnte. Madlaina sprang auf und ging zur Treppe. »Lass nur ...«, sagte sie und schüttelte ihre Mähne, während sie hinunterstieg.

Es dauerte keine Minute, bis ihr Kopf wieder in der Luke erschien. Sie presste die Lippen zu einem dünnen Strich zusammen.

Thal kannte diesen Blick. »Was ist los?«

Die Angst legte einen Eisenring um seine Brust.

»Das war Jonas«, sagte Madlaina und stieg die letzten Stufen nach oben.

»Es gibt noch eine Leiche.«

Achtundzwanzig

Sonntag. Neun Uhr fünfzig

Andi schritt den Raum ab. Er schaute starr zu Boden. Tatsächlich. Wenn man genau hinsah, konnte man den Spalt erkennen. Die Mauer war vor einer halben Stunde wieder im Boden verschwunden. Zuvor hatte die Stimme des Spielleiters durch die Lautsprecher geplärrt: »Zurückbleiben! Lebensgefahr!« Es hatte Andi an die Durchsagen auf Bahnhöfen erinnert. Jenny hatte ihn frostig angesehen. »Gott sei Dank!«, waren die ersten und einzigen Worte, die sie an diesem Morgen gesprochen hatte.

Die Trennwand verschwand genauso geräusch- und spurlos im Boden, wie sie erschienen war. Die Technik war beeindruckend, aber darüber nachzudenken, war jetzt keine Zeit.

Die beiden Räume waren wieder zu einem einzigen großen Apartment vereint. Die vier Menschen schienen aber weiterhin getrennt zu sein. Die Männer waren an ihren Positionen geblieben. Andi hatte seinem Freund Chris ein knappes »Guten Morgen« zugerufen, das der mit einem stummen Nicken beantwortet hatte. Die Frauen hatten ihre Positionen gewechselt. Jenny war schnell an die Seite ihres Mannes getreten und hatte ihm die Hand auf den Arm gelegt, er lächelte sie an.

Nicole war ohne ein Wort in ihr angestammtes Schlafzimmer gerannt. Ein paar Sekunden später hörte man das Rauschen der Dusche.

Jetzt saßen sie seit fünf Minuten im Wohnzimmer. Jedes Paar auf einem der sich gegenüberstehenden Sofas. Zwischen den Partnern fast so viel Raum wie zwischen den Paaren. Sie belauerten sich, keine Frage. Vor allem Chris ließ Jenny nicht aus den Augen.

Auf dem Tisch standen die Reste des Frühstücks, das man ihnen gebracht hatte, ohne dass sie zuvor eine Aufgabe lösen mussten. Es hatte nicht einmal eine Ansage des Spielleiters gegeben. Anscheinend hatten die Veranstalter ihr Pulver verschossen.

Andi lief ein kalter Schauer über den Rücken. Chris musste bemerkt haben, dass er auf Jenny scharf war. Sie hatte vor dem Auftauchen der Wand nicht mit ihren Reizen gegeizt. Wie sollte er das anders interpretieren als den Versuch, Andi scharfzumachen? Das war ihr ja schließlich auch gelungen, was Chris ebenfalls nicht entgangen sein dürfte. Andi versuchte, in Chris' Blick zu lesen. Es schien, als belauerte er Jenny nicht eifersüchtig, sondern ängstlich. Irgendetwas stimmte ganz und gar nicht.

»Was haben sie wohl mit der Leiche gemacht?« Nicole atmete tief ein und schaute zu Boden. Ihre Finger schlugen einen wilden Takt auf ihren Oberschenkeln.

»Bitte!« Andi stöhnte. Nach dieser Nacht hatte er nicht die Nerven, erneut darüber zu streiten, was mit dieser Sandy passiert war.

»Was?« Nicole funkelte ihn an. »Die ganze Nacht lassen sie uns auf die tote Frau schauen. Oder hattet ihr ein schöneres Bild auf eurer Seite?« Sie legte den Kopf schief. »Nein? Dann sag mir bitte, was das war?«

»Eine perfekte Inszenierung«, sagte Andi und schüttelte den Kopf. »Wer auch immer dafür verantwortlich war, ihm steht eine große Karriere in Hollywood bevor.«

»Du meinst, es war alles nur ein Video?«

Ehe Andi antworten konnte, sprach Chris die ersten Worte des Tages. »Das glaube ich nicht. Wir konnten das Bild beeinflussen, denkt an den Wasserstand.«

Andi nickte. »Richtig. Nein, es war kein Video, sondern eine Inszenierung. Ziemlich perfekt, aber eben gespielt und nicht echt. Diese Sandy oder wie auch immer sie heißen mag dreht sich in diesem Augenblick vermutlich noch einmal in ihrem kuscheligen Bett um. Sie hat es sich verdient, es war eine reife schauspielerische Leistung.«

Niemand antwortete. Andi nahm eine Kaffeetasse und trug sie zum anderen Geschirr, das sich auf einem Servierwagen stapelte.

»Zeit, Bilanz zu ziehen!«, sagte er gespielt fröhlich und klatschte in die Hände. »Wie hat euch unser Wochenende wirklich gefallen? Lob und Kritik ... nur her damit!«

Jenny schüttelte den Kopf. Chris suchte die Antwort auf dem Boden. Nicole zischte ihn an: »Du hast sie nicht mehr alle.«

Andi hob theatralisch die Hände. »Okay, ich gebe mich geschlagen. Anscheinend hat euch das Theater derart beeindruckt, dass ihr keine Meinung habt. Ich fand es toll. Wir haben die Aufgaben zusammen gelöst, denkt nur daran, wie wir das Loch in der Decke geschlossen haben.«

Er schaute strahlend in die Runde.

Nicole sprang auf. »Klar! Wir sind ganz tolle Hechte. Was spielt es da schon für eine Rolle, dass wir diese Sandy haben sterben lassen!«

Andi wollte etwas sagen, aber sie schlug ihm auf den Oberarm. »Sei still! Es ist mir egal, ob diese Frau real oder nur virtuell gestorben ist. Das Loch in der Decke war auch nur Show, trotzdem haben wir uns darum gekümmert.«

»Damit wir uns nicht den Arsch abfrieren«, sagte Andi. Langsam ging ihm seine Frau auf die Nerven.

»Genau! Wenn es uns selbst betrifft, ist uns keine Anstrengung zu schwer. Hauptsache wir haben es warm und kuschelig. Aber wenn es um eine unbekannte Frau geht, deren Leben wir retten könnten, indem wir uns aus der Komfortzone bewegen ...« Sie winkte ab. »Ekelhaft!«, setzte sie nach einer Sekunde hinzu.

Zum Glück ertönte in diesem Augenblick eine Fanfare, die Andi davon abhielt, ausfallend zu werden.

Die Tür, durch die sie vorgestern das Apartment betreten hatten, sprang auf.

»Meine Damen, meine Herren! Die Direktion des Mystery Hotels bedankt sich für Ihren Besuch. Wir wünschen Ihnen eine gute Heimreise und ein angenehmes Leben!«

Er ließ sein Lachen hören, gefolgt von einem mehr gehauchten als gesprochenen »Habe die Ehre!«

Neunundzwanzig

Sonntag. Zehn Uhr zehn

»Gehen Sie bitte weiter, hier gibt es nichts zu sehen!«

Bettina schaute über die Schulter nach hinten. Fünf uniformierte Kollegen mühten sich ab, die Schaulustigen vom Tatort fernzuhalten. Erstaunlich, wie viele Menschen an einem Sonntagmorgen in der Stadt unterwegs waren. Oder hatte es sich schon rumgesprochen, dass es einen Polizeieinsatz am Gondelhafen gab? Den Wirt des Restaurants ›Konzil‹ dürfte es freuen, von seiner Terrasse hatten die Gäste einen ungehinderten Blick auf die Szenerie. Alle Plätze waren besetzt, obwohl es nicht wirklich etwas zu sehen gab. Um die Leiche hatte Grendel einen Sichtschutz aufstellen lassen. Aber immerhin hatten die Menschen das Gefühl, einem Verbrechen real nahezukommen. Sie würden den Fernsehkrimi am Abend mit einem anderen Gefühl schauen, da war sie sicher.

Bettina ging um den Sichtschutz herum auf die andere Seite des Hafenbeckens. Auf den Betonplatten, die sanft abfallend ins seichte Wasser führten, lag eine Frau auf dem Rücken. Sie hatte die Arme ausgebreitet und die Beine gekreuzt, die Wellen umspülten ihre Füße. Der Kopf lag zur anderen Seite, Bettina konnte das Gesicht nicht erkennen. Zwei Techniker standen links und rechts der Leiche und versuchten, sie für den Abtransport zu sichern. Fotograf Kröning vollführte eine eigenartige Choreografie auf der Suche nach der besten Perspektive.

Bettina schirmte die Augen mit der Hand gegen die Sonne ab. Es war warm für diese frühe Stunde. »Wer hat bloß dieses scheußliche Denkmal verbrochen?«

»Die Imperial?«, fragte Thal.

»Natürlich nicht«, sagte Bettina und lachte. Sie liebte Lenks riesige Statue der Konzilshure, die sich auf ihrem Sockel drehte und jedes Schiff begrüßte, das in den Hafen einfuhr. »Ich meine diesen teutonischen Helden da.« Sie deutete mit dem Daumen auf das Zeppelin-Denkmal.

»Wenn ich mich richtig erinnere, hat Leah mal erwähnt, dass die Skulptur von einem Rodin-Schüler stammt. Ist irgendeine Sagengestalt.«

»Wieland, der Schmied«, warf Grendel ein. Ausgerechnet ihm hätte Bettina nicht zugetraut, dass er sich in der deutschen Sagenwelt auskannte.

»Scheußlich ist es trotzdem«, sagte sie brummiger als gewollt. Sie musste sich in den Griff bekommen und ihren Ärger runterschlucken. Sie hatte in der Nacht kaum geschlafen und jetzt das!

»Was wissen wir?«, fragte Thal. Grendel stakste wie ein Storch aus dem Wasser. In seinem weißen Overall und den dunkelblauen Gummistiefeln wirkte er an diesem schönen Sommermorgen völlig deplatziert.

»Nicht viel«, sagte er und streifte die Stiefel ab. Einer seiner Mitarbeiter reichte ihm seine Schuhe. »Ein Spaziergänger hat heute Morgen um sechs Uhr zwölf die Kollegen in der Zentrale benachrichtigt. Fünf Minuten später waren sie vor Ort. Die Tote trieb zu diesem Zeitpunkt das Gesicht nach unten im Wasser.«

»Wo?«, fragte Bettina.

Grendel schaute sie irritiert an.

»Ich meine, lag sie am Rand oder ....?«

Der Tatortermittler nickte. »Mitten im Hafenbecken. Die Kollegen haben sie an Land geholt, damit der Notarzt seine Arbeit machen konnte. Er stellte allerdings sofort den Tod fest, jede Reanimation war sinnlos.«

»Das heißt, dass die Frau noch nicht lange tot ist?« Bettina war froh, über die Professionalität ihre Gelassenheit zurückzugewinnen.

»Auf keinen Fall. Schau sie dir an.«

Grendel stapfte um sie herum in Richtung der Leiche und versuchte dabei, den zweiten Schuh über die Ferse zu ziehen. Die Techniker hatten die Tote auf eine Bahre gehoben. Bettina trat neben sie.

»Wie jung sie ist!«

Thal schien es als Frage zu interpretieren. »Höchstens zwanzig, würde ich sagen.«

Bettina musterte die Frau von Kopf bis Fuß. Sie schien äußerlich unversehrt bis auf ein paar Schrammen im Gesicht. Bettina deutete mit dem Finger darauf. »Bis auf das keine Anzeichen von Gewalt?«

»Nichts Sichtbares, wir haben sie aber noch nicht entkleidet.« Grendel zuckte entschuldigend mit den Schultern und deutete in Richtung Konzil-Gebäude. »Bei den ganzen Gaffern ...«

»Schon gut«, sagte Bettina. Grendel hatte recht, sie mussten den Leuten nicht noch mehr zu sehen geben. Sie schaute sich das Gesicht der Toten genauer an. Es passte perfekt zum kleinen, zierlichen Körper der Frau. Schmal, die Wangenknochen deutlich hervortretend, die Augenbrauen bis auf einen dünnen Strich gezupft. Sie trug einen kecken Kurzhaarschnitt.

»Irgendwas, das die Frau identifiziert?«, fragte Thal. Er war neben Bettina getreten, fast berührten sich ihre Schultern. Am liebsten hätte sie sich angelehnt.

»Nichts«, antwortete Grendel. »Wir haben keine Handtasche gefunden und das Kleid der Frau hat keine Taschen.«

»Ungewöhnlich«, sagte Bettina, die sich nicht vorstellen konnte, dass eine junge Frau ohne eine Tasche aus dem Haus ging.

»Im Wasser haben wir das hier gefunden.« Grendel hob einen Spurenbeutel auf und reichte ihn Thal. Darin befand sich einen Zettel, Bettina konnte die Schrift nicht entziffern.

»Scheint ein Restaurantbeleg zu sein«, sagte Thal und gab Grendel das Beweisstück zurück. »Die Tinte ist ausgewaschen, aber vielleicht könnt ihr noch was rausholen.«

»Wir werden es auf jeden Fall versuchen. Möglicherweise hat die Quittung nichts mit der Frau zu tun, der Wind kann sie von Gott weiß woher ins Wasser geweht haben.«

»Wir brauchen ein Foto«, sagte Bettina.

»Nils«, rief Grendel den Fotografen und wandte sich anschließend an seine Mitarbeiter. »Richtet sie für ein Foto her.«

Bettina wandte sich ab. Sie wollte nicht Zeuge werden, wie grobe Männerhände in Plastikhandschuhen im Gesicht der Frau herumhantierten.

»Frau Berg! Herr Thal!«

»Der hat uns noch gefehlt!« Thal stöhnte auf. Direkt hinter der Absperrung stand ein großer, schlaksiger Mann mit extrem kurz geschnittenen Haaren. Nicolas Palme hatte sich persönlich an den Tatort begeben. Wie stets trug der Chefredakteur der Lokalzeitung Jeans und dunkelblaue Anzugjacke. Unter all den leger gekleideten Touristen wirkte er wie ein Alien.

»Kümmerst du dich darum?«, fragte Thal. »Ich bin offiziell nicht im Dienst.«

»Schuft!«, zischte Bettina, ging aber freundlich lächelnd auf den Journalisten zu.

»Herr Palme, immer an Ort und Stelle«, sagte sie.

»Wie Sie, Frau Berg«. Er schüttelte ihre Hand eine Spur zu kräftig. »Können Sie mir schon etwas sagen?«

»Aber Herr Palme! Sie wissen, dass wir kurz nach einem Leichenfund keine Informationen an die Öffentlichkeit geben können. Wir wissen selbst noch nicht, womit wir es zu tun haben.«

»Wann?«, fragte er knapp.

»Heute Nachmittag«, antwortete Bettina. »Vielleicht brauchen wir Ihre Hilfe bei der Identifizierung der Toten.«

»Sie tappen also mal wieder völlig im Dunklen.« Palme beugte sich zu Bettina. »Wie so oft in letzter Zeit. Zu oft.«

Dreißig

Sonntag. Zwölf Uhr dreißig

Dass Schober sich an einem Sonntag ins Präsidium begeben hatte! Bettina hatte ihren Augen nicht getraut, als sie vom Hafen ins Büro gekommen war. Der Sonntag war dem Kriminaldirektor heilig, irgendetwas musste ihn aufgestachelt haben – und Bettina hatte auch einen Verdacht. Sie war froh über Madlainas Anwesenheit, dem Kriminaldirektor alleine gegenüberzusitzen verursachte ihr immer noch feuchte Hände. So viel dazu, dass sie die geborene Kommissariatsleiterin war. Sie schluckte einen Heiterkeitsausbruch herunter, den der Gedanke an Thals Meinung von ihr auslöste. Apropos Thal, sie waren übereingekommen, seine Anwesenheit am Fundort der Leiche zu verschweigen. Schober brauchte nicht zu wissen, dass er aus dem Krankenstand heraus aktiv war.

»Gibt es einen Zusammenhang zwischen den beiden Fällen?«

Schobers Frage überraschte Bettina. »Wie kommen Sie darauf?«

»Nun ja ...« Der Imam rutschte auf seinem Stuhl hin und her. »Da ist die zeitliche Nähe der beiden Leichenfunde ...«

Madlaina wollte etwas sagen, aber Bettina schüttelte den Kopf. »Nein, es deutet nichts darauf hin, dass die beiden Fälle etwas miteinander zu tun haben.«

Madlaina schaute sie mit hochgezogenen Augenbrauen an. Bettina zuckte leicht mit den Schultern und hoffte, dass Schober es nicht bemerkte. Der Direktor brauchte nicht zu wissen, dass die Schweizer Profilerin anderer Meinung war.

»Ich hatte einen Anruf von Herrn Palme. Er meinte, es gebe Gerüchte in der Stadt.«

Bingo, dachte Bettina. Wenn etwas Schober beunruhigte, dann die Angst vor schlechter Presse.

»Gerüchte gibt es bei jedem Mordfall«, sagte Bettina und bemühte sich, so gelassen wie möglich zu klingen. »Was wir brauchen, sind Fakten.«

»Da komme ich ja zur richtigen Zeit.« Grendel betrat breit grinsend das Büro. Hinter ihm fiel die Tür von der Zugluft getrieben mit einem lauten Knall ins Schloss.

Schober zuckte zusammen. Der Mann ist ein Nervenbündel, dachte Bettina. Ihr schwante nichts Gutes.

Grendel setzte sich an den Besprechungstisch und legte den Spurenbeutel mit dem Kassenbon auf den Tisch.

»Was ist das?« Schober sprach für seine Verhältnisse im Stakkato.

»Dieses Beweisstück haben wir im Wasser des Gondelhafens gefunden. Nicht weit entfernt von der Leiche.«

»Hat es der Frau gehört?«

»Möglicherweise.« Grendel grinste Bettina an, die dem Techniker aufmunternd zunickte.

»Andererseits ...« Der Techniker hatte verstanden und spielte mit. Es konnte nicht schaden, wenn sie den Imam ein bisschen auf die Folter spannten. Andernfalls glaubte er am Ende, alle spurten, wenn er das wollte.

»Was denn nun?« Schobers Stimme überschlug sich.

»Unsere Anfangsvermutung hat sich bestätigt. Dieses Stück Papier ist ein Beleg aus der Registrierkasse eines Restaurants. Wir konnten das Datum lesbar machen.«

Grendel drehte das Blatt, damit Schober einen Blick darauf werfen konnte. Er senkte den Kopf, bis seine Nase fast auf der Tischplatte lag.

»Ich kann da nichts erkennen.«

»Mit dem richtigen Lichtspektrum kann man es lesen.« Grendel grinste breit.

»Und?«

»Der Beleg ist leider schon vier Wochen alt.«

»Hat also nichts mit der Leiche zu tun«, sagte Schober jetzt deutlich langsamer. Sein Kopf war aber noch ungesund rot. Bluthochdruck, dachte Bettina.

»Darüber sagt das Datum nichts aus.«

»Wer schleppt einen vier Wochen alten Kassenzettel mit sich rum?« Schober winkte ab und lehnte sich zurück.

»Sie haben recht.«

Grendel lehnte sich grinsend zurück. Bettina bewunderte seinen fehlenden Respekt vor Hierarchien. »Wir haben trotzdem versucht, dem Bon noch mehr Informationen zu entlocken. Es ist uns gelungen, den Namen des Restaurants wenigstens in Teilen zu rekonstruieren.«

»Was soll das bringen?« Schober schob die Unterlippe vor.

»Wir müssen jeder Spur nachgehen, Herr Kriminaldirektor. Mag sie auch noch so wenig erfolgversprechend aussehen.« Madlaina lächelte ihn an.

Der Imam atmete geräuschvoll aus. »Geschenkt, Frau Veicht.«

Grendel zog den Spurenbeutel an sich und hielt ihn in die Höhe. »Die Quittung dürfte aus der ›Seekuh‹ stammen, eine bei Studenten ausgesprochen beliebte Kneipe.«

»Dann befragen Sie schleunigst das Personal«, sagte Schober und legte die Arme über Kreuz.

Grendel sah demonstrativ auf seine Armbanduhr. »Um diese Zeit haben die noch geschlossen. Wir versuchen, den Besitzer zu erreichen.«

»Gut, gut.« Schober schaute Bettina an. »Wer fährt zur Obduktion der Wasserleiche?«

Bettina stöhnte auf. »Nicht ich schon wieder.«

Schober ließ die Arme geräuschvoll auf die Tischplatte sinken. »Soll ich es etwa selber machen, Frau Berg?«

Bettina wusste nicht, welcher Schalk ihr im Nacken saß, aber sie schaute den Imam herausfordernd an. Er hielt ihrem Blick stand, sie glaubte sogar, ein Zucken um die Mundwinkel zu beobachten.

»Wo ist die Kollegin Bohlmann?«

»Wenigstens eine Beamtin aus dem Kommissariat sollte einen freien Sonntag haben, finden Sie nicht?« Bettina lächelte.

»Rufen Sie sie an«, schnarrte Schober. »Sie begleitet mich nach Freiburg.«

Einunddreißig

Sonntag. Dreizehn Uhr zehn

»Noch einen Kaffee?«

Nicole stellte die Teller zusammen und stand auf. Sie schien leicht zu schwanken, als sie zur Küche ging.

»Gerne, mein Schatz!« Andi versuchte, die Atmosphäre zu entgiften. Wann hatte es zuletzt an einem Sonntag ein derart liebloses Mittagessen gegeben? Spaghetti Carbonara, die Sauce ein ungenießbares Fertigprodukt aus dem Glas. Legte Nicole nicht größten Wert darauf, dass bei ihnen keine Instantprodukte auf den Teller kamen? Er wertete die Frage nach dem Kaffee als Fortschritt.

»Jetzt mal im Ernst«, versuchte Andi zum x-ten Mal an diesem Tag, ein Gespräch zu beginnen, das über drei Sätze hinausging. »Wie hat dir dieses Wochenende gefallen?«

In der Küche klapperte Geschirr, seine Frau befüllte die Spülmaschine. Die Kaffeemaschine zischte. Er wollte schon aufgeben, dann antwortete Nicole doch noch.

»Mir geht dieses Mädchen immer noch nicht aus dem Kopf.«

»Du meinst ... diese Sandy?«

Nicole stand in der Tür und lehnte sich gegen den Rahmen. Sie hatte sich ihren dunkelroten Hausanzug angezogen. Frotteestoff, weniger Erotik war nicht denkbar. Dabei hatte sie immer noch eine tolle Figur. Und die leichte Röte, die ihre Wangen überzog ... Er wurde doch nicht etwa sentimental?

»Ja natürlich, wen denn sonst?« Sie schüttelte den Kopf. »Ich weiß, dass du das für lächerlich hältst, aber ich kann nicht glauben, dass man das Sterben eines Menschen so naturalistisch fälschen kann.«

Andi lachte auf. Wie oft hatten sie jetzt darüber diskutiert? Aber gut, wenn sie wollte ...»Du gehst gerne ins Kino. Nimm ›Herr der Ringe‹, da ist doch auch nichts echt.«

»Schon, aber die Szenerie in dieser Zelle war in einer Weise realistisch, das geht weit über einen Kinofilm hinaus. Wir konnten den Fluss des Wassers beeinflussen. Wie soll das gehen?«

Sie stieß sich mit der flachen Hand vom Türrahmen ab und ging in die Küche.

»Du glaubst also im Ernst ...«, rief Andi ihr nach.

»Man liest doch immer wieder, dass es solche Sachen gibt. Wie heißen diese Videos noch mal?«

Nicole trug ein Tablett mit Tassen und der Kaffeekanne herein.

»Snuff-Filme«, sagte Andi und sprang auf. Er hatte auf einmal das Bedürfnis, den Gentleman zu spielen.

Nicole zog die Augenbrauen hoch, überließ ihm aber das Tablett. »Genau, das meine ich. Die kann man doch auch im Internet kaufen.«

»Das ist nur ein Gerücht.« Andi goss beide Tassen voll. »Ich habe gerade erst gelesen, dass es keinen Beweis dafür gibt. Bis jetzt ist kein einziges Video nachgewiesen worden, auf dem ein Mensch zum Lustgewinn anderer getötet worden ist. Die Enthauptungsvideos durchgeknallter Terroristen meinst du ja wohl nicht.«

Sie tranken schweigend Kaffee. Andi wollte das Thema wechseln.

»Technisch hatten die es echt drauf in diesem Mystery Hotel. Allein diese Mauer. Wahnsinn.«

Nicole stellte die Tasse auf den Unterteller. Zitterte ihre Hand?

»Wie war es eigentlich, die Nacht mit Chris zu verbringen?«, fragte er.

»Und bei dir?« Sie riss den Kopf nach oben und funkelte ihn an. Andi hätte sich am liebsten auf die Zunge gebissen. Warum stellte er so eine idiotische Frage.

»Wir haben geredet«, sagte er.

»So? Worüber habt ihr euch denn unterhalten?«

»Über dieses und jenes. Und wie war es bei dir und Christian?«

»Genauso«, antwortete Nicole mit tonloser Stimme.

»Das wird eine einseitige Unterhaltung gewesen sein«, sage Andi und lachte. »Chris trägt nicht umsonst den Spitznamen ›Der große Schweiger‹.«

»Du kennst ihn nicht«, sagte Nicole. Sie sprang auf und räumte die Tassen vom Tisch.

Andis Handy vibrierte in seiner Hosentasche. Er schaute auf das Display. Was wollte Ronald von ihm? Der Kollege hatte ihn noch nie am Wochenende angerufen. Einen dienstlichen Grund konnte es nicht geben. Er nahm das Gespräch an.

»Hallo Ron, was gibt's Dramatisches, dass du mich beim Verdauen des Sonntagsbratens störst?«

»Wenn dir der mal nicht wieder hochkommt.«

Ronald Stadler neigte nicht zu Übertreibungen. Wenn er ein Gespräch derart begann, gab es einen Grund.

»Was ist los?«

»Ich weiß nicht so recht, wie ich es dir sagen soll.«

Andi stöhnte auf. »Was soll das? Du rufst mich sonntags mittags an und hältst mich von einem Schäferstündchen mit meiner Frau ab. Wenn du mir nicht gleich erklärst, worum es geht, kostet dich das ein paar Runden beim nächsten Betriebsausflug.«

»Ihr wart in diesem Mystery-Apartment, oder?«

Andi überlegte, ob er im Büro mit ihrem Wochenendausflug geprahlt hatte. Normalerweise erzählte er nichts von seinen Freizeitaktivitäten. Er hatte schon vor längerer Zeit beschlossen, Arbeit vom Privatleben zu trennen. Die meisten Kollegen langweilten ihn zu sehr, als dass er sie an seinem Leben teilhaben lassen wollte.

»Ja und?« Andi ging auf Nummer sicher. Ronald konnte sich das nicht aus den Fingern saugen.

»Ich bin da auf etwas gestoßen, das solltest du dir ansehen.«

Der Kollege atmete pfeifend aus. Er war Kettenraucher, verbrachte ein Viertel seiner Arbeitszeit damit, sich in irgendwelchen zugigen Raucherecken herumzudrücken.

»Hättest du die Güte, nicht in Rätseln zu sprechen? Danach steht mir wirklich nicht der Sinn.«

Stadler räusperte sich. »Ich habe da was im Internet gesehen ...«

»Bitte!«

»Das solltest du dir nicht entgehen lassen. Du würdest es bereuen, glaub mir.«

Zweiunddreißig

Sonntag. Fünfzehn Uhr zehn

»Welch Glanz in unserer bescheidenen Hütte!«

Restle deutete einen Bückling an, als Schober den Sektionssaal der Freiburger Rechtsmedizin betrat.

Immerhin, dachte Stephanie. Wäre der Kriminaldirektor nicht selbst zur Obduktion erschienen, hätte der Chef der Rechtsmedizin die Routine-Obduktion seiner Mitarbeiterin Fiona Lee überlassen. So ließ er es sich nicht nehmen, die Begutachtung der Konstanzer Wasserleiche selbst vorzunehmen. Es handelte sich schließlich um ein seltenes Ereignis, Stephanie konnte sich nicht erinnern, wann der Imam zuletzt in die Rechtsmedizin gefahren war. Hätte er sich das nicht für einen anderen Fall aufheben können? Sie hatte ihren Ärger über das verpatzte Wochenende immer noch nicht überwunden. Zum ersten Mal seit Wochen hatte sie den Sonntag mit Fridolin verbringen wollen. Sie hatten in den letzten Monaten kaum Zeit füreinander gehabt. Ihr Freund steckte im Examensstress, und im Kommissariat fuhren alle Mitarbeiter Extraschichten, um Thals Ausfall zu kompensieren.

Die anderthalbstündige Fahrt vom Bodensee in den Breisgau war erstaunlich entspannt verlaufen. Schober hatte zwar anfangs versucht, sie auszuhorchen; ihre Meinung zu Bettinas Führungsqualitäten schien ihn brennend zu interessieren. Ging er davon aus, dass Thal nicht zurückkam? Stephanie fand, dass sie allen Fangfragen geschickt ausgewichen war. Eine Kriminalkommissarin führte man nicht so leicht aufs Glatteis. Als der Imam das begriffen hatte, wechselte er das Thema und fragte nach Fridolin und seinen Zukunftsplänen. Er schien sich mit Fridolins Fachgebiet Nanoscience beschäftigt zu haben. Stephanie musste nur bei Schobers Aussprache von Fridolins Familiennamen schmunzeln. Das kongolesische Kitubu klang bei ihm wie der Name eines Müsliriegels.

»Können wir?«, fragte Restle und reichte Schober eine Schürze, die dieser sich umständlich umband.

Fiona Lee lächelte Stephanie zu. Es kam ihr konspirativ vor.

»Die Kollegin hat schon mit der Dokumentation der äußeren Leichenschau begonnen«, dozierte Restle. »Ohne aufsehenerregende Erkenntnisse, oder irre ich mich da?« Er wandte sich seiner Mitarbeiterin mit einem grotesk schräg gestellten Kopf zu.

Fiona Lee hatte Mühe, angesichts der Schmierenkomödie, die ihr Chef für Schober aufführte, ernst zu bleiben. »In der Tat. Lediglich im Gesicht finden sich wenige Treibspuren. Der Kopf muss über den Grund des Hafenbeckens geschleift sein.«

»Keine Spuren von Gewaltanwendung?«, fragte Stephanie.

Fiona Lee schüttelte den Kopf.

»Klarheit über die Todesursache kann nur die innere Leichenschau bringen.« Restle griff zum Skalpell und setzte den Y-Schnitt an, um den Brustkorb zu öffnen.

»Herr Direktor ...?« Fiona Lee rannte um den Tisch herum und fasste Schober am Arm. Er schwankte.

»Wollen Sie sich setzen?«, fragte die Rechtsmedizinerin.

»Danke, geht schon wieder ...«

Stephanie kannte das Gefühl, mit dem der Imam zu kämpfen hatte. Sie selbst musste den Blick von dem Körper abwenden, in dem bereits ein großes Loch klaffte.

»Die Lunge ist trocken«, sagte Restle, der beide Arme im Brustkorb der Toten versenkt hatte.

»Sie ist nicht ertrunken?« Stephanie schwankte zwischen Erstaunen und Entsetzen. Sie waren davon ausgegangen, dass die Frau im See gestorben war.

»Wie kommen Sie darauf?«, fragte Restle grinsend. »Zu viel ›Tatort‹ gesehen? Bei einem klassischen Ertrinkungstod ist die Lunge immer trocken.«

»Ich dachte, dass es irgendwann zum Atemreflex kommt«, sagte Stephanie.

»Das stimmt.« Fiona Lee beeilte sich, ihrem Chef zuvorzukommen. »Das Opfer atmet Wasser ein, es kommt auch in den Lungenbläschen an, wird dann aber in den Blutkreislauf übernommen und wegtransportiert.«

Restle nickte und winkte Stephanie mit blutverschmiertem Zeigefinger näher an den Tisch. »Schauen Sie«, sagte er und hob ein Stück Lungengewebe an. »Die Lunge ist zwar trocken, aber aufgebläht. Ein typischer Befund für ein Ertrinken.«

»Sie ist also doch ...« Schober meldete sich wieder, er hatte seine Position anderthalb Meter vom Seziertisch entfernt nicht aufgegeben.

»Ja«, sagte Restle. »Allerdings mit einer gewissen Restunsicherheit.«

»Wie groß ist die Wahrscheinlichkeit eines Todes durch Ertrinken?«

»Neunzig Prozent. Den Rest liefern uns morgen die Analyseergebnisse.«

»Das hilft uns nicht, den Tatort einzugrenzen«, sagte Stephanie. »Ohne Wasser in der Lunge können wir nicht beweisen, dass die Frau im Bodensee ertrunken ist, oder?«

Fiona Lee legte ein Skalpell in die Schale für die zu reinigenden Instrumente.

»Doch, das können wir. Wir haben im Rachen und in den Atemwegen Flüssigkeit sichergestellt, die wir analysieren werden. Wir müssen die Laborergebnisse abwarten.«

»Sie wollen sagen, dass Sie anhand von ein paar Tropfen Wasser beweisen können, wo die arme Frau zu Tode kam?« Schober schien sich erholt zu haben.

»So ist es, vorausgesetzt, sie ist ertrunken und die Flüssigkeit ist Wasser, das sie dabei eingeatmet hat.«

»Kommt mir ein bisschen wie Hokuspokus vor«, sagte Schober und lachte eine Spur zu laut.

»Im Gegenteil, Herr Kriminaldirektor.« Restle grinste Schober an. »Zauberei und Magie ist nicht unser Fach, wir verlassen uns auf exakte Wissenschaft. Jedes natürliche Gewässer hat eine spezifische Flora und Fauna. Die Anreicherung mit Mikroorganismen ist so etwas wie der Fingerabdruck eines Sees oder Flusses. Ist die Frau im Bodensee ertrunken, können wir das nachweisen.«

»Beeindruckend«, flüsterte Schober.

»Endlich erkennt das mal jemand«, sagte Restle. Er grinste über beide Backen. Für ihn ist dieser Sonntag ein Fest, dachte Stephanie.

Fiona Lees Handy klingelte. Restle warf ihr einen vernichtenden Blick zu, sie zuckte mit den Achseln, schaute auf das Display und meldete sich.

»Ja, sie sind noch hier. – Oh! – Richte ich aus. – Wünsche ich dir auch.«

Sie lächelte Stephanie an. »Hast du dein Handy ausgestellt?«

Stephanie stöhnte auf. Sie hatte das Telefon stumm geschaltet; nichts wäre ihr peinlicher gewesen, als ein Anruf von Fridolin, während sie mit Schober im Auto saß.

»Das war Jonas«, sagte Fiona Lee. »Anscheinend haben deine Kollegen in Konstanz die Tote identifiziert. Sie haben in einer Kneipe einen Kellner gefunden, der sich an die Frau erinnert.«

Schober zerrte an der Schürze, der Knoten in seinem Rücken war zu fest. »Wir müssen sofort zurück nach Konstanz.« Er riss an dem Kleidungsstück aus Plastik und wandte sich an Stephanie. »Rufen Sie die Kollegin Berg an. Sie soll eine Pressekonferenz vorbereiten. Sonst berichten die Kerle von der Journaille nur dummes Zeug.«

Dreiunddreißig

Sonntag. Sechzehn Uhr zwanzig

Andi ließ den Kopf nach vorne fallen und legte die Stirn aufs Lenkrad. Vor zehn Minuten hatte er Ronald Stadlers Wohnung verlassen. Seitdem war er durch die Gegend gefahren. Ohne Ziel. Jetzt hatte er den Wagen in eine Parkbucht am Straßenrand gesteuert. Er schloss die Augen, aber die Bilder verschwanden nicht. Er wischte sich mit der Hand über die Stirn. Sein Arm stank nach kaltem Rauch.

Musste er seinem Kollegen dankbar sein? Oder sollte er ihn hassen, weil er ihm etwas gezeigt hatte, das ihn sein Leben lang verfolgen würde.

Stadler hatte ihn direkt von der Wohnungstür in einen engen Raum geführt, dessen Funktion Andi im ersten Moment nicht klar war. Er wusste, dass der Kollege Single war. War er jemals verheiratet gewesen? Es spielte keine Rolle. In dem Zimmer standen ein durchgesessenes Sofa, ein Schreibtisch, ein Sideboard, ein niedriger Glastisch und zwei Sessel. Optisch beherrschte ein Monitor den Raum, der die Hälfte der Schreibtischplatte einnahm. An den Wänden hingen vier Poster. Andi hatte im ersten Augenblick geglaubt, sein Hirn spiele ihm einen Streich. Es waren sogenannte Centerfolds, wie sie sich in der Mitte einiger Magazine befanden. Drei stammten der Beschriftung nach aus dem ›Playboy‹, eines aus ›Penthouse‹, amerikanische Ausgabe. Auf allen rekelten sich Frauen mit riesigen Brüsten und weit geöffneten Schenkeln. Die Scham war bei allen vier Modellen rasiert, die Bilder hatten die erotische

Ausstrahlung einer Darstellung in einem Anatomielehrbuch.

Stadler bemerkte Andis Irritation angesichts des Wandschmucks, der in das Zimmer eines pubertierenden Jungen passte, aber nicht in die Wohnung eines Mittdreißigers.

»Heiße Käfer, was?« Stadler grinste ihn an. »Aber du kannst dich ja auch nicht beklagen.«

Andi hatte keine Ahnung, worauf der Kollege anspielte. Stadler öffnete die Tür des Sideboards, holte eine Flasche Jim Beam heraus und goss zwei Fingerbreit in die Gläser auf dem Tisch. Er prostete seinem Besucher zu und trank. Andi schüttelte den Kopf.

»Nun komm schon, Engler! Du solltest dich besser vorbereiten.«

Andi nahm das Glas, der Geruch erzeugte Übelkeit.

»Auch gut«, sagte Stadler. Er stand auf und drückte eine Taste auf der Tastatur des Computers. Auf dem Monitor erschien das Standbild eines Videos.

»Bist du bereit?«

Andi starrte auf den Bildschirm. Unscharf waren die Umrisse eines Pärchens zu erkennen. Der Mann lag auf einem Bett, die Frau saß in Reiterstellung auf ihm, sie wandte der Kamera den Rücken zu.

»Dann Film ab!«

Die Frau bewegte sich in einem wilden Takt. Er hatte die Arme nach oben gestreckt und bearbeitete ihre Brüste. Sie stöhnte im Rhythmus ihres Atems, während er sie anfeuerte. Andi brauchte fünf Sekunden, bis er begriff, was vor ihm ablief. Seine Frau Nicole bumste seinen Freund Christian Lanz. Den großen Schweiger, der brüllte und schrie, was das Zeug hielt. Nicole warf den Oberkörper zurück, als es ihr kam. Andi konnte den Blick nicht von ihrem Gesicht nehmen, das vor Lust strahlte. Sie fiel nach hinten und auch Chris kam mit einem dunklen Grunzen.

»Stell das aus ...« Andi senkte den Blick.

»Noch nicht«, sagte Stadler gepresst. »Das Beste kommt noch. Der Typ nimmt deine Frau in fünf Minuten noch mal – und zwar von hinten. Ich muss schon sagen, wie ihre Glocken dabei läuten, Mannomann ...« Er schien erst jetzt zu realisieren, dass neben ihm der gehörnte Ehemann der Hauptdarstellerin des Videos saß. Mit hektischen Bewegungen schaltete er den Monitor aus.

Es war totenstill im Raum.

Andi nahm das Glas und leerte es in einem Zug.

»Gut so«, sagte Stadler und füllte es erneut. »Die Weiber sind es nicht wert, dass wir uns zu viele Gedanken darüber machen.«

Sie tranken.

»Ich habe schon meine Gründe, warum ich Single bin, glaub mir. Lieber schaue ich geilen Pärchen dabei zu, wie sie es treiben.«

Stadler füllte die Gläser.

Sie tranken.

»Niemand kennt dich so gut wie du selbst. Realer Sex mit einer Frau ist kalter Kaffee gegen einen anregenden Sonntagnachmittag vor dem Computer. Vorausgesetzt, man kennt die richtigen Orte im Netz.« Er lachte wiehernd.

Andi spürte, dass seine Magensäure nach oben stieg. Er stellte das Glas auf den Tisch. Der Glasboden war feucht, es würde einen hässlichen Rand geben.

»Wo?«, fragte er und deutete auf den Monitor.

»Keine Sorge, das Filmchen ist nicht so einfach zu sehen, obwohl es ein großes Publikum verdient hätte, findest du nicht?« Stadler räusperte sich.

»Es steht nicht im Internet?«

»Schon, aber ...« Stadler lachte. »Du hast keine Ahnung, richtig?« Er schaute Andi an. War das Mitleid? Oder Häme? Er schraubte die Flasche zu und verstaute sie im Sideboard.

»Der Film steht nicht im öffentlichen Teil des Internets. Wenn du so willst, ist er unter Verschluss, und nur derjenige, der den Schlüssel hat, kann ihn sich anschauen. Gegen Bezahlung versteht sich.«

Andi starrte auf die Tischplatte.

»Das ist alles halb so wild«, meinte Stadler. »Das bekommen nur wenige Leute zu Gesicht. Echt.« Er stand auf und schlug Andi auf die Schulter.

»Was soll das heißen? Eine Handvoll? Ein Dutzend? Hunderte?«

Stadler zuckte mit den Schultern.

»Und heißt es nicht, dass das Internet nichts vergisst? Kann man noch in Jahren sehen, wie meine Frau mit meinem besten Freund bumst? Und kann nicht jeder, der Zugang dazu hat, den Film weiterverbreiten?«

Stadler hatte den Kopf geschüttelt. »Das ist nicht so einfach.«

Andi hob den Oberkörper und ließ sich in das Sitzpolster fallen. Wie sollte er je die Erinnerung an diese Bilder wieder loswerden? Er musste dieses Schwein anrufen! Mit zitternden Fingern zog er das Handy aus der Hosentasche und wählte Chris' Nummer.

»Lanz«, meldete sich Jenny.

»Ist Chris da?«, fragte Andi ohne Begrüßung.

»Ist mit dem Hund raus.« Jennys Stimme klang eiskalt.

»Gut. Ich rufe später wieder an.«

Andi warf das Telefon auf den Beifahrersitz. Hätte er Jenny erzählen sollen, was er gerade gesehen hatte? Hätte sie ihm geglaubt? Wenn ihm vor ein paar Tagen jemand erzählt hätte, dass er Nicole mit dem großen Schweiger Chris in flagranti ertappen würde, er hätte den Typen ausgelacht.

Er schlug auf das Lenkrad. Reden würde ihm nicht helfen, seine Wut zu besänftigen.

Er startete den Motor und fädelte sich mit quietschenden Reifen in den Verkehr ein.

Er musste etwas tun. Jetzt sofort!

Vierunddreißig

Sonntag. Neunzehn Uhr zwanzig

Thal sog die Luft ein. Er liebte den Geruch von Madlainas altem Chevy, eine Mischung aus dem Duft von altem Leder und abgelagertem Holz, der an eine Zigarrenkiste erinnerte. Einer der Vorbesitzer – und das waren viele, der Wagen wurde in drei Jahren sechzig Jahre alt – musste starker Raucher gewesen sein, vermutlich ein Freund teurer Havannas.

Madlaina bewegte den Kopf zur Musik, die blechern aus den Lautsprechern plärrte und trommelte den Takt aufs Lenkrad. Thal kannte die Band nicht, Heavy Metal war nicht sein Geschmack.

»Nach dem Obduktionsergebnis ist die Sache für mich klar«, sagte Madlaina und regelte die Lautstärke nach unten. »Wir stehen am Anfang einer Serie!«

Thal legte beide Hände flach auf das kühle Leder. Der ›Bel Air‹ hatte eine durchgehende Sitzbank, und er musste sich beherrschen, nicht an Madlaina heranzurücken.

»Möglicherweise ist es nicht der Anfang.« Madlaina warf Thal einen kurzen Blick zu, ehe sie sich wieder auf die Straße konzentrierte. »Wer sagt uns, dass nicht noch irgendwo Leichen herumliegen? Es könnte viele geben ...«

»Bitte!« Thal stöhnte auf. »Das ist Spekulation, wir sollten uns an die Fakten halten.«

»Du hast recht«, sagte Madlaina zu Thals Verwunderung. Wenn sie sich in eine Gedankenspielerei verbissen hatte, ließ sie sich normalerweise nicht leicht davon abbringen.

»Die Fakten sprechen für sich.« Madlaina warf einen Blick zur Seite. Ein Opel älteren Baujahrs fuhr neben ihnen auf der Überholspur. Ein etwa siebzigjähriger Herr schaute bewundernd aus dem Fenster. Fehlte nur noch, dass er den Daumen hob, dachte Thal. Madlaina schüttelte den Kopf und verringerte die Geschwindigkeit. »Idiot!«, rief sie. Wenn sie mit dem Oldtimer unterwegs war, musste sie mit allem rechnen. Die Menschen reckten sich derart die Hälse nach dem Straßenkreuzer, dass sie den übrigen Verkehr vergaßen. Sie musste für die Gaffer mitdenken.

»Welche Fakten?«, fragte Thal. »Ich sehe zwei Tote, die nichts miteinander zu tun zu haben scheinen.«

»Weit gefehlt!« Der Opel scherte knapp vor ihnen ein, er hatte die Kühler-Länge des Chevy unterschätzt.

»Opfer Nummer eins war ein Mann. Er ist verdurstet.«

Bevor Madlaina weitersprechen konnte, fiel Thal ihr ins Wort.

»Opfer Nummer zwei war eine Frau. Ertrunken. Wo siehst du da eine Übereinstimmung?«

»Es sind Gegensätze«, sagte Madlaina.

»Du meinst ...?«

»Genau! Wir werden ein drittes Opfer haben. Ich gehe jede Wette ein, dass es männlich sein wird.«

»Todesursache?«, fragte Thal, der spürte, wie seine Anspannung wuchs.

»Keine Ahnung, was weiß ich. Vielleicht ist er verhungert.«

»Auf den verhungerten Mann müsste nach deiner Theorie wieder eine Frau folgen, die ... ja, was? An Völlerei gestorben ist?«

»Möglicherweise. Es führt uns nicht weiter, darüber zu debattieren. Trotzdem müssen wir die Möglichkeit, es mit einer Serientat zu tun zu haben, in Erwägung ziehen.«

»Zwei Morde sind noch keine Serie«, warf Thal ein. Es war ein schwaches Argument, aber Madlainas Theorie schien ihm immer noch weit hergeholt. Oder wollte er nicht, dass sie recht hatte?

»Zwei Morde sind der Beginn einer Serie«, antwortete Madlaina. »Und wenn es so ist, werden wir weitere Opfer finden. Denn auch in diesem Punkt bin ich mir sicher: Der Täter hat uns die Toten auf den Präsentierteller gelegt.«

»Ich stimme dir zu, was die Frau im Gondelhafen angeht, aber Marco Ahrend hätte in der Scheune verwesen können, bis wir ihn gefunden hätten. Er wurde zufällig gefunden.«

Madlaina schüttelte den Kopf. Die Haare wirbelten durch die Gegend, Thal glaubte, einen Luftzug zu spüren. »Hätte der Täter Ahrend verschwinden lassen wollen, hätte er ihn garantiert nicht derart offen in den Stadel gelegt. Nein, ich bleibe dabei: Er wollte, dass wir sein Opfer finden.«

Thal lehnte den Kopf ans Fenster. Madlaina hatte mehr Erfahrung mit Serientätern als alle Beamten im Präsidium zusammen. Sie war Mitglied einer Sondereinheit des FBI gewesen, die beim Verdacht auf einen Serienmord hinzugezogen wurde. Möglich, dass in diesem Fall ihre Fantasie mit ihr durchging, aber sie sollten darauf nicht zu sehr vertrauen.

»Was ist mit Schober los?« Sie riss ihn aus seinen Gedanken.

»Was meinst du?«

»Er hat sich in der Pressekonferenz derart ungeschickt verhalten, das ist doch sonst nicht seine Art.«

Thal hatte den Auftritt des Imam im Fernsehen verfolgt. Er hatte einen nervösen Eindruck auf ihn gemacht, aber das war nicht ungewöhnlich. Nichts fürchtete der Direktor mehr als schlechte Presse.

Madlaina steuerte den Wagen vorsichtig durch einen engen Kreisverkehr am Ortseingang von Radolfzell und bog in Richtung der Halbinsel Mettnau ab. »Wenn einer der Journalisten seinen Job halbwegs versteht, wird er zu dem gleichen Schluss kommen wie wir.«

Wie du, dachte Thal, hielt aber den Mund.

»Schober hat alle konkreten Fragen abgewimmelt, was nichts anderes bedeutet, als dass sie morgen in der Zeitung stehen werden.«

»Noch ein Grund, dass ich endlich zurück in den Dienst komme.« Thal biss sich auf die Zunge. Er hatte sich geschworen, das Thema zu meiden.

»Nicht in dieser Woche«, sagte Madlaina. »Du beendest die Reha, das hast du mir versprochen.«

Thal hob beschwichtigend die Hände.

»Und danach wirst du es ruhig angehen lassen, Alex.«

Es klang nicht wie eine Bitte, sondern wie ein Befehl.

»Es gibt auch noch andere reizvolle Aufgaben.«

Fünfunddreißig

Sonntag. Zwanzig Uhr dreißig

Jonas legte das Krating-Daeng-Fläschchen auf den Schreibtisch und setzte es in Bewegung. Flaschendrehen hatte er als Jugendlicher gehasst. Die Wahrheit sagte eh niemand und die Klassenschöne wollte er auch nicht küssen. Er grinste vor sich hin, auch wenn ihm nicht danach zumute war. Wieder hielt er die Stellung im Kommissariat. Wie so oft! Alle waren im wohlverdienten Feierabend – nur er nicht. Klar, er war der Einzige, der keine Beziehung hatte. Halt! Bettina war auch solo, offiziell zumindest. Jonas glaubte, dass sich bei ihr etwas anbahnte. Kein Wunder, sie war eine attraktive Frau. Die Männer drehten sich nach ihr um und Geschmack hatte sie auch, sie war immer perfekt gekleidet.

Er stieß die Flasche an, sie rutschte über die Tischplatte und fiel in den Papierkorb. »Treffer und versenkt!«, sagte er und wandte sich seufzend dem Bildschirm zu. Seit einer Stunde versuchte er, mehr über das letzte Opfer herauszufinden. Der Kellner, ein Student aus dem Kosovo, hatte sich nur an ihren Vornamen erinnert: Sandy. Eine Studentin, da war sich der Zeuge sicher. Sie war mehr als ein Gelegenheitsgast in der ›Seekuh‹, ein bis zwei Mal in der Woche hätte sie die Kneipe besucht. Manchmal allein, oft mit einer Freundin.

»Sandy, wer bist du?« Er tippte den Namen in eine Suchmaske. Es konnte die Verballhornung eines anderen Namens sein. ›Sandy – Koseform von Alexandra‹ hieß es in der Namenssuche. Manche Erkenntnisse brachten einen keinen Schritt weiter. Vielleicht hieß sie auch Sandra, oder ...

Das Telefon schrillte. Jonas erschrak, so war er in die Suche vertieft. Er meldete sich barsch.

»Hier spricht Anna-Lena Kuhn.« Die Anruferin hatte eine leise, trotzdem leicht rauchige Stimme. Die Härchen auf Jonas' Unterarm richteten sich auf. »Ich war gerade in der ›Seekuh‹ und Adil hat mir erzählt, dass Sie nach Sandy suchen.«

Quandt brauchte eine Sekunde, bis ihm einfiel, dass Adil der Vorname des Kellners war.

»Was ist mit Sandy passiert? Bitte? Hat sie etwas mit der Toten zu tun? Adil meinte ...« Ihre Stimme brach und ging in ein Schluchzen über. Sie brachte nichts mehr heraus, immerhin gelang es Jonas, ihre Adresse zu erfahren.

Sie hatten keine Zeit zu verlieren, am besten sprachen sie sofort mit dieser Anna-Lena. Er musste eine Kollegin anrufen. Aber wen? Bettina musste sich um ihre Tochter kümmern oder um die junge Liebe. Stephanie hatte heute schon die Obduktion durchstehen müssen. Madlaina schied aus, sie hatte nur beratende Funktion, da konnte er die Zeugin genauso gut alleine befragen. Frau Kuhn wohnte in der Schneckenburgstraße, da konnte er hinradeln. Er sprang auf, zog sich die schwarze Lederjacke an und lief aus dem Büro.

Die Bewegung auf dem Rad tat ihm gut. Er bedauerte, dass die Entfernung so kurz war, er brauchte nur fünf Minuten. Anna-Lena lebte in einem Mehrfamilienhaus, im Erdgeschoss befand sich eine Shisha-Bar. Überhaupt war die Nachbarschaft gut mit Gaststätten bestückt, die Palette reichte von einer bürgerlichen Kneipe über ein teures Bistro, das für Bioprodukte und vegetarische Speisen warb, bis zu einem vietnamesischen Restaurant, das sonntags geschlossen hatte.

Die Haustür war nicht verschlossen, Thal sprintete die Treppe hinauf. Im dritten Stock hing an einer Wohnungstür ein blechernes Namensschild: Sandy & Anna-Lena. Nur die Vornamen. Er klingelte, eine Sekunde später wurde die Tür aufgerissen.

Anna-Lena Kuhn war klein und zierlich. Quandt schätzte sie auf zwanzig, möglicherweise ließ der Kurzhaarschnitt sie jünger erscheinen, als sie war. Sie bat ihren Besucher wortlos herein, nachdem Jonas ihr den Dienstausweis gezeigt hatte, und führte ihn in die Küche. Auf dem Tisch stand nichts als ein Aschenbecher, in dem drei filterlose Kippen lagen. Daher die rauchige Stimme, dachte Quandt und unterdrückte den Impuls, das Fenster zu öffnen.

»Wann haben Sie Ihre Mitbewohnerin zuletzt gesehen?«

»Vorgestern.« Anna-Lena fingerte mit zitternden Händen eine vorbereitete Zigarette aus einem Päckchen Tabak. Sie hatte Mühe, sie zu entzünden. »Sie wollte über das Wochenende einen Freund besuchen.«

Jonas schaute sich um, sah aber keine Fotos. Er griff in die Innentasche der Jacke und zog das Bild hervor, das Kröning am Gondelhafen von Sandys Gesicht gemacht hatte. Wortlos hielt er es Anna-Lena hin, die einen kurzen Blick darauf warf. Sie schrie auf, ließ die Zigarette auf den Tisch fallen und vergrub das Gesicht in den Händen.

Quandt legte den Glimmstängel in den Aschenbecher und wartete. Warum war er nur allein zu dieser Befragung gefahren? Er durfte die Frau nicht trösten, wenn sie eine Berührung falsch verstand, konnte ihm das eine Anzeige wegen sexueller Belästigung eintragen. Er stützte die Arme auf seine Oberschenkel und wartete.

»Was ist mit ihr passiert?«, brachte Anna-Lena zwischen zwei Schluchzern hervor.

»Das wissen wir nicht genau«, log Jonas. Die Wahrheit würde die junge Frau nicht ertragen. »Hat Sandy Verwandte in der Stadt?«

»Nein, sie stammt aus Leipzig. Ihre Eltern leben dort.« Anna-Lena schniefte und wischte sich mit dem Unterarm über die Augen. »Sie sächselt.« Ein Lächeln stahl sich in ihre Augen, der Rest des Gesichts blieb von der Trauer verzerrt.

Jonas bat darum, einen Blick in Sandys Zimmer werfen zu dürfen. Eine siebzehn Quadratmeter große Studentenbude, ältere Möbel, ein paar Bücher, Vinylplatten lehnten am Regal, ein Plattenspieler. An den Wänden hingen Kunstdrucke in Grau- und Brauntönen. Abstrakt.

»Sandy war ein fröhlicher Mensch«, sagte Anna-Lena, die hinter Jonas getreten war. »Aber sie mochte Anselm Kiefer.«

Jonas kannte sich mit Kunst und Künstlern nicht aus, aber den Namen hatte er schon gelesen.

Er zog sein Smartphone aus der Tasche, schoss von der Tür aus einige Fotos des Zimmers und wählte Grendels Nummer. Er erreichte ihn bei einem Spaziergang am See. »Ich bin in zwanzig Minuten da.« Ohne sein Team konnte er zwar nicht viel machen, aber der erste Blick war durch nichts zu ersetzen.

»Sie dürfen den Raum nicht betreten, bis morgen die Spurensicherung da war«, sagte Quandt.

Anna-Lena begann erneut zu weinen. »Wie soll ich jetzt die Miete aufbringen? Sandys Zimmer war das größere, vierhundertneunzig Euro kalt. So schnell finde ich doch nie eine Nachmieterin.«

Jonas widerstand zum zweiten Mal dem Impuls, die Frau in den Arm zu nehmen.

Eine Frage schlich sich dennoch in seine Gedanken. Wollte er den nächsten Winter tatsächlich auf dem Campingplatz verbringen?

Sechsunddreißig

Montag. Acht Uhr fünf

»Was hast du dir dabei gedacht, Jonas?«

Bettina lief wie eine Furie im Büro auf und ab. Quandt saß mit gesenktem Kopf an seinem Schreibtisch.

»Warum hast du nicht jemanden von uns angerufen?«

»So wichtig schien mir die Aussage dieser Anna-Lena nicht zu sein, dass ich eine von euch aus dem Feierabend holen musste.«

Bettina schüttelte den Kopf. »Du weißt genau, dass Zeugenbefragungen nur in Anwesenheit von zwei Beamten stattfinden dürfen. Diese Anna-Lena kann dir wer weiß was unterstellen.«

»Sexuelle Belästigung scheidet ja wohl eher aus«, warf Stephanie ein.

Für eine Sekunde schien die Zeit stillzustehen. Wie in einem Standbild gefroren alle Bewegungen, bis Bettina losprustete. Jonas verzog den Mund zu einem Grinsen.

»Der war gut«, sagte Madlaina und öffnete eine Colaflasche, aus der die Kohlensäure geräuschvoll entwich.

Es dauerte geraume Zeit, bis sich alle wieder beruhigt hatten.

»Hast du die Spurensicherung in die Wohnung geschickt?« Bettinas Ärger war verflogen, sie stellte die Frage ruhig und sachlich.

Jonas nickte. »Grendel und sein Team sind schon vor Ort. Ich glaube allerdings nicht, dass sie etwas finden werden.«

»Und diese Freundin?«, fragte Stephanie. »Was hast du für einen Eindruck von ihr?«

»Sie ist fix und fertig, aus ihr bekommen wir im Moment nichts heraus. Mit der Tat hat sie nichts zu tun, da bin ich sicher.«

»Wen können wir sonst über Sandy Niemann befragen?«

»Die Eltern, aber das dauert noch, bis die hier eintreffen. Sie sitzen im Zug von Leipzig an den See.«

Es klopfte an der Tür. Ein uniformierter Beamter steckte den Kopf herein.

»Entschuldigt die Störung, Kollegen, ich habe hier eine Frau, die sich nicht abwimmeln lässt. Sie will unbedingt die Ermittlungsleiterin im Fall der Toten vom Gondelhafen sprechen. Das sind doch Sie, Frau Berg, oder?«

Bettina lief ein Schauer über den Rücken. Brauchte es eine so banale Frage, damit ihr bewusst wurde, dass sie dafür verantwortlich war, die beiden Morde aufzuklären? Sie nickte dem Beamten zu und er schob eine kleine, leicht übergewichtige Frau herein. Bettina schätzte sie auf knapp über dreißig. Sie betrat das Büro mit kleinen Schritten, ihr Blick huschte von einem zum anderen und blieb schließlich bei Bettina hängen, die ihr mit ausgestreckter Hand entgegenging. Die Besucherin stellte sich als Nicole Engler vor.

»Ich habe von der Wasserleiche gelesen. Im Radio sagten sie vorhin, es handele sich um eine Sandy N.«

Bettina bot der Frau einen Platz an. »Das stimmt. Können Sie uns etwas über die tote Frau erzählen?«

»Ich fürchte, dass ich an ihrem Tod eine Mitschuld trage.«

Bettina hörte, dass Jonas die Luft geräuschvoll einsog. Sie zog einen Stuhl hervor und setzte sich so nah wie möglich neben Nicole Engler.

»Wie kommen Sie darauf?«

»Das ist eine komplizierte Geschichte.«

»Wir haben Zeit.«

Die Zeugin schloss kurz die Augen, öffnete sie wieder und schaute Bettina an. »Kennen Sie das Mystery Hotel?«

»Nie gehört«, sagte Bettina.

»Ist das nicht so etwas wie ein Exit-Game?«, mischte sich Jonas ein.

Nicole Engler blickte erschrocken in seine Richtung. »So etwas Ähnliches, ja. Ich habe dort mit meinem Mann und einem anderen Ehepaar das Wochenende verbracht.« Sie senkte den Blick. »Wissen Sie«, flüsterte sie, »mein Mann glaubt mir nicht. Er sagt, es ist alles eine Inszenierung. Ein Trick sozusagen.«

»Was ist ein Trick?« Bettina verlor die Geduld, sie hatten zu viel zu tun, als sich mit einer Spinnerin zu beschäftigen, die sich wichtig machen wollte.

»Wir haben zugesehen, wie eine junge Frau ertrunken ist. Wir hätten es verhindern können, aber ...«

»Was heißt das, Sie haben es gesehen?«

»Auf den Monitoren.«

»Es war ein Video?«

Nicole Engler schüttelte den Kopf. »Nein, die Frau saß in einer engen Zelle, in die Wasser lief. Das konnten wir beeinflussen.«

»Wie das denn?«

»Da stand ein Trimmrad. Je schneller wir in die Pedalen traten, desto weniger Wasser lief in die Zelle.«

»Und das haben Sie getan?«

»Eben nicht«, sagte Nicole Engler. Eine Träne zog eine Spur in die Schminke auf ihrer rechten Wange.

Jonas kam hinter seinem Schreibtisch hervor und legte sein Tablet auf den Tisch. Es zeigte die Internetseite des Mystery Hotels.

»Das hier meinen Sie, oder?«

Die Zeugin warf einen Blick auf das Display und nickte.

Stephanie zog ein Foto aus einer dünnen Akte und schob es Nicole Engler zu.

»Ist das die Frau, die Sie gesehen haben?«

Die Zeugin wischte sich mit der Hand durch die Augen und verschmierte ihren Lidschatten. »Ist sie ...?«

Bettina tippte auf das Bild. »Kennen Sie diese Frau?«

»Möglicherweise. Sie sieht ihr auf jeden Fall ähnlich.« Sie schluchzte laut auf. »Es ist alles so furchtbar. Ich fühle mich so schuldig. Ich bin eine Mörderin!«

Siebenunddreißig

Montag. Neun Uhr zehn

»Darius, Darius, was das wieder kostet!«

Bublitz öffnete die zweite Mineralwasserflasche an diesem Morgen und füllte sein Glas. Eine Flasche Champagner war zu viel gewesen. Oder lag es eher an den drei Whiskys, die er nachgekippt hatte, in der Hoffnung, danach zur Ruhe zu kommen und Schlaf zu finden? Er konnte sich ein Grinsen nicht verkneifen.

»Das Lachen ist dir noch nicht vergangen, oder?«

Darius' Stimme war schneidend wie immer. Bublitz hatte sich oft gefragt, wo man so ein Organ trainieren konnte. In jedem Satz blitzte eine Autorität auf, die vielen Angst einflößte.

»Unser letztes Spiel hat dir doch gefallen, oder?« Darius beugte sich vor und fixierte Bublitz derart, dass er kaum zu atmen wagte. Stumm nickte er mit dem Kopf.

»Dachte ich mir.« Darius lachte, was noch bedrohlicher klang. Sollte Otto als Spielleiter ausfallen, könnte er ihn ersetzen. »Du weißt, dass mein bescheidener Beitrag zu deinem Unternehmen daran maßgeblichen Anteil hat?«

Bublitz wagte nicht zu widersprechen. In der vergangenen Nacht hatten eher die Titten dieses kleinen Fegers die Kasse klingeln lassen. Sogar das Video war ein Renner. Bevor Darius unangekündigt aufgetaucht war, hatte er überlegt, eine Auktion zu eröffnen. Eine Verknappung des Angebots könnte den Preis weiter steigern.

»Scheiße!« Ottos Schrei holte ihn aus seinen Gedanken. Bublitz schaltete den Monitor ein. Als hätte sein Spielleiter und Requisiteur das gespürt, hielt er seinen Daumen in die Höhe. Er blutete aus einem Riss unterhalb des Fingernagels. Bublitz grinste und schaltete das Regiemikrofon ein. »Reicht ein Pflaster oder müssen wir amputieren?«

Otto zeigte ihm den Stinkefinger und steckte sich den Daumen in den Mund.

»Dieser Scharfenberg ist ein guter Mann«, sagte Darius. »Er ist der Einzige, der nach einem Blick auf die Zeichnung versteht, wie ich mir eine Installation vorstelle.«

Bublitz nahm ein eng beschriebenes Blatt Papier vom Tisch. »Na gut, kommen wir zur jüngsten Ausgeburt deiner Fantasie.« Er überflog die Beschreibung. Wenn er es richtig verstand, schlug Darius eine neue Inszenierung für das Tamagotchi vor. Sie sollten eine Kältekammer bauen, die Spieler konnten durch die Beantwortung von Fragen oder auf dem Heimtrainer die Temperatur in der Kammer heraufsetzen und damit den Mann in der Zelle vor dem Erfrieren retten. Zumindest würden sie das glauben.

»Perfide«, sagte Bublitz.

Darius legte den Kopf schief. »Findest du?«

»Mann oder Frau?«, fragte Bublitz, dem ein Gedanke kam, der ihn nicht mehr losließ.

»Warum fragst du? Du weißt, dass jetzt ein Mann an der Reihe ist. Wir dürfen für unsere Versuchsreihe nicht davon abweichen.«

»Moment!« Nick Bublitz richtete sich im Sessel zur vollen Größe des Sitzriesen auf, der er war. »Das ist ein Geschäft auf Gegenseitigkeit. Du bekommst deine Versuchsreihe, weil ich dir die Räume und die Technik zur Verfügung stelle, richtig?«

Darius verengte die Augen zu Schlitzen. Nick hob die Hand, bevor er etwas sagen konnte. Sprache war die schärfste Waffe seines Gegenübers.

»Die Kältekammer ist ideal für eine Frau. Sie könnte anfangs leicht bekleidet sein und die Gäste müssten ihr wärmere Sachen erspielen. Diese Versuchsanordnung wäre auch wissenschaftlich von Interesse.«

»Wie das?«

Bublitz grinste. Er hatte gelernt, wie man Darius packen konnte.

»Wäre es etwa nicht interessant, wer sich in diesem Fall mehr Mühe gibt, die Blößen der Frau in der Zelle zu bedecken, die Männer oder die Frauen?«

»Du bist ein geiler Bock, Nick Bublitz!«

»Reden wir über das Finanzielle. Die Kosten ... allein das Kühlaggregat ...«

»Das lass meine Sorge sein.« Darius lehnte sich entspannt zurück. »Ich habe die anderen Installationen doch auch bezahlt.«

Nick hatte sich vom ersten Augenblick an gefragt, woher Darius die Finanzmittel hatte, die teure Technik anzuschaffen. Wenn er ihn nicht angelogen hatte, stammte er nicht aus einem wohlhabenden Elternhaus. Verdienten Assistenten an der Uni so viel, dass sie jede zweite Woche eine fünfstellige Summe auf den Tisch legen konnten? Bar und ohne Quittung? Aber was machte er sich darüber Gedanken. Er hielt die Hand auf.

»Wie wäre es mit der üblichen Anzahlung?«

Darius verzog keine Mine. Er zog seine Brieftasche heraus und zählte dreißig Hunderteuroscheine auf den Tisch. Nick schob sie zusammen und stopfte das dünne Bündel in seine Hosentasche.

»Sonst noch was? Ich habe nämlich zu tun und wegen der Technik musst du mit Otto reden.«

»Wir brauchen ein neues Tamagotchi.« Darius stand auf und ging zur Tür. »Die Kleine vom letzten Wochenende war perfekt. So eine will ich wieder, verstanden?«

»Klar«, sagte Bublitz. »Wo die herkam, gibt es noch mehr.«

Achtunddreißig

Montag. Zehn Uhr zehn

»Na dann mal rein in die gute Stube.«

Der Typ schien auf eine besondere Art aufgedreht. Bettina konnte sein Verhalten nicht einordnen und auch Jonas schaute ihn irritiert an. Vor fünf Minuten waren sie auf den Parkplatz in der Max-Stromeyer-Straße eingebogen. Er lag vor einem unscheinbaren Gewerbebau, wie es Dutzende im Industriegebiet gab. Lediglich der Schriftzug auf dem Dach signalisierte, dass sich hinter den grau verputzten Wänden keine Werkstatt und auch keine Büros befanden.

Mystery Hotel. Die neongrünen Buchstaben leuchteten selbst am Tag. Am Eingang befand sich ein einziger Klingelknopf mit der Beschriftung ›Rezeption‹. Es hatte eine Minute gedauert, bis ein Glatzkopf, der Bettina gerade bis zum Kinn reichte, die Tür geöffnet hatte. Sie hatten nach dem Geschäftsführer gefragt und waren eine enge Stiege hinaufgeführt worden.

Oben hatte sie der Besitzer des Unternehmens in Empfang genommen und sich als Nick Bublitz vorgestellt. Bettina schätzte ihn auf Mitte vierzig, möglicherweise lag sie damit aber auch daneben. Bublitz gehörte zu der Sorte Männer, die sie gerne älter schätzte, als sie waren. Sein Körperbau kam ihr unproportioniert vor, nach ein paar Minuten hatte sie die Ursache erkannt. Die Beine waren zu kurz und zu dünn für den massigen Körper, den sie zu tragen hatten.

Er führte sie in einen Raum, der aussah wie ein Raumschiff-Cockpit in einem Science-Fiction-Film der frühen

Siebzigerjahre. Ein halbes Dutzend Monitore unterschiedlicher Größe stand auf einem Pult, dazu etwa genauso viele Tastaturen, unzählige Bretter mit Knöpfen und Hebeln. Einiges sah professionell aus, anderes wirkte zusammengeschustert, als hätte ein Amateur versucht, eine komplizierte Schaltung nachzubauen. Auf dem Boden lag weiteres technisches Equipment.

»Nehmen Sie Platz!«, sagte Bublitz und räumte einen Stuhl an einem Besprechungstisch frei, auf dem sich Kartons türmten. »Unsere neuen Flyer«, sagte der Mann und reichte Bettina ein Exemplar. »Sind gerade aus der Druckerei gekommen.«

Bublitz nahm hinter dem Schreibtisch Platz, der Stuhl ächzte unter seinem Gewicht. »Ist alles noch etwas provisorisch, aber wir sind ein junges Start-up und investieren jeden freien Euro in die Ausstattung unserer Spielräume. Repräsentative Büromöbel müssen warten.« Er ließ ein wieherndes Lachen ertönen.

Jonas wedelte mit dem Werbeprospekt. »Sie bieten Exit-Games an, richtig?«

Bublitz lachte. »Wir sind die nächste Generation dieser Spiele. Was es bisher gab, ist auf dem Niveau von Super Mario. Wir sind World of Warcraft.«

Bettina verstand kein Wort und überließ Jonas die Gesprächsführung.

»Aber Ihre Idee basiert auf dem gleichen Prinzip. Sie sperren Menschen in einen Raum, aus dem sie sich befreien müssen, indem sie Aufgaben lösen. Wie bei einem PC-Spiel, nur eben in der Realität.«

»Falsch!« Bublitz lehnte sich zurück und faltete die Hände vor dem Bauch. »Alle bisherigen Exit-Games dauern eine Stunde, höchstens zwei. Bei uns sind die Spieler zwei volle Tage zu Gast. Es geht auch nicht darum, dass sie sich aus dem Apartment befreien müssen. Vielmehr erleben sie in dieser Zeit einige Abenteuer. Dinge, die sie als gefährlich wahrnehmen. Natürlich ist alles völlig harmlos, das kann ich Ihnen versichern. Wir werden schließlich vom TÜV überwacht. Trotzdem kommen unsere Kunden an Grenzen – und das ist gewollt. Wir erzeugen auf verschiedene Weise Stress.«

»Wie muss ich mir das vorstellen?« Bettina beugte sich vor. Jetzt bewegte sich die Unterhaltung auf einem Terrain, das sie kannte.

»Betriebsgeheimnis«, antwortete Bublitz.

Seine Selbstgefälligkeit machte Bettina wütend. »Vorsicht, Herr Bublitz. Wir führen eine Mordermittlung durch, wenn wir wollen, stehen wir in drei Stunden mit einem Durchsuchungsbeschluss vor der Tür. Dann schauen wir uns jeden Winkel Ihres Ladens genau an.«

Bublitz hob abwehrend die Hände. »Ist ja schon gut. Sie wollen ein paar Beispiele, wie wir den Blutdruck unserer Spieler in die Höhe treiben? Indem wir die Temperatur im Apartment verändern, mal ist es zu heiß, mal zu kalt. Oder wir lassen eine Ratte durch den Raum laufen, in Wirklichkeit ist es ein mechanisches Spielzeug. Wir können sogar die Decke einstürzen lassen. Wenn zwei Paare miteinander spielen, können wir sie für eine bestimmte Zeit trennen.« Er schaute Bettina herausfordernd an. »Genug gehört, Frau Kommissarin?«

»Klingt für mich nach der modernen Form der Geisterbahn.«

Bublitz lachte. »Gar kein schlechter Vergleich. Passt vor allem auf unser Tamagotchi.«

»Sie meinen dieses Elektrotier, das man füttern muss, damit es nicht stirbt?«

»Genau, nur dass unser Tamagotchi ein menschliches Wesen aus Fleisch und Blut ist.« Er beugte sich vor, nahm eine Fernbedienung vom Tisch und richtete sie auf einen Monitor an der Wand. »Schaun Sie mal.«

Auf dem Monitor erschien das Bild einer Frau, die augenscheinlich gegen das Ertrinken kämpfte. Bettina spürte, wie ihr das Blut in den Kopf stieg.

»Darf ich vorstellen: Jaqueline Berkel. Genannt Jacky. Unsere Gäste lernen sie als Sandy kennen.«

»Sie suggerieren Ihren Kunden, dass diese Frau ertrinkt?«

»Wenn die Spieler nichts dagegen unternehmen, ja.«

»Wie funktioniert das genau?« Bettina spürte, wie sich ihre Nackenmuskeln verspannten und lockerte die Schultern.

Bublitz stand auf und ging zur Tür. »Wenn Sie mir versprechen, damit nicht hausieren zu gehen, zeige ich Ihnen die Anlage.« Er führte sie in den Kontrollraum. Männer in Overalls waren damit beschäftigt, Kabel in einem Schacht zu erneuern. »Macht ein paar Minuten Pause, Leute.« Bublitz schickte die Handwerker nach draußen.

»Hier haben wir das gute Stück. Wir nennen es schlicht ›Die Zelle‹.«

Jonas öffnete die Tür zu einer hölzernen Kammer. Im Inneren befand sich ein kleinerer Raum aus Glas. »Doppelte Wände«, sagte Jonas.

»So ist es.« Bublitz schien beleidigt, dass der Polizist das Rätsel so schnell gelöst hatte, erklärte die Anlage aber anschließend wie ein stolzer Vater. »Das Wasser läuft durch diese Schächte, dadurch entsteht optisch der Eindruck, als kämpfe die Frau gegen immer größere Fluten. Alles andere sind Aufzeichnungen, die unser Regisseur auf die Monitore im Apartment einspielt.«

»Die Spieler können also gar nicht entscheiden, ob die Frau überlebt oder nicht?«

»Sie überlebt immer«, sagte Bublitz und grinste Jonas an.

»Sie wissen genau, was ich meine.«

»Klar, Herr Kommissar. Natürlich regulieren wir den Wasserstand in den doppelten Wänden je nachdem, wie sich die Spieler um die Frau bemühen. Am Ende entscheidet allerdings die Regie.«

Bettina atmete aus. Ganz schön harter Tobak, fand sie und drehte sich zu Bublitz um. »Wir brauchen die Adresse der Frau, die am vergangenen Wochenende Ihr Tamagotchi gespielt hat.«

Drei Minuten später stiegen Bettina und Jonas ins Auto.

»Ganz schön grenzwertig dieses Spiel, findest du nicht?« Bettina griff hinter sich und zog den Sicherheitsgurt nach vorne.

»Nicht schlimmer als ein Ballerspiel auf dem Computer, im Gegenteil. Und ganz sicher wird hier niemand durch Ertrinken getötet.«

»Diese Nicole Engler schien aber davon überzeugt.«

»Was beweist, wie gut Bublitz und seine Leute darin sind, eine perfekte Illusion zu erzeugen.«

Bettina steckte den Schlüssel ins Zündschloss.

»Einen Moment noch«, sagte Jonas. »Mir kommt da eine Idee. Könnte es nicht sein, dass die Installation jemanden auf die Idee bringt, es nachzuspielen.«

»Du meinst, ein ehemaliger Gast ...?«

Jonas ließ Bettina den Satz nicht beenden. Er sprang aus dem Auto und rief über die Schulter: »Ich hole nur schnell die Kundenliste.«

Neununddreißig

Montag. Zwölf Uhr fünfundvierzig

»Commissario! Come stai?«

Donato kam hinter der Theke hervor und legte Thal eine Hand auf die Schulter. »Wie war in Klinik? Schlechte caffè, oder?« Er lachte und strahlte übers ganze Gesicht.

»Das kann man laut sagen, das Gebräu, das sie dort Kaffee nennen, ist eher schwarz gefärbter Tee.«

Donato lachte und holte die Flasche Wein von der Anrichte.

»Für mich nicht, wenn Madlaina das sieht ...« Thal machte die typische Bewegung des Halsabschneidens.

»Ach komm, commissario! Ist pure Medizin!«

Bettina lächelte, als Thal bereitwillig nachgab. Er war auf dem Weg zurück in die Normalität. Sie hatte ihn vom Parkplatz des Mystery Hotels angerufen und er hatte das Treffen bei Donato vorgeschlagen.

Maria und ihr Sohn Manuel kamen aus der Küche und begrüßten Thal genauso überschwänglich wie der Patrone. Bettina merkte, dass ihm die Fürsorge peinlich war. Sie zog den Prospekt des Mystery Hotels aus der Tasche und schob ihn Manuel zu. »Würdest du dort ein Wochenende mit deinen Freunden buchen?«

Donatos Sohn warf einen Blick auf den Prospekt. »Davon habe ich schon gehört. Ist auf jeden Fall mal was anderes.«

Donato nahm ihm das Faltblatt aus der Hand und blätterte darin herum. »Man soll bezahlen, damit man Stress bekommt? So was können sich nur Deutsche ausdenken.«

»Was hast du gekocht, Maria?«, fragte Bettina, die zum Frühstück nur eine Scheibe Toast verschlungen hatte.

»Heute ist Manuel der Koch«, sagte sie und deutete in die Küche, in die ihr Sohn bereits wieder verschwunden war. »Er hat Ravioli mit Basilikumpesto für euch gemacht.«

»So langsam muss er in unsere Fußstapfen treten«, rief Donato von der Theke.

»Als ob Donato sein Geschäft jemals loslassen könnte«, flüsterte Bettina Thal zu.

»Aber vielleicht kürzertreten«, sagte Maria, die Bettinas Bemerkung gehört hatte.

»Reden wir über den Fall.« Thal schien das Thema wechseln zu wollen. Bettina grinste, das Stichwort ›kürzertreten‹ war ihm wohl unangenehm. »Glaubst du, dass unsere Toten in einer Beziehung zu diesem komischen Laden stehen?« Er tippte auf den Prospekt.

»Ich bin mir nicht sicher.« Bettina trank einen Schluck Wein, um Zeit zu gewinnen. Sie wusste, dass Thal sie nicht drängte und keine perfekte Analyse erwartete. Für ihn bestand eine gute Ermittlung in der Interpretation der Fakten. Dabei waren Freiräume erlaubt, Polizeiarbeit war eine kreative Tätigkeit, bei der man zuweilen der Fantasie freien Lauf lassen musste.

Manuel brachte zwei Teller voll dampfender Pasta.

»Buon appetito!«, rief Donato, der hinter der Theke Schinken schnitt.

Bettina machte sich über das Essen her, sie war lange nicht mehr so hungrig gewesen.

»Was ist mit dieser Zeugin?«, fragte Thal.

»Du meinst Nicole Engler? Ich habe sie für glaubwürdig gehalten, bin aber nicht mehr sicher. Es kann sein, dass sie psychisch labil ist und dem Stress im Mystery Hotel nicht gewachsen war. Man kennt das von Computerspielen, manche Spieler verwechseln Fiktion und Realität.«

»Aber kann man den Tod einer Ertrinkenden so darstellen, dass es jemand für bare Münze nimmt?«

»Die Technik, die dieser Bublitz mit seinen Leuten entwickelt hat, ist schon beeindruckend. Je nachdem, wie oft ein Mensch bisher mit dem Tod konfrontiert wurde, kann es durchaus wie die Wirklichkeit aussehen.«

»Du kennst Madlainas Theorie?«

»Dass es sich um eine Serie handelt? Eine Frau folgt auf einen Mann, eine Ertrinkende auf einen Verdurstenden.«

»Und so weiter ...«, sagte Thal.

Bettina bekam eine Gänsehaut. »Es ist eine merkwürdige Abfolge, das stimmt.«

»Mir scheint es eher ein Zufall«, sagte Thal.

»Ich glaube an Zufälle«, sagte sie.

Thal, der eine Gabel zum Mund führte, hielt in der Bewegung inne. »Du bist in der letzten Zeit so ...« Er legte die Stirn in Falten, als strengte es ihn an, das richtige Wort zu finden. »Du kommst mir oft versonnen vor.«

Bettina lachte. »Was für ein schönes Wort. Meinst du es als Kompliment?«

»Ich weiß nicht«, antwortete Thal. »Sollte ich irgendetwas wissen?«

Für eine Sekunde spürte Bettina den innigen Wunsch, Thal von Vince zu erzählen. Aber was sollte es bringen, wenn sie ihm beichtete, dass sie nicht wusste, ob sie in seinen Freund verliebt war? Sie schüttelte den Kopf und putzte mit der letzten Ravioli den Teller leer.

Manuel trat an den Tisch. »Hat es euch geschmeckt.«

Bettina formte einen Kreis aus Daumen und Zeigefinger. »Wie bei Mama«, sagte sie.

Thal prustete los. »Wirklich hervorragend, Manu.«

»Caffè?«, fragte Donato.

»Si, naturalmente«, antwortete Thal, während Bettina wie immer abwinkte.

»Und nun?« Thal schaute sie an. Bettina glaubte, dass er auf ihre angeblich verträumte Art anspielte, und zuckte mit den Schultern.

»Wie wirst du weiter vorgehen?«, löste er das Missverständnis auf.

Sie atmete auf. »Warten wir, ob Stephanie und Jonas diese Jaqueline Berkel angetroffen haben. Möglicherweise ist das Thema längst vom Tisch.«

Vierzig

Montag. Dreizehn Uhr fünf

»Nun beruhigen Sie sich doch, Frau Berkel!«

»Ich soll mich beruhigen?« Die junge Frau funkelte Stephanie an. »Ich bin die Ruhe selbst! Aber wenn man von zwei Bullen in Uniform aus dem Bett geschmissen wird, kaum Zeit zum Anziehen hat und dann hier vorgeführt wird wie eine Schwerverbrecherin, dann darf man sich doch wohl ein kleines bisschen aufregen!«

Jonas konnte sich ein Grinsen nicht verkneifen. Wenig Zeit zum Anziehen hatte anscheinend dazu geführt, den kürzesten Rock und das engste T-Shirt aus dem Schrank zu nehmen.

Seit der Kollege von der Pforte sie in den Vernehmungsraum 2 gebracht hatte, tigerte Jaqueline Berkel von einer Ecke in die andere. Bisher hatte sie lediglich ihren Namen genannt und ausgesagt, vierundzwanzig Jahre alt zu sein.

»Bitte, setzen Sie sich endlich! Solange Sie hier rumlaufen, werden wir nicht mit der Befragung beginnen. Wenn Ihnen also daran liegt, so schnell wie möglich hier rauszukommen ...«

»Na gut!« Berkel schnaubte, zog den Stuhl geräuschvoll unter dem Tisch hervor und setzte sich. Sie legte die Arme auf den Tisch und starrte Stephanie an, als könnte sie in ihrem Gesicht lesen, was sie von ihr wollte.

»Wir vernehmen Sie heute als Zeugin, Frau Berkel, also entspannen Sie sich.« Jonas versuchte, die Situation zu entkrampfen.

Ein Lächeln schlich sich in das Gesicht der Frau. »Was ist das denn für ein Komiker?«, fragte sie Stephanie. Sie hatte ihre Wahl getroffen, mit wem sie reden wollte. Jonas würde sich mit der Rolle des Zuhörers begnügen müssen.

»Gut, Frau Berkel ...«

»Hören Sie auf mit diesem Getue. Ich heiße Jacky, das muss reichen.«

Stephanie verdrehte die Augen. »Ist es richtig, dass Sie ein ...« Sie suchte nach dem richtigen Wort.

»Engagement«, half ihr Jonas auf die Sprünge. Jacky warf ihm einen ärgerlichen Blick zu.

»Haben Sie ein Engagement im Mystery Hotel des Herrn Bublitz?«

»Niemand würde auf die Idee kommen, Nick einen Herrn zu nennen, aber sonst haben Sie recht. Ich habe da einen Job. Einen ziemlich miesen, um es genau zu sagen.« Jacky beugte sich über den Tisch und angelte nach einer Mineralwasserflasche. Jonas schob ihr den Flaschenöffner zu.

»Beschreiben Sie uns bitte, was Sie dort tun?«

»Ich gebe den sterbenden Schwan!« Jacky lachte und ließ blendend weiße Zähne aufblitzen. Entweder gute Pflege oder ein teurer Zahnarzt, dachte Jonas.

»Bitte etwas genauer, Frau Berkel.«

Die Zeugin verzog den Mund wegen der Anrede, öffnete aber schweigend die Mineralwasserflasche und setzte sie an die Lippen. Sie trank gierig.

»Nick hat sich eine ganz besondere Schweinerei für seine Kunden ausgedacht. Ich sitze in einem Glaskäfig, durch die doppelten Wände rinnt Wasser. Wenn man das richtig beleuchtet und aus einem bestimmten Blickwinkel filmt, sieht es aus, als wenn Wasser in meine Zelle fließt.«

»In Wirklichkeit sitzen Sie im Trockenen?«

»So kann man das auch nicht sagen. Es muss ja echt wirken, also sind meine Haar klatschnass und auch meine Kleidung ...« Sie streckte die Brust raus und strich sich mit den Händen über den Busen. Fehlte nur noch, dass sie sich über die Lippen leckte, um das Klischee eines billigen Vamps komplett zu bedienen. Jonas hatte Mühe, nicht laut loszulachen.

»Die Leute sollen also denken, dass Sie ertrinken.«

Sie leerte die Mineralwasserflasche. »Genau. Ich spiele das dann, Nick meint, an mir sei eine Schauspielerin verloren gegangen.«

Jacky setzte sich aufrecht hin. Für eine Sekunde verdunkelte ein Schatten ihr Gesicht. Sie trauert den verpassten Chancen in ihrem Leben nach, dachte Jonas. Er war sicher, dass es davon einige gab.

»Wie lange müssen Sie in dieser gläsernen Zelle sitzen?«

»Den ganzen Tag. Zum Glück muss ich nicht über Nacht bleiben, da würde ich mir bei dieser Nässe den Tod holen.«

»Werden über Nacht die Monitore für die Kunden abgeschaltet?« Jonas konnte sich nicht länger zurückhalten.

Jacky sah ihn nicht an, antwortete aber trotzdem. »Die Szenen sind vorproduziert. Tagelang habe ich in dieser Kammer geschlafen, aber wenigstens im Trockenen. Keine Ahnung, wie die das hinbekommen, dass ich hinterher wie ein begossener Pudel aussehe.«

»Dieser Film läuft dann wahrscheinlich in Dauerschleife.«

»Wenn Sie es sagen, Herr Kommissar.«

Jacky stellte die Wasserflasche geräuschvoll auf den Tisch. »Wenn ich das noch mal machen soll, muss Bublitz richtig viel Geld drauflegen. Andernfalls muss er sich eine andere Dumme suchen. Und blond will ich auch nicht mehr sein.« Sie schaute Stephanie an. »Sind Ihre Haare echt blond?«

Stephanie nickte. »Natürlich, ich würde mir niemals die Haare färben.«

»Sehen Sie!« Es klang wie ein Triumph. »Diese ewige Färberei geht mir dermaßen auf den Keks. Und die Kerle wollen an der Stange sowieso am liebsten Rothaarige sehen. Echte, versteht sich.« Sie lachte auf, es klang gekünstelt.

»Warum haben Sie sich denn darauf eingelassen? Sie hätten doch auch eine rothaarige Wasserleiche sein können.«

Jacky zuckte mit den Schultern. »Das müssen Sie Nick fragen. Der bestand darauf. Blond oder gar nicht, hat er gesagt.«

Einundvierzig

Montag. Vierzehn Uhr zehn

Bettina hielt ihr Gesicht in die Sonne. Sie hatte Madlaina nach ihrem Mittagessen bei Donato angerufen, Thal war zurück auf die Mettnau gefahren. »Trinken wir zusammen einen Tee?«, hatte sie die Schweizer Kollegin gefragt und die ›Historische Fähre‹ als Treffpunkt vorgeschlagen. Seit zehn Minuten saßen sie an Deck, hinter ihnen drehte sich die Imperial, auf dem Steg flanierten die Touristen.

»Schau, Leah, da ist die Mama!«

Pranom hob die Kleine auf Bettinas Schoß. Madlaina beobachtete es lächelnd. Sie hatte Verständnis, das wusste sie. Bettina musste jede Gelegenheit nutzen, ihre Tochter zu sehen.

Fünf Minuten später war Pranom gegangen. Bettina bestellte einen Orangensaft und wie immer eine Cola für Madlaina. »Wie schaffst du es, bei dem vielen Zucker, den du dir Tag für Tag reinschüttest, nicht dick zu werden?«

»Gar nicht«, sagte Madlaina. Lachend strich sie sich über die Hüften. »Ich bin viel zu klein für mein Gewicht.«

Bettina grinste. Madlaina war einen Meter fünfundachtzig groß und alles andere als übergewichtig. Das Adjektiv ›weiblich‹ traf ihr Aussehen am besten.

»Hast du Nicole Engler erreicht?«, fragte Bettina.

»Nein, dabei hätte ich ihr gerne persönlich gesagt, dass sie sich keine Sorgen zu machen braucht. Sie trägt auf keinen Fall die Verantwortung für die tote Frau im See.«

Bettina schaute hinüber zum Gondelhafen. Nichts erinnerte mehr an den grausigen Fund. Eltern mit zwei halbwüchsigen Kindern bestiegen ein Tretboot, eine alte Dame scherte sich nicht um die Verbotsschilder und fütterte die Enten.

Stephanie hatte Bettina über die Vernehmung von Jaqueline Berkel informiert. »Weißt du, was ich nicht verstehe?«, fragte sie Madlaina, die mit dem Strohhalm die Eiswürfel in ihrer Cola klimpern ließ. »Bublitz hat darauf bestanden, dass Jacky sich die Haare blond färbt. Bringt uns das irgendwie weiter?«

Madlaina trank einen Schluck und leckte sich die Lippen ab. Sie glänzten im Sonnenlicht und Bettina verstand in dieser Sekunde, warum alle Männer verrückt auf die große Frau mit den pechschwarzen Haaren waren. »Es könnte uns weiterbringen, wenn Bublitz und seine Firma in den Fall verwickelt wären, was ich nicht glaube.«

»Warum ist ihm die Haarfarbe dann so wichtig? Jacky hat das nur widerwillig mit sich machen lassen.«

»Ich denke, Bublitz legt es darauf an, seine Kunden zu provozieren. Ein unschuldiges blondes Mädchen gerät in Gefahr. Das verursacht mehr Stress, als wenn eine taffe Rothaarige bedroht ist.«

»Dass die Männer so einfach gestrickt sind!«, sagte Bettina und lachte. Madlaina fiel ein, und für ein paar Sekunden waren sie nicht die Ermittlerinnen in einem Mordfall, sondern zwei Freundinnen, die einen warmen Sommernachmittag genossen.

»Apropos Männer«, sagte Bettina und wischte sich eine Träne aus dem Auge. »Alexander sieht super aus, finde ich. Schlank, fit. Er hat sich prächtig erholt.«

Madlainas Blick verschleierte sich. »Ich mache mir trotzdem Sorgen um ihn. Der Herzinfarkt war definitiv ein Warnschuss. Alex hat sich nach dem Tod seiner Frau zu viel zugemutet. Er meinte, jeden Fall mit hundertprozentigem Engagement bearbeiten zu müssen. Pausen gab es nicht. Aber wem sage ich das?« Sie schaute Bettina an, die das Gefühl hatte, zur Komplizin gemacht zu werden.

»Du meinst, der Infarkt war die Quittung für den Stress der letzten Jahre?« Bettina hatte Angst vor der Antwort, denn sie war Teil der Belastungen, mit denen Thal zu kämpfen gehabt hatte. Ihre unglückliche Beziehung zu Tobias, ihre Schwangerschaft, Leahs Geburt, schließlich Tobias' Unfalltod. Thal musste nicht nur den Tod seines Sohnes verkraften, sondern sah sich in der Pflicht, für seine Enkelin zu sorgen.

»So darf es auf jeden Fall nicht weitergehen.« Madlaina holte Bettina aus ihren Gedanken.

»Kannst du dir vorstellen, dass Alexander es schafft, nicht mit Volldampf zu arbeiten?«

Madlaina schüttelte den Kopf. »Vielleicht braucht es eine andere, radikalere Lösung.«

Bettina schluckte. Ehe sie etwas sagen konnte, klingelte ihr Handy. »Grendel« informierte sie Madlaina.

»Restle hat angerufen«, sagte der Spurenermittler und Bettina hörte an seiner Stimme, dass er eine wichtige Neuigkeit hatte, und schaltete den Lautsprecher ein. »Sandy Niemann ist nicht im See ertrunken.«

Die Gäste am Nebentisch reckten die Hälse. Bettina ließ sich nicht beeindrucken. »Sondern?«, fragte sie.

»In Leitungswasser.«

Madlaina atmete stoßweise aus, als Bettina das Gespräch beendet hatte. »Damit scheidet ein Unfall wohl definitiv aus.«

»So sieht es aus«, sagte Bettina. Hätten die Rechtsmediziner Bodenseewasser gefunden, wäre es möglich gewesen, dass Sandy Niemann aus unbekannter Ursache ohnmächtig geworden, ins Wasser gefallen und ertrunken wäre.

»Es ist genau wie bei Marco Ahrend«, flüsterte Madlaina. Die Tischnachbarn stierten die beiden Frauen immer noch an. »Tatort ist nicht gleich Fundort.«

»Also muss jemand die Leiche transportiert und dort abgelegt haben.« Bettina deutete mit einem Kopfnicken zum Gondelhafen.

»Jemand, der wollte, dass sie gefunden wurde.«

Zweiundvierzig

Montag. Fünfzehn Uhr vierzig

»Vorsicht, er ist heiß!«

Holger Niemann reichte seiner Frau die Kaffeetasse. Sie nahm sie mit beiden Händen, um nichts zu verschütten. Petra Niemann zitterte am ganzen Körper.

»Ist Ihnen kalt, Frau Niemann?« Stephanie legte eine Hand auf den Arm von Sandy Niemanns Mutter. Sie nickte.

Jonas stand auf und schloss das Fenster. Das Außenthermometer zeigte sechsundzwanzig Grad. Im Schatten. Petra Niemann fror von innen. Er mochte sich nicht vorstellen, wie sie die achtstündige Bahnfahrt von Leipzig nach Konstanz verbracht hatten. Die beiden waren keine großen Redner, das hatte er in den letzten zehn Minuten begriffen. Sie suchten Trost in Gesten und Berührungen. Worte erreichten sie nicht. Noch nicht.

»Es tut uns leid, Frau Niemann, wir müssen Ihnen ein paar Fragen über Ihre Tochter stellen. Das verstehen Sie doch?«

»Natürlich«, antwortete Peter Niemann für seine Frau. »Aber bitte, erklären Sie uns, was passiert ist. Am Telefon sagte uns Ihr Kollege, dass Sandy ertrunken ist. Das kann nicht sein, sie war eine gute Schwimmerin.«

Stephanie wollte antworten, aber Jonas räusperte sich. Er stand hinter Sandys Eltern und legte sich einen Finger auf den Mund. Die schlimmste Nachricht von allen sollte sie besser zurückhalten. Danach würden sie für Stunden nichts mehr aus den beiden herausbekommen.

»Wir müssen uns erst einmal ein Bild von den Verhältnissen machen, in denen Sandy lebte.« Jonas setzte sich neben Stephanie. »Wie lange war sie schon in Konstanz.«

»Seit einem Jahr«, antwortete der Vater in weichem Sächsisch. »Sandy ist die Erste in unserer Familie, die studiert.«

»Sie ist ein kluges Mädchen«, warf die Mutter ein.

»Ja, das ist sie.«

Jonas ließ den beiden ein paar Sekunden Zeit, das warme Gefühl für ihre Tochter zu spüren, das sie hoffentlich nie verlassen würde.

»Nur schade, dass sie so weit weg von zu Hause war.« Petra Niemann wischte sich über die Augen. Sie beginnt, zu realisieren, dachte Jonas. Zum ersten Mal hatte sie in der Vergangenheit gesprochen.

»Wie war es um die finanzielle Situation ihrer Tochter bestellt?«, fragte Stephanie. Der Vater hob den Kopf, als wunderte er sich über die Frage.

»Wir sind einfache Leute«, sagte er. »Aber wir helfen unserer Tochter, so gut wir können.«

»Das reichte natürlich nie, hier ist ja alles viel teurer als bei uns daheim«, sagte die Mutter. Eine leichte Röte überzog ihre Wangen. »Ich habe mir manchmal Vorwürfe deswegen gemacht, aber ...«

Ihr Mann nahm ihre Hand und tätschelte sie.

Eine große Liebe, dachte Jonas.

»Bitte!« Holger Niemann drückte die Hand seiner Frau. »Sagen Sie uns, was passiert ist!«

Stephanie holte tief Luft. »Noch wissen wir es nicht genau, aber wir müssen davon ausgehen, dass Ihre Tochter getötet wurde.«

»Sie meinen ...?« Holger Niemann sprach das Wort nicht aus, als könnte er damit dessen Eindringen in sein Leben verhindern.

Jonas wusste, dass der Mord an seinem Kind von heute an sein Leben bestimmen würde.

Stephanie nickte. »Wir kennen die Details noch nicht, aber Ihre Tochter hat nicht gelitten. Es ging alles sehr schnell.«

Jonas war froh, dass Stephanie das sagte. Es war eine Lüge, sie hatten keine Ahnung, wie Sandy Niemann zu Tode gekommen war, ob der Täter sie nur einmal schnell unter Wasser gedrückt oder quälend langsam und in Intervallen getötet hatte. Diese Unwahrheit aber war zutiefst menschlich.

»Ist in den letzten Tagen etwas Besonderes passiert?«, fragte Thal, um den Geist der Eltern auf Trab zu halten. Solange sie darüber nachdachten, grübelten sie nicht über das Martyrium ihrer Tochter. »Hat sie Ihnen erzählt, dass sie sich über etwas geärgert oder gefreut hat?«

»Sie war glücklich«, sagte die Mutter.

»Hatte sie einen neuen Freund?«, fragte Stephanie und Jonas hörte die Hoffnung auf einen Tatverdächtigen oder ein Motiv.

»Nein. Sie sagte immer: Erst kommt das Studium und dann die Liebe.«

»Was hat sie dann glücklich gemacht?«

»Sie hatte endlich einen Job gefunden«, beantwortet der Vater die Frage. »Ganz leichte Arbeit, hat sie gesagt. Es hat irgendetwas mit Forschung zu tun, mehr habe ich nicht verstanden.«

Petra Niemann stand unvermittelt auf. »Können wir jetzt zu unserer Tochter? Ich möchte sie sehen.«

»Wir lassen Sie erst ins Hotel bringen«, sagte Stephanie. »Ihre Tochter ist nicht hier.«

»Wo ist sie dann?« Petra Niemanns Stimme bekam einen schrillen Unterton.

»In Freiburg. In der Rechtsmedizin.«

»Freiburg?« Die Mutter starrte Stephanie an. »Ist das weit weg? Warum lassen Sie uns erst hierher kommen.«

»Pssst, Liebling. Die Dame und der Herr von der Polizei tun nur ihre Arbeit.«

Jonas rief einen Kollegen vom Bereitschaftsdienst, der sie ins Hotel begleiten würde.

Als die Niemanns das Haus verlassen hatten, riss er das Fenster auf und holte tief Luft. Er spürte die Trauer der Eltern, sie schnürte ihm den Atem ab.

»Das wird Madlaina in ihrer Theorie bestärken«, sagte Stephanie.

»Was meinst du?« Jonas schaute weiter aus dem Fenster.

»Na, dass wir es mit einer Serie zu tun haben.«

»Wie kommst du darauf?«

»Marco Ahrend hatte sich als Testperson bei der Zulassung von Medikamenten verdingt und Sandy Niemann finanzierte sich ihr Studium mit einem Job in der Forschung, was auch immer das heißen mag.«

»Vielleicht hat sie ihre Eltern angelogen. Es gibt Jobs, über die man nicht gerne spricht.«

Stephanie nickte. »Möglich, aber ich habe den Eindruck, dass die Niemanns ein offenes Verhältnis zu ihrer Tochter hatten. Die Sache wird immer mysteriöser.«

»Wir sollten uns umgehend mit den Firmen beschäftigen, für die Ahrend das Versuchskaninchen gespielt hat. Vielleicht steht Sandy Niemann ja auch auf ihrer Lohnliste.«

Dreiundvierzig

Montag. Sechzehn Uhr zwanzig

»Was soll das? Ich habe Ihren Kollegen schon alles erzählt!«

Nick Bublitz reichte Thal den Dienstausweis zurück. Seine Gestik war nicht weit davon entfernt, dem Kommissar das Plastikteil vor die Füße zu werfen.

»Ich mache mir gerne selbst ein Bild.« Thal war unangekündigt im Mystery Hotel aufgetaucht. Er hatte sich nach der letzten Therapiestunde sofort auf den Weg gemacht. Es stimmte, er wollte mit eigenen Augen sehen, wovon die Kollegen ihm berichtet hatten. Aus Erzählungen konnte er sich kein Urteil bilden.

»Wenn's sein muss.« Bublitz hob die Arme. »Aber stören Sie die Leute auf keinen Fall bei der Arbeit. Wir müssen die Installation für die neuen Gäste vorbereiten, da kommen wir am Ende immer in Zeitdruck.«

Bublitz führte Thal eine enge Stiege nach oben. Im Kontrollraum und im Apartment herrschte konzentrierte Arbeitsatmosphäre. Leute in Blaumännern trugen schwere Requisiten durch die Gegend, Techniker verlegten Kabel und überprüften Schaltkreise.

»Ich habe gehört, dass Sie einen speziellen Effekt wie eine Art Sidekick einsetzen.«

Bublitz zuckte die Schultern. Hatte er nicht verstanden, was Thal meinte, oder wollte er Zeit schinden?

»So etwas ist ja nicht ganz ungefährlich«, setzte Thal nach.

»Herrgott noch mal, das haben Ihre Kollegen mich schon gefragt und ich habe ihnen die Installation gezeigt. Danach blieben keine Fragen mehr offen. Glauben Sie etwa, dass ich meine Mitarbeiter in Gefahr bringe? Fähige Mitarbeiter liegen nicht auf der Straße!«

»Ich spreche nicht von Ihren Angestellten, sondern von Ihren Kunden.«

»Den Spielern? Was soll denen schon passieren? Alle Effekte, die direkt im Apartment ablaufen, sind auf Herz und Nieren geprüft.«

»Ich denke nicht an eine körperliche Gefährdung, sondern eher an eine mentale.«

»Was soll das denn bitteschön heißen?« Bublitz schien aufgebracht. »Haben Sie das Prinzip unseres Unternehmens immer noch nicht verstanden? Die Leute bezahlen uns dafür, dass wir sie in Angst und Schrecken versetzen. Der Nervenkitzel unterscheidet uns von einem stinknormalen Hotel, das dürfte doch selbst Ihnen inzwischen klar sein.«

»Nervenkitzel ist das eine, ein schlechtes Gewissen, weil man den Tod eines Menschen verursacht hat, ist das andere.«

»Da liegt der Hund begraben!« Bublitz lachte. »Hat einer unserer Gäste sich etwa bezichtigt, jemanden getötet zu haben?« Er stützte den Kopf auf die Faust, streckte den Zeigefinger nach oben und legte ihn über den Mund.

Was für eine alberne Geste, fand Thal. Wie ein Schmierenkomödiant.

»Lassen Sie mich nachdenken«, sagte Bublitz. »Wer könnte es gewesen sein?«

Jetzt legte er auch noch die Stirn in Falten.

»Es war eine Frau, richtig? Nur Frauen reagieren derart auf unser Tamagotchi.«

»Finden Sie nicht, dass Sie die Spieler einem unzumutbaren Stress aussetzen?«

Bublitz straffte den Oberkörper und steckte beide Hände in die Hosentaschen. »Keine Sorge, wir lassen uns wissenschaftlich beraten.«

»Was habe ich mir darunter vorzustellen?« Thal machte einen Schritt auf Bublitz zu.

»Nun ... wir wenden Tests an, die von einem Wissenschaftler entwickelt wurden. Sie werden nicht nur bei uns eingesetzt, sondern auch in der Forschung.«

»Heißt das, es gibt diese Installation noch an einem anderen Ort?«

Bublitz schüttelte energisch den Kopf und trat einen Schritt zurück. Er stieß an die Kante des Kontrollpults. »Nein, natürlich nicht. Wir sichern uns bei allen Installationen absolute Exklusivität. Was Sie bei uns erleben, kann Ihnen in dieser Form zumindest in Europa kein anderes Unternehmen bieten. Anders sind die Investitionen nicht zu rechtfertigen.«

Bublitz ließ sich in einen Schreibtischstuhl fallen.

Thal baute sich direkt vor ihm auf und sah auf ihn herab. »Aber Sie sagten etwas von Forschung. Die findet doch nicht hier bei Ihnen statt, oder irre ich mich da?«

»Ich habe Ihnen schon viel zu viel gesagt!«

Bublitz sprang auf. Der Stuhl rollte nach hinten und krachte gegen das Pult.

»Hey!«, rief ein Techniker. »Bitte ein bisschen mehr Vorsicht, die Kabel sind noch nicht fest!«

Bublitz hob entschuldigend die Hände. »Es ist besser, wenn Sie gehen, Herr Kommissar. Sie sehen ja selbst, dass wir alle Hände voll zu tun haben.«

»Ich glaube, dass Sie die Lage verkennen, Herr Bublitz.« Thal machte keine Anstalten zur Seite zu treten. »Wir ermitteln in einem Mord ...«

»Mit dem wir nichts zu tun haben.«

»Das herauszufinden, bin ich hier.« Thal neigte leicht den Kopf, als erwarte er, dass sein Gegenüber zu einem Stoß ausholte.

Bublitz presste die Kiefer so fest zusammen, dass eine Ader am Hals heraustrat. Sie standen sich gegenüber wie zwei Boxer.

»Ich werde Ihnen keine Interna preisgeben, Herr Kommissar. Die gehen Sie nichts an. Basta!«

»So, meinen Sie?« Thal ballte vorsorglich die Fäuste. Er spürte, wie das Adrenalin ihn aufputschte. Die Stimme seines Therapeuten flüsterte ihm ins Ohr. »Entspannen Sie sich, Thal! Atmen Sie in den Bauch! Lockern Sie die Muskeln!«

Er öffnete die Hand und ließ sie schlaff herunterhängen. »Sie sprachen vorhin von Tests, Herr Bublitz. Mehrzahl. Heißt das, dass es noch andere Versuchsanordnungen gibt, in denen die Person nicht ertrinkt? Verdurstet bei Ihnen auch jemand?«

»Raus!«, brüllte Bublitz.

Vierundvierzig

Montag. Achtzehn Uhr zehn

Bettina senkte den Blick. Die Situation war ihr peinlich. Es war nicht das erste Mal, dass sich das Team in Thals Wohnung traf. Die private Atmosphäre konnte stockenden Ermittlungen auf die Sprünge helfen, eine Veränderung des Raums befreite das Denken. Diesmal waren sie anfangs Zeuge eines Streits zwischen Thal und Madlaina geworden, die über Thals Verhalten sichtlich verärgert war.

»Was soll das?«, hatte sie ihn angefaucht, kaum dass sie und Bettina die Wohnung betreten hatten. »Was hast du im Mystery Hotel zu suchen? Du bist nicht mal ansatzweise gewillt, dich aus diesen Ermittlungen rauszuhalten, oder?«

Thal hatte gelassen reagiert und Madlaina in den Arm genommen. »Alles ist gut, Liebes!«

Hatte Bettina jemals gehört, dass Thal seine Freundin ›Liebes‹ nannte? Sie konnte sich nicht erinnern, fand die Bezeichnung unpassend. Madlaina allerdings schien von einer Sekunde auf die andere besänftigt. Fast zärtlich sagte sie: »Es tut dir nicht gut.«

»Ach was«, winkte Thal ab. »Ich halte mich an alle Anweisungen der Ärzte, dazu gehört aber nicht, dass die Beschäftigung mit der Kriminalistik verboten ist. Krimis sind ja auch nicht verboten, im Gegenteil, die Klinikbibliothek ist voll davon. Und hier spielt sich gerade ein ganz besonders interessanter ab.«

Madlaina nahm Thal das Versprechen ab, in einer Stunde auf die Mettnau zu fahren und die Nacht in seinem Klinikzimmer zu verbringen.

»Schön, dass ihr euch wieder lieb habt«, sagte Stephanie. »Dann können wir jetzt was zum Essen bestellen und Alexander lässt uns an seinen Erkenntnissen teilhaben.« Sie wandte sich Thal zu. »Irgendwas muss bei deinem Gespräch mit Bublitz ja herausgekommen sein, sonst hättest du uns nicht herzitiert.«

»Ich mache uns ein paar Sandwiches«, sagte Madlaina und verschwand in der Küche. Thal stellte sich in die Nähe der Küchentür, damit sie seinen Bericht mitbekam.

»Bublitz hat von einer wissenschaftlichen Begleitung geschwafelt. Vor allem die Installation mit der ertrinkenden Frau sei Teil einer Untersuchung. So ganz glaube ich das nicht, aber ein Körnchen Wahrheit könnte die Behauptung enthalten. Ich weiß nur noch nicht, was das ist.«

»Vielleicht geht es um eine Art Nebengeschäft«, warf Jonas ein. Er hatte eine Flasche seiner Wachmacherbrause in der Hand.

»Was meinst du damit?«, rief Madlaina aus der Küche.

»Nun ja, das ist nur so eine Idee. Es könnte sein, dass jemand im Hintergrund Studien betreibt, indem er das Verhalten der Gäste beobachtet. Es wäre doch interessant zu wissen, wie sich die Spieler in so einer Stresssituation verhalten.«

Bettina spürte die wachsende Anspannung als Ziehen im Bauch. Jonas hatte einen Punkt angesprochen, der irgendetwas in ihr auslöste. Sie konnte es nicht erklären, aber manchmal spürte sie es körperlich, dass die Ermittlungen an einem entscheidenden Punkt angekommen waren.

»Das ist keine schlechte Idee«, rief Madlaina. »Man könnte zum Beispiel herausfinden, wann die Probanden nur an sich selbst denken und wann sie bereit sind, einer Fremden zu helfen.«

»Oder ob sie eher einer Blonden oder einer Rothaarigen zu Hilfe kommen«, sagte Bettina und prustete los. Madlaina kam lachend zur Tür.

»Würdet ihr uns den Grund eurer Heiterkeit verraten?« Thal war irritiert.

»Insiderwitz«, sagte Madlaina und verschwand lachend in der Küche. »Kann mir mal jemand helfen?«

Eine Minute später standen zwei Platten mit belegten Broten, Käse, Oliven und getrockneten Tomaten auf dem Tisch. Vor allem Jonas schien einen Bärenhunger zu haben. »Was haben wir außer dem Mystery Hotel?«, fragte er mit vollem Mund.

»Die Nachfragen bei den Pharmafirmen haben nichts ergeben«, sagte Stephanie. »Ahrend war in den letzten Monaten nur bei einem Test dabei und hat auch noch das Placebo bekommen.«

»Wie, Placebo?«, fragte Bettina. »Ich dachte, die testen echte Arzneimittel.«

»Schon«, antworte Stephanie und versuchte, mit einem Plastikspieß eine Olive zu erwischen. »Eine Gruppe der Testpersonen bekommt das echte Arzneimittel, die andere ein Placebo. Keiner von ihnen weiß, ob er ein wirksames Präparat bekommen hat oder nicht. Die behandelnden Ärzte wissen es übrigens auch nicht, sie mussten für uns in den Archivakten nachsehen.«

»Das nennt man Doppelblindstudie«, sagte Jonas, der ein Stück Käse von allen Seiten betrachtete. »So verhindert man, dass die Ergebnisse durch Erwartungen oder Vorurteile verzerrt werden.«

»Dann können wir das bei Marco Ahrend außer Betracht lassen. Was ist mit Sandy Niemann?«

»Sie steht bei keinem der Pharmakonzerne auf der Gehaltsliste.«

Bettina schlug mit der flachen Hand auf die Sessellehne. »Auf gut Deutsch: Wir haben nichts!«

»Sieht man davon ab, dass Nicole Engler aufgewühlt war, als sie von der Wasserleiche hörte.«

»Na und?«, sagte Madlaina. »Manche Menschen reagieren sensibel, wenn sie mit dem Tod eines Menschen konfrontiert werden – sei es auch nur virtuell. Vermutlich hat sie Schwierigkeiten mit der Realitätswahrnehmung. Wenn du mich fragst, sollte sie sich schleunigst in psychotherapeutische Behandlung begeben.«

»Möglicherweise hast du recht«, sagte Thal und setzte sich neben Madlaina aufs Sofa. »Aber der hier sagt mir etwas anderes.« Er strich sich mit der Hand über den Bauch.

»Funktioniert der denn noch, so flach wie er geworden ist?« Stephanie grinste Thal an.

»Danke für das Kompliment, aber nach vier Wochen in der Klinik und mehreren Seminaren zur Sensibilisierung sind alle Antennen auf Empfang.« Thal lachte kurz auf, wurde aber sofort wieder ernst. »Nicole Engler hat den Zusammenhang zwischen dem menschlichen Tamagotchi und der ertrunkenen Sandy Niemann hergestellt. Ich kann mir nicht helfen: Da ist was dran, ich weiß nur noch nicht was. Bublitz hat sich versprochen und von Tests gesprochen, als gäbe es nicht nur diese Nummer mit der ertrinkenden Blondine.«

Für ein paar Sekunden sagte niemand etwas. Nur ein Hund bellte auf der Straße.

Madlaina legte Thal eine Hand auf die Schulter. »Du meinst ...?«

Thal nickte. »Verdursten könnte man genauso inszenieren wie ertrinken, oder?«

Es war nur ein Gedanke, aber er elektrisiere alle. Auf einmal sprachen alle gleichzeitig, bis Jonas beide Hände hob.

»Wir haben die Kundenliste«, rief er. Es klang, als hätte er gesagt: »Wir haben den Täter!«

»Wir rufen alle an«, sagte Stephanie. »Wenn es eine zweite Installation gibt und wenn diese zweite Installation bereits eingesetzt wurde, erfahren wir das.«

»Sollte es darum gehen, dass die Spieler jemanden vor dem Verdursten retten müssen ...« Bettina konnte den Satz nicht beenden, denn Jonas fiel ihr ins Wort.

»... besorgen wir uns einen Durchsuchungsbeschluss für dieses Mystery Hotel!«

Fünfundvierzig

Dienstag. Acht Uhr dreißig

Welcher Teufel ritt Schober, sich in die laufenden Ermittlungen einzumischen? Als Bettina am Morgen ins Büro gekommen war, hatte er bereits auf sie gewartet. Sie hatte auf eine kurzfristige Marotte gehofft, befürchtete aber, dass er Blut geleckt hatte. Vielleicht wollte er sich versichern, ein brauchbarer Ermittler zu sein. Bettina hatte ihn auf den Stand der Dinge gebracht und gehofft, ihn damit loszuwerden. Eine Dreiviertelstunde später saß er immer noch hier.

»Guten Morgen!« Stephanie betrat Bettinas Büro mit einer Teetasse in der Hand. Jonas folgte ihr, er sah aus, als hätte er eine durchzechte Nacht hinter sich.

»Schön, dass Sie sich auch noch herbemühen«, giftete Schober.

»Wir hatten es ja nicht weit«, entgegnete Stephanie. »Schließlich haben wir uns die Nacht um die Ohren geschlagen, um die Kundenliste des Mystery Hotels abzutelefonieren.«

Warf Stephanie Bettina einen Blick zu? War sie sauer, weil sich die Kollegin gestern Abend als Erste nach Hause abgeseilt hatte? Bettina spürte, wie ihr das Blut in den Kopf schoss. Sie musste aufpassen, dass ihr schlechtes Gewissen nicht chronisch wurde.

»Und?«, fragte Schober. »Haben Sie etwas Brauchbares herausgefunden?«

Jonas ließ sich auf der Fensterbank nieder und befühlte mit der Hand sein Kinn. Er legte Wert auf eine ordentliche Rasur, für die er an diesem Morgen augenscheinlich keine

Zeit gefunden hatte. »Wir haben leider nicht alle erreichen können. Ist ja auch kein Wunder, nicht jeder geht ans Telefon, wenn es mitten in der Nacht klingelt.«

»Ihr Vorgehen interessiert mich nicht«, sagte Schober. »Ich erwarte Ergebnisse.«

Jonas kniff die Augen zusammen. Bettina fürchtete eine unbedachte Antwort und räusperte sich. »Bitte, Herr Direktor, wir sollten den Kollegen die Gelegenheit geben, uns ausführlich über ihre nächtlichen Ermittlungen zu berichteten.«

Schober runzelte die Stirn, sagte aber nichts.

Stephanie stellte sich zu Jonas ans Fenster. Eine solidarische Geste, dachte Bettina und nickte Jonas zu.

»Wie gesagt, wir haben nicht alle von Bublitz' Kunden erreicht, trotzdem sind wir einen Schritt weitergekommen.« Jonas schaute Schober herausfordernd an. Der Imam schwieg beharrlich.

»Es gab eine zweite Installation«, sagte Stephanie, die das Geplänkel der beiden amüsiert beobachtete.

»Ist es das, was wir vermuten?« Bettina hielt die Luft an.

Stephanie nickte. »Die Spieler sollten einen Mann vor dem Verdursten retten. Soweit wir das bis jetzt wissen, hat das nicht ein einziges Mal geklappt.«

»Was soll das heißen? Dass ein Mann bei diesem Spiel zu Tode gekommen ist?«

»Virtuell auf jeden Fall«, sagte Jonas. »Ob auch in der Realität, bleibt zu überprüfen.«

»Was ist mit Marco Ahrend?«, fragte Bettina.

»Wir haben etwa der Hälfte der Zeugen Ahrends Foto zukommen lassen können. Keiner konnte ihn als den Mann identifizieren, den er auf dem Bildschirm hatte sterben sehen.«

»Natürlich nicht«, sagte Schober barsch. »Das Ganze ist ein Spiel, oder irre ich mich da?«

»Es ist und bleibt eine merkwürdige Übereinstimmung«, sagte Bettina. Schober schaute sie kopfschüttelnd an, er schien nicht zu verstehen, worauf sie hinauswollte.

»Ganz einfach«, sagte Jonas, »wir haben ein Opfer, das verdurstet ist, das zweite ist ertrunken. Bublitz setzt Installationen ein, bei denen den Spielern im Mystery Hotel das Verdursten und das Ertrinken eines Menschen vorgegaukelt wird. Glauben Sie wirklich an einen Zufall?«

»Nie und nimmer!«, sagte Stephanie. Ihre Stimme klang erschöpft.

»Alles Spekulation«, sagte Schober. »Bringen Sie mir die Beweise, dann laden wir diesen Bublitz vor.«

»Eben, diese Beweise werden wir nur bei ihm finden«, sagte Bettina. Sie sah die Chance, Schober anderweitig zu beschäftigen. »Wir brauchen einen Durchsuchungsbeschluss für das Mystery Hotel.«

»Und für Bublitz' Privatwohnung«, setzte Jonas hinzu. »Ich kann mir nicht helfen, aber ich traue dem Typen nicht über den Weg.«

»Und Sie glauben im Ernst, dass Krenz mir aufgrund dieser bloßen Vermutungen einen Durchsuchungsbeschluss unterschreibt? Nie und nimmer!«

Bettina kannte Malte Krenz von gelegentlichen Haftprüfungsterminen, der Ermittlungsrichter schien ihr vernünftigen Argumenten zugänglich zu sein. Sie lächelte Schober an. »Ich bin sicher, dass Sie das schaffen, Herr Direktor. Diesen jungen Kerl wickeln Sie mit Ihrer Erfahrung um den Finger.«

»Gut!«, sagte Schober und erhob sich aus dem Stuhl. Es sah aus, als machte es ihm Mühe. »Stellen Sie mir ein kurzes Dossier mit den Fakten zusammen, ich werde sehen, was ich tun kann.«

Als er das Büro verlassen hatte, atmete Jonas hörbar aus. »Es wird Zeit, dass Alexander zurückkommt, sonst hockt uns der Imam ständig auf der Pelle.«

Bettina wollte das Thema nicht vertiefen und winkte ab.

»Da ist noch etwas«, sagte Stephanie. »Es war Jonas' Idee, aber ich habe mich noch mal mit Jaqueline Berkel getroffen.«

»Der Frau, die als Sandy in der Zelle ertrunken ist?«

Stephanie nickte. »Ich habe sie gefragt, wie viel Bublitz ihr für diesen Job bezahlt. Sie wollte erst nicht mit der Sprache heraus, es dauerte eine Weile und ein paar Schnäpse, bis sie mir vertraute.« Stephanie grinste. »Wie drückte sie sich aus? Sie bekommt das Geld ›bar auf die Kralle‹«.

»Schwarzarbeit?«

»Genau. Es kommt aber noch besser. Jaqueline Berkel ist sich sicher, dass ihr Lohn gar nicht von Bublitz kommt.«

»Sondern?« Bettina beugte sich nach vorne und starrte Stephanie an.

»Den Namen kennt sie nicht, aber sie ist dem Mann einmal im Mystery Hotel begegnet und hat mitgekommen, dass dieser Typ Bublitz Geld gegeben hat.«

»Hat sie irgendetwas gesagt, das uns hilft, den anonymen Geldgeber zu identifizieren?«

»Leider nicht, sie meinte nur, dass ihr der Kerl Angst eingejagt hätte.«

»Okay ...« Bettina zog das Wort in die Länge, sie musste die Richtung der Ermittlungen vorgeben, auch wenn sie selbst unsicher war. »Wir müssen Bublitz befragen, am besten haben wir dabei einen Durchsuchungsbeschluss in der Tasche.« Sie schaute Stephanie an. »Stell bitte das Dossier für den Imam zusammen und setz die Schwarzarbeit mit auf die Liste. Wer weiß, vielleicht überzeugt das den Ermittlungsrichter.«

Stephanie nickte.

Bettinas Telefon klingelte. Am Eingang stand ein Mann, informierte sie der Pförtner. »Er ist völlig aufgelöst und lässt sich nicht beruhigen. Er will unbedingt mit der Ermittlungsleiterin im Mordfall Niemann persönlich sprechen.«

Sechsundvierzig

Dienstag. Acht Uhr fünfzig

»Noch siebzig Minuten!«

Hamid schloss das Mikrofon und lehnte sich entspannt zurück. Der Regisseur war der Einzige, der dem Treiben im Apartment gelassen zuschaute, als ginge ihn das alles nichts an. Im Grunde genommen stimmte das sogar; sein Job begann, wenn die Gäste eintrafen. Und das war in siebzig Minuten der Fall. Nein, in neunundsechzig.

Bublitz stöhnte. »Werden wir es jemals hinbekommen, ohne Stress rechtzeitig fertigzuwerden, bevor die Gäste eintreffen?«

»Am Sankt-Nimmerleins-Tag vielleicht«, sagte Hamid und drehte sich eine Zigarette. »Aber Otto hat alles im Griff!«

Tatsächlich rannte Scharfenberg wie ein aufgescheuchtes Huhn durch das Apartment. Er trug schon seine Bestatterkluft, mit der er die Gäste um zehn Uhr begrüßen würde. In achtundsechzig Minuten! Bis dahin musste alles reibungslos funktionieren. Endlich hatten sie eine Buchung an einem Wochentag. Zwar nur für eine Übernachtung, aber immerhin! An den Wochenenden waren sie jetzt einen Monat im Voraus ausgebucht, so erfreulich das war, reichte es nicht, um schwarze Zahlen zu schreiben.

Bublitz war dagegen gewesen, schon heute die neue Installation einzusetzen. Das Risiko war ihm zu groß, sie hatten die Technik nicht testen können, die Abläufe waren nicht eingespielt und vor allem fehlte es dem Tamagotchi an Routine. So etwas konnte nur schiefgehen. Darius hatte aber darauf bestanden – und wer bezahlte, der bestellte die Musik. Zum Glück war Otto optimistisch, die Technik sei unkomplizierter als bei den anderen Installationen. Jetzt wurde es am Ende doch wieder eng. Der Teufel steckte eben fast immer im Detail.

Wo blieb bloß die Schauspielerin? Bublitz schaute auf die Uhr. Noch fünfundsechzig Minuten und die Tusse war immer noch nicht da. Sie hatte schon vor einer halben Stunde ankommen sollen, schließlich sollten sie alles in Ruhe durchgehen. Bublitz war schon mulmig genug, nachdem Darius plötzlich warum auch immer auf einer Frau bestanden hatte.

»Scheiße, Scheiße, Scheiße ...!« Otto Scharfenberg riss die Tür zum Kontrollraum auf und rannte mit polternden Schritten herein. Es war nicht seine Art, zu fluchen wie ein Bierkutscher; Bublitz spürte, wie sich sein Herzschlag beschleunigte.

»Was ist los?«

»Das Aggregat funktioniert nicht!«

Bublitz brauchte einen Augenblick, bis er begriff, was Scharfenberg meinte. »Damit ist die ganze Installation hinfällig, oder?«

Scharfenberg nickte. »Du sagst es, mein Lieber.«

»Bekommt ihr es bis zehn Uhr hin?«

Der Spielleiter und Requisiteur winkte energisch ab. »Nie und nimmer. Die haben uns ein fehlerhaftes Teil geliefert.«

»Aber der Händler sitzt doch in Konstanz«, sagte Bublitz auf der Suche nach einem Strohhalm. »Wenn sie das gleiche Teil noch mal am Lager haben, wie schnell könnte es hier sein?«

Scharfenberg schüttelte den Kopf. »Vergiss es! Möglicherweise kriegen wir das Teil innerhalb einer Dreiviertelstunde her, aber eingebaut und einsatzbereit ist es dann noch lange nicht.«

Bublitz trommelte mit den Fingern auf der Armlehne seines Schreibtischstuhls herum. Der kalte Stahl jagte einen Stromstoß durch seinen Körper. Sie sollten endlich einen neuen Bodenbelag installieren, damit diese statischen Entladungen ein Ende hatten.

»Und jetzt?« Bublitz war mit seinem Latein am Ende.

»Wir starten das Spiel ohne unser allseits beliebtes Tamagotchi.« Scharfenberg schickte sein dröhnendes Lachen in den Raum.

»Darius wird toben«, sagte Bublitz.

»So, so ...!« Er hatte nicht bemerkt, dass jemand die Tür geöffnet hatte.

»Darius!« Bublitz fuhr der Schreck derart in die Glieder, dass er den unangekündigten Besucher mit starrem Blick fixierte. »Was schleichst du dich herein?«

»Wie es scheint, komme ich gerade zur richtigen Zeit. Gibt es Probleme?«

»Nein, überhaupt nicht«, sagte Bublitz. Warum schaffte er es nur nicht, seine Stimme zu kontrollieren? Sie klang viel zu panisch. Er räusperte sich. »Leider hat man uns ein defektes Aggregat geliefert, die neue Installation steht deshalb nicht zur Verfügung.«

Darius spitzte die Lippen, was sein Gesicht mit der Hakennase und dem vorstehenden Kinn noch mehr einem Vogel ähneln ließ. Einem Raubvogel, korrigierte sich Bublitz in Gedanken.

»Ich könnte versuchen, die Wasserinstallation betriebsbereit zu machen. Wir haben zwar schon einiges in der Zelle umgebaut, aber ...«

»Das wird nicht nötig sein!« Darius lächelte Otto an. »Es gibt eine andere Lösung. Sie verlangt allerdings Spontaneität und Kreativität.«

Otto zog die Augenbrauen nach oben, Bublitz wusste, dass man ihn mit diesen Reizworten für jedes Vorhaben begeistern konnte.

»Ich brauche vor allem auch deine Hilfe, Hamid.«

Der Regisseur hatte dem Geplänkel interessiert zugehört, zwischen seinen Lippen steckte die nicht entzündete Zigarette. »Wenn ich erst eine rauchen dürfte?«

Darius grinste. »Für Laster aller Art muss immer Zeit sein.«

Siebenundvierzig

Dienstag. Neun Uhr fünf

»Beruhigen Sie sich, Herr Engler!«

Bettina fürchtete, dass sie Zeit vertrödelten, die sie besser woanders investiert hätten. Nicole Engler hatte sie schon auf eine Spur gebracht, die bis jetzt kalt geblieben war – jetzt also ihr Mann.

»Wie soll ich ruhig bleiben, wenn meine Frau verschwunden ist!«

Der Mann hatte panische Angst, Bettina hatte keine Ahnung, wovor.

Jonas schob dem Mann ein Glas Wasser zu. »Seit wann vermissen Sie Ihre Frau?«

Engler nahm das Glas und trank gierig. »Ich habe sie gestern Mittag zuletzt gesehen. Sie hatte am Nachmittag nichts vor, wir haben uns darüber unterhalten, was sie zum Abendessen kochen wollte. Spaghetti Vongole sollte es geben.«

Bettina atmete geräuschvoll aus, was Jonas mit einem tadelnden Blick quittierte. Besser, sie überließ ihm die Gesprächsführung, verängstigte Ehemänner schienen nicht ihr Gebiet zu sein.

»Aber es kann doch sein, dass Ihrer Frau kurzfristig etwas dazwischen gekommen ist.« Jonas formulierte es als Feststellung, aber Engler war aufgebracht.

»Was soll das? Wollen Sie mich als Depp hinstellen? Sie kennen Nicole nicht, bei ihr gibt es kein spontanes Abweichen vom Plan. Wenn sie sagt, dass es am Abend Spaghetti ...«

»Okay, okay!« Jonas machte eine beschwichtigende Handbewegung. »Ich habe verstanden.«

Engler nickte und leerte das Glas.

»Was glauben Sie, was passiert ist?« Jonas strich sich schon wieder über die Bartstoppeln.

»Ich habe erst gedacht, dass sie bei Chris ist.«

»Wer ist Chris?«

»Mein Freund.« Engler schaute zu Boden.

»Bitte!« Bettina riss der Geduldsfaden. »Wir haben keine Zeit für Spielchen.«

»Christian Lanz«, sagte Engler tonlos. »Mit ihm und seiner Frau Jennifer waren wir am vergangenen Wochenende zusammen im Mystery-Apartment.«

Bettina überlegte, ob sie ihm erzählen sollte, dass seine Frau befürchtete, an Sandy Niemanns Tod mitschuldig zu sein, entschied sich aber dagegen.

»Warum sollte Ihre Frau bei Ihrem Freund sein, ohne sich bei Ihnen zu melden?«

»Weil sie mit ihm geschlafen hat.« Der Satz knallte wie ein Peitschenhieb in die angespannte Atmosphäre dieser Befragung. Bettina spürte, wie ihre Sinne auf Empfang gingen. Sex war immer ein Motiv, auch wenn sie keine Ahnung hatte, wohin sie Englers Aussage am Ende führen würde.

»Sie meinen, Ihre Frau und Ihr Freund hatten ein Verhältnis?«

Engler schüttelte den Kopf. »So würde ich es nicht nennen. Oder besser gesagt: Ich weiß nicht, ob zwischen den beiden etwas ist, das man Verhältnis nennen könnte.«

»Was denn nun?« Auch Jonas schien die Geduld zu verlieren. »Gerade haben Sie mir gesagt, dass die beiden ...«

»Ja!« Engler schrie das Wort heraus. »Sie haben miteinander gebumst. An diesem Wochenende! Was davor war ...« Er schüttelte sich, als müsste er einen Albtraum loswerden. »Ich habe keine Ahnung.«

Jonas beugte sich vor und legte dem gehörnten Ehemann die Hand auf den Unterarm. »Ihre Frau und Ihr Freund Christian Lanz haben im Mystery Hotel miteinander geschlafen?«

Engler nickte.

»Und das hat sie Ihnen gestanden?«

Engler schüttelte den Kopf, hielt ihn aber dabei gesenkt, als könnte er Jonas nicht in die Augen sehen.

»Also hat Ihr Freund Ihnen gebeichtet ...?«

»Nein, ich habe seitdem nicht mit ihm gesprochen.«

Bettina hatte endgültig die Nase voll. Sie schlug mit der flachen Hand auf die Tischplatte. Engler schreckte hoch und sah sie mit aufgerissenen Augen an.

»Es reicht, Herr Engler! Woher wissen Sie, dass Ihre Frau mit Ihrem Freund im Bett war?«

»Ich habe es gesehen.«

Achtundvierzig

Dienstag. Zwölf Uhr zehn

»Sie haben doch nicht mehr alle Tassen im Schrank!«

Was wollten diese Bullen vom ihm? Bublitz spürte, dass sein Blutdruck einen neuen Höhenrekord aufstellte. Dabei hatte sein Arzt ihm dringend geraten, jede Aufregung zu vermeiden. Wie sollte das funktionieren angesichts der drei Typen, die ihm ihre Dienstausweise vor die Nase hielten? Zwei Frauen, ein Mann. Die attraktivere von den beiden Weibern kannte er schon. Berg, hieß sie. Hätte er sie um Mitternacht an einer Hotelbar getroffen, hätte er ihr ein Getränk spendiert und versucht, sie abzuschleppen. Sie war über vierzig, hatte aber eine knackige Figur und die besten Beine, die er seit Langem gesehen hatte. Die andere, deren Name auf Mann endete, den Rest hatte er nicht verstanden, war zwar deutlich jünger, aber ihr fehlte der Sex-Appeal. Möglicherweise lag es auch einfach daran, dass er eher auf ältere Semester stand, aber das spielte jetzt keine Rolle. Der Typ hatte sich als Grendel vorgestellt und war dem Anschein nach für die Drecksarbeit zuständig, obwohl er eine Armada von Leuten befehligte, die jeden Winkel des Kontrollraums beäugten.

»Sie können doch nicht einfach so reinplatzen.« Bublitz unternahm noch einen Versuch, das Unglück abzuwenden.

»Oh doch, das können wir«, antwortete die Polizistin namens Berg und schüttelte ihr schulterlanges kastanienbraunes Haar. Sie schnippte mit dem Finger gegen das Blatt Papier, das sie Bublitz in die Hand gedrückt hatte. »Da haben Sie es schwarz auf weiß.«

Bublitz hatte noch nie einen Durchsuchungsbeschluss gesehen und keine Ahnung, welche Rechte sich die Polizei herausnehmen konnte.

»Hören Sie ...« Er bemühte sich um einen verbindlichen Ton. »Das Programm läuft bereits. Wir haben fünf Spieler im Apartment, Eltern mit ihren Kindern. Denen wollen Sie den Spaß doch bestimmt nicht verderben.«

Die beiden Polizistinnen grinsten ihn an. »Keine Sorge, unsere Leute werden sich vorbildlich verhalten.«

»Sagen Sie mal, Herr Bublitz ...!« Der Polizist namens Grendel stand neben Hamid, tippte mit dem Finger auf den Monitor mit dem Livebild aus dem Apartment und hinterließ ekelhafte Fettspuren. »Finden Sie es richtig, wenn Kinder entscheiden, ob jemand ertrinkt oder nicht?«

»Hier ertrinkt niemand«, brummte Bublitz.

»Sie wissen genau, was ich meine!«

Mit dem Mann schien nicht zu spaßen zu sein. Besser, er war vorsichtig, am Ende saß die Bullerei am längeren Hebel. »Wir nehmen keine Kinder als Gäste auf. Der Junge dort ist sechzehn, seine Geschwister sind beide über achtzehn.« Er grinste den Polizisten an, der auf den Monitor starrte. »Außerdem haben das die Eltern zu entscheiden.«

»Der soll sechzehn sein?«, fragte die attraktive Polizistin.

»Wenn die Eltern nicht gelogen haben. Wir haben uns keinen Personalausweis zeigen lassen.«

Bublitz überlegte, ob man ihm daraus einen Strick drehen konnte. Besser, er ging auf Nummer sicher.

»Im Übrigen verzichten wir heute auf unser allseits beliebtes menschliches Tamagotchi.«

Langsam schaute Bublitz vom Spurensicherer zu den beiden Polizistinnen. Die Jüngere, deren Namen er sich nicht gemerkt hatte, zuckte mit den Schultern.

»Schön«, sagte sie und es klang bedrohlich. »Das spielt für unsere Ermittlungen keine Rolle. Ich muss Sie bitten, das Spiel abzubrechen.«

»Aber Sie haben mir doch noch vor einer Minute versichert ...!« Bublitz war außer sich. Diese Frau Berg schien ebenfalls verwundert über das Ansinnen ihrer Kollegin.

»Wir haben es uns anders überlegt.«

»Das kann doch nicht sein, Frau ...« Bublitz ärgerte sich über seine devote Haltung und straffte die Schultern.

»Bohlmann«, sagte die Frau »Stephanie Bohlmann.« Sie machte eine kurze Pause und grinste ihre Kollegin an. »Wir ändern unsere Meinung gerne. Alles hängt von Ihrer Kooperationsbereitschaft ab, Herr Bublitz. Wir müssen uns in allen Räumen umsehen, und das so schnell wie möglich. Wenn Sie unsere Arbeit behindern ...«

»Davon kann keine Rede sein!« Bublitz schaute Hamid hilfesuchend an, aber der Regisseur war darauf konzentriert, sich eine ebenmäßige Zigarette zu drehen. Warum half ihm keiner? Diese Emanzenweiber spielten sich auf, als wären sie die Königinnen der Welt. Er atmete tief durch, Konfrontation hatte keinen Sinn.

»Natürlich müssen Sie Ihre Arbeit tun, Frau Bohlmann. Aber können Sie nicht in meinem Büro beginnen, sich anschließend den Kontrollraum vornehmen und erst dann ...?«

»Der Ablauf der Untersuchung ist unsere Sache«, mischte sich die Kommissarin Berg ein. Bublitz schaute sie mit seinem in vielen Jahren trainierten Dackelblick an.

Berg fuhr sich mit der Zunge über die Lippen. »Na gut!«

Bublitz atmete auf. Na bitte, dachte er. Geht doch noch.

Die Polizistin wandte sich ihrem Kollegen zu. »Schick ein paar Leute in die Büroräume, Grendel. Wir schauen uns hier schon mal um.«

Zu früh gefreut, dachte Bublitz, noch gab es keine Entwarnung. Er räusperte sich und fasste sich an den Hals. Hamid schaute auf und bewegte den Kopf langsam auf und ab. Sollte das ein Nicken sein? Bublitz hoffte, dass der Regisseur seine Bemerkung über das Tamagotchi und seine letzte Geste verstanden hatten. Grendel trat zur Seite und gab den Blick auf die Kontrollmonitore frei. Bublitz unterdrückte ein Lächeln. Auf Hamid war Verlass, er hatte schneller reagiert, als er gehofft hatte. Der rechte Bildschirm war schwarz.

Neunundvierzig

Dienstag. Vierzehn Uhr fünfzig

»Hoi, Alex! Gut siehst du aus.«

»Endlich erkennt das jemand.« Thal ging freudestrahlend auf den Schweizer Kollegen zu und bemühte sich, Madlainas grimmigen Gesichtsausdruck zu übersehen. Leutnant Matteo Giordano von der Thurgauer Kriminalpolizei hatte ihn sofort informiert, als Jonas ihn angerufen hatte. Giordano stammte aus dem Tessin und sprach Schweizerdeutsch mit italienischer Färbung. Dem Aussehen nach ging er als Italiener durch einschließlich der Tatsache, stets wie aus dem Ei gepellt daherzukommen.

»Ich habe den Kollegen Giordano ...« Jonas konnte den Satz nicht zu Ende bringen, der Schweizer fiel ihm ins Wort.

»Matteo, bitte, in der Schweiz haben wir es nicht so mit dem Siezen unter Kollegen, wie ihr sicher wisst. Und ich kann damit schwer umgehen.«

Jonas lächelte ihn an. »Gut. Ich habe den Kollegen Matteo gebeten, uns in dieser Sache zu unterstützen. Er leitet eine länderübergreifende Taskforce ›Cyberkriminalität‹.«

Giordano lachte auf. »Taskforce ist ein viel zu großes Wort angesichts der geringen finanziellen wie personellen Mittel, die man uns zur Verfügung stellt. Ich würde eher von einer Arbeitsgruppe sprechen.«

»Wie dem auch sei«, sagte Thal und versuchte, die Gesprächsführung in die Hand zu bekommen. Er ließ seinen Leuten gerne freie Hand, aber im Moment hatte er das Gefühl, seine Position zurückerobern zu müssen. »Könntest du uns erst einmal auf einen gemeinsamen Sachstand bringen, Jonas?«

»Gerne.« Quandt wartete, bis Giordano Platz genommen und sich ein Glas Mineralwasser eingegossen hatte. »Ein gewisser Ronald Stadler hat den Zeugen Andreas Engler darüber informiert, dass im Internet ein Video kursiert, auf dem zu sehen ist, wie Englers Frau Nicole Sex mit dessen Freund Christian Lanz hat. Augenscheinlich wurde dieses Video heimlich im Mystery Hotel aufgenommen.«

»Ich wusste doch, dass dieser Bublitz nicht koscher ist.« Thal schlug sich mit beiden Händen auf die Oberschenkel.

»Moment!«, dämpfte Jonas seine Euphorie. »Dazu kommen wir später, im Augenblick haben wir zwei Probleme. Erstens ist Nicole Engler verschwunden. Ihr Mann hat sie als vermisst gemeldet, was ihn aber nicht von dem Verdacht befreit, etwas mit dem Verschwinden zu tun zu haben. Immerhin hat er das Video gesehen, eine Affekthandlung aus Eifersucht ist denkbar. Zweitens ist es schwierig festzustellen, von wem das Video ins Netz gespeist wird. Es ist nur im Darknet zu sehen und dort auf einem Portal mit dem schönen Namen ›Voyeur's best friend‹.«

»Der beste Freund des Voyeurs«, murmelte Thal. »Sachen gibt's.«

»Was ist eigentlich dieses Darknet?«, fragte Bettina. »Ich habe zwar schon darüber gelesen, aber nie verstanden, wie das funktioniert.«

Alle Augen waren auf Matteo Giordano gerichtet. Der Tessiner lächelte Bettina zu.

»Vereinfacht ausgedrückt ist das dunkle Netz eine Art Freundesnetzwerk. In der Sprache der Informatiker heißt das Peer-to-Peer-Overlay-Netzwerk. Die Teilnehmer an diesem Netzwerk stellen die Verbindungen untereinander manuell her. Eine fremde Person wird nur in das Netzwerk integriert, wenn sie von einem bestehenden Teilnehmer eingeladen wird. Dazu kommt eine ausgeklügelte Verschlüsselungstechnik, die das Darknet noch sicherer macht.«

»Hört sich nicht nach einem großen Ding an«, sagte Bettina.

»Im Gegenteil«, sagte Giordano. »Das Darknet ist riesig, es ist sogar größer als das Internet. Das einzige Problem: Es gibt keine Suchmaschine wie Google. Kennt man eine Adresse nicht, findet man die dazugehörige Seite kaum.«

»Klingt kompliziert«, sagte Thal. »Als wäre es nur was für Technikfreaks.«

»Ist es nicht. Man braucht nichts weiter als einen speziellen Browser, der bekannteste heißt ›Tor‹. Diese Software anonymisiert die Verbindungen und verschleiert die IP-Adresse, sodass man anonym im Netz unterwegs ist. Und zwar sehr langsam, das ist ein weiterer Unterschied zum Internet.«

»Anonym, verschleierte IP-Adresse ...« Thal stand auf, um sich einen Espresso zu brauen. »Das hört sich für mich nach einem Tummelplatz für Kriminelle aller Art an.«

»Das ist es auch, wenigstens zum Teil. Im Darknet kann man so ziemlich alles kaufen: Waffen, Drogen, Menschen, gefälschte Dokumente, Anleitungen zum Bombenbau. Andererseits ist Anonymität in bestimmten Situationen sehr wichtig und notwendig. Denkt an totalitäre Staaten, in denen Oppositionelle dringend darauf angewiesen sind, in sicheren Räumen miteinander kommunizieren zu können.«

»Kommen wir zurück zur Sache«, sagte Bettina, der nicht nach politischen Grundsatzdiskussionen zumute war. »Das

Video von Nicole Engler ist nur im Darknet zu sehen, richtig?«

»Genau!« Jonas schaute Giordano an, der dem jungen Kollegen nickend zu verstehen gab, dass er ihm den Vortritt ließ. »Zum Glück haben wir mit Ronald Stadler jemanden, der bereits Kunde von ›Voyeur's best friend‹ ist. Denn auch hier gilt: Um Zugang zu diesem Portal zu bekommen, muss man von jemandem empfohlen werden.«

»Und man muss sein Eintrittsgeld bezahlen«, ergänzte Giordano. »Und das ist happig. Allein das Passwort kostet dreihundert Euro. Vorausgesetzt, man kommt günstig an Bitcoins.«

Bettina stöhnte auf. »Was ist das jetzt schon wieder?«

»Bitcoins sind die Währung im Internet. Wie das genau funktioniert, ist nicht wichtig, nur so viel: Man kann die Währung frei kaufen, der Preis, den man in Euro dafür zahlen muss, ist Schwankungen ausgesetzt. Angebot und Nachfrage ...«

»Können wir uns jetzt das Video ansehen, von dem wir die ganze Zeit sprechen?« Thal hatte genug von den technischen Spitzfindigkeiten.

Jonas drehte den Bildschirm eines Notebooks so, dass alle freien Blick darauf hatten. Er startete einen Film, er war unterbelichtet und hin und wieder unscharf. Trotzdem erkannte man Nicole Engler beim Sex mit einem etwa gleichaltrigen Mann.

Giordano räusperte sich. »Das Besondere an dieser Plattform ›Voyeur's best friend‹ sind nicht die Videos, so etwas gibt es woanders in besserer Qualität. Solche Anbieter punkten vielmehr mit Livestreams.«

»Du meinst ...?« Thal blieb im wahrsten Sinn des Wortes die Spucke weg. Er hatte schon viel erlebt in seinem Leben als Polizist und noch mehr gehört, aber dass Leute bespitzelt wurden und diese Bilder gegen Geld im Internet angeschaut werden konnten, war ihm neu.

Giordano lächelte ihm aufmunternd zu. »Es ist verrückt, aber wahr. Allerdings müssen diese Livestreams keine echten Voyeur-Angriffe sein, es kann sich auch um gestellte Szenen handeln.«

Thal war sich nicht sicher, ob ihn das beruhigte.

»Könnten die Livestreams aus dem Mystery Hotel gesendet werden?« Bettina spürte, wie ihre Frage die Atmosphäre veränderte. Von einer Sekunde auf die andere waren alle fokussiert.

»Möglich«, sagte Giordano. »Eine Antwort könnten wir nur geben, wenn wir einen Livestream hätten.«

»Moment«, rief Jonas. »Da tut sich was.« Er fuhr mit der Maus auf einen Link. Ein Fenster poppte auf. Man sah ein Badezimmer, das Bild war extrem verpixelt. Eine Frau entkleidete sich vor einem Waschbecken.

»Und dafür bezahlen Leute Geld?« Thal konnte seine Verwunderung nicht verbergen.

»Und das nicht zu knapp«, sagte Giordano. »Es gibt Leute mit einem sehr speziellen Fetisch, und Voyeurismus ist legal kaum anders zu befriedigen als über solche Plattformen.«

»Legal würde ich das jetzt nicht nennen«, brummte Thal.

»Im Mystery Hotel ist das auf keinen Fall«, sagte Bettina, ohne auf Thals Bemerkung einzugehen. »Da läuft im Moment nichts.«

»Höchstens Bublitz Amok«, warf Jonas ein. Alle lachten los. Thal ließ der Heiterkeit Raum.

»Ich habe da noch einen Gedanken, bei dem euch das Lachen vergehen wird.« Giordano hatte seine Stimme abgesenkt. Er klang wie ein Priester, der seiner Gemeinde eine traurige Nachricht überbringen musste. »Es gibt im Darknet nicht nur Sex. Oder sagen wir besser: Nicht nur Blümchensex. Hier kann jeder seine Triebe befriedigen, das Angebot reicht bis zu extremen Perversitäten.«

»Du hast doch etwas Konkretes im Sinn«, sagte Thal. Er hatte Angst vor der Antwort. Eine Sekunde später wusste er, dass sie berechtigt war.

Fünfzig

Dienstag. Sechzehn Uhr zehn

»Was für eine Schweinerei!«

Bublitz ließ sich in einen Stuhl fallen und schloss für ein paar Sekunden die Augen. Er musste sich beruhigen, aufgeregt wie er war, konnte er keine klaren Gedanken fassen. Und die brauchte er dringend. Die Bullen hatten die Durchsuchung für beendet erklärt und waren abgezogen. Sie hatten kistenweise Material mitgenommen, vor allem Schriftverkehr, Buchhaltung und anderen Kram. Nichts Wichtiges, vor allem völlig ungefährlich, obwohl ein paar Aufzeichnungen dabei waren, die Bublitz gerne unter Verschluss gehalten hätte. Er würde sich einen Anwalt nehmen, damit nichts davon an die Öffentlichkeit geriet.

Sie hatten Glück gehabt, daran gab es keinen Zweifel. Außerdem war Otto zur Höchstform aufgelaufen. Wie er die Spieler beruhigt und ihnen erklärt hatte, dass sie ein technisches Problem hätten, für das der Direktor sie fürstlich entschädigen würde, war Oscar-verdächtig. Dieser Polizist Grendel hatte sich kooperativ gezeigt und war im Blaumann durchs Apartment gelaufen. An dem Kerl war ein Schauspieler verloren gegangen, Bublitz hatte sich die Bemerkung verkneifen müssen, dass er ihn jederzeit einstellen würde, sollte es bei der Polizei mal nicht so laufen wie gewünscht.

Nein, die Bullen hatten nichts. Zum Glück hatte er alle Beweise rechtzeitig an einen sicheren Ort gebracht. Bublitz fuhr sich mit dem Zeigefinger über die Nasenspitze. Sein

Gespür funktionierte, er hatte den Ärger gerochen. Hier gab es nichts, das besser nicht da sein sollte.

Bublitz öffnete die Augen und grinste. Hamid und Otto saßen auf ihren Plätzen und schauten ihn an. Das Spiel konnte weitergehen.

Bublitz nickte. »Spiel ab!«

Hamid rieb sich die Hände, Otto beugte sich über das Mikrofon und schob einen Regler nach oben. Seine Ansage hörte Bublitz schon nicht mehr, er war auf dem Weg zu seinem Büro. Es gab viel zu tun. Als Erstes musste er Darius anrufen und ihm melden, dass sie das Spiel erneut gestartet hatten. Er würde wissen, was zu tun war. Zweitens musste er sich um seine Geschäfte kümmern. Die Unterbrechung des Spiels würde ihn einiges kosten, die Gäste würde nach Ottos vollmundiger Ankündigung eine saftige Entschädigung erwarten. Das Geld musste er reinholen. ›Sendung auf allen Kanälen‹, hieß das Stichwort. Blieb zu hoffen, dass er genug Material bekam, für das die Leute ein paar Euro extra springen ließen.

Er schlug die Bürotür zu und starrte auf die Monitore. Wenigstens spielte ihm die Technik keine Streiche mehr.

Doch was war das? Bublitz starrte auf den Bildschirm. Darius hatte die Sendung gar nicht gestoppt, Hamid hatte nur die Übertragung ins Apartment unterbrochen. Der Bildschirm zeigte das Livebild.

»Das kann nicht wahr sein«, flüsterte Bublitz. Er rieb sich die Augen, als könnte er damit das Bild löschen.

Darius war verrückt! Oder genial!

Vermutlich beides.

Einundfünfzig

Dienstag. Sechzehn Uhr dreißig

Zum wievielten Mal scannten ihre Augen die Wände ab? Da war nichts! Kein Spalt, keine Lücke. Wenn es eine Tür gab, war sie perfekt eingebaut. Danach sah der Rest des Raumes nicht aus. Er machte den Eindruck eines Provisoriums, als hätte jemand eilig Putz auf einen groben Untergrund aufgetragen. Nur der Fußboden war gekachelt, ihre Füße waren jetzt schon so kalt, dass sie kaum noch etwas spürte.

Sie ließ sich in die Hocke nieder und schlang die Arme um die Knie. Es war kalt, sie fror. Je weniger Körperoberfläche sie der Umgebung präsentierte, desto langsamer kühlte sie aus. Oder war das Quatsch? Sie wusste nicht mehr, was sie denken sollte.

Wie lange war sie jetzt hier? Sie hatte keine Ahnung. Es fiel kein Tageslicht in die Kammer, der Raum wurde durch vier Scheinwerfer an der Decke beleuchtet. Im Gegensatz zu allem anderen machten die Leuchten einen professionellen Eindruck. Warum fiel ihr das erst jetzt auf? Alles wirkte improvisiert, nur das Licht nicht. Es musste einen Grund geben, aber die Kälte hinderte sie daran, klar zu denken.

Immerhin hatte sie es geschafft, den Anfang der Ereignisse, die sie in diesen Raum gebracht hatten, zu rekonstruieren. Sie wusste, dass ihr das nicht half, aber sollte sie jemals diesen Raum verlassen, könnte sie darüber Rechenschaft ablegen.

Sie hatte den Mann vor der Tür für einen Vertreter gehalten. Seine Kleidung, sein Auftreten passten, nur sein Blick irritierte sie. Sie konnte nicht sagen, was es war, hielt es zunächst für Unsicherheit. Er hatte seinen Namen so leise genuschelt, dass sie sich nicht mehr daran erinnern konnte. Erst später bemerkte sie seine Augen. Sie schauten sie nicht an, sie scannten sie in Sekundenschnelle von Kopf bis Fuß, gaben ihr das Gefühl, geröntgt zu werden. Als ihr klar wurde, dass dieser Mann sie bedrohte, war es längst zu spät. Sie hatte ihn ins Haus gebeten, ihm Kaffee und Gebäck angeboten und sich freimütig geöffnet in der Hoffnung, er könnte ihr helfen, die Erinnerung an die Tote im Wasser loszuwerden. Genau deshalb wäre er gekommen, gab er vor. Er behauptete, das Mystery Hotel und seine Installationen wissenschaftlich zu begleiten. Zu diesem Zweck suchte er die Gäste des Hotels auf und befragte sie nach ihren Erlebnissen.

Und dann beging sie den Fehler, der sie in dieses Verlies gebracht hatte. Sie überhäufte den Mann mit Vorwürfen. Wie konnte er es zulassen, dass diese Frau ertrank – egal ob virtuell oder real. Wie konnten sie Menschen der Verantwortung ausliefern, über Leben oder Tod entscheiden zu müssen? Wer erlaubte ihnen, diese existenzielle Frage zum Gegenstand eines Spiels zu machen?

Der Besucher protestierte nicht, sondern hörte sich ihre Tirade schweigend an. Sie drohte damit, an die Öffentlichkeit zu gehen. Die Polizei hätte sie bereits informiert, aber dort hätte man sie nicht ernst genommen. Journalisten würden das anders sehen, da wäre sie sich sicher.

Der Mann sagte immer noch nichts. Er stand auf und war viel größer, als er in der Tür gewirkt hatte. Sie schaffte es nicht, sich aus dem Sofa zu erheben.

Er schlug sie. Der erste Hieb traf sie an der Wange. Der zweite traf ihren Mund. Sie schmeckte Blut, ohne Schmerzen zu spüren.

Danach griff er ihr hinter den Kopf und bog den Hals nach hinten. Die freie Hand legte er auf ihren Mund. Sie versuchte zuzubeißen. Vergeblich.

Sie bekam keine Luft mehr. Er ließ von ihr ab. Sie bettelte, flehte ihn an, von ihr zu lassen, aber er raste.

Wieder legte er ihr die Hand auf den Mund. Diesmal drückte er fester zu, ignorierte ihre unterdrückten Schreie.

Sie wurde ohnmächtig.

Als sie wieder zu sich kam, lag sie in dieser Zelle. Sie brauchte Stunden, bis sie aufstehen konnte. Der Körper stand in Flammen, die Lippe war leicht geschwollen. Jemand musste sie verarztet haben, denn als sie ihren Mund betastete, spürte sie eine kühlende Salbe auf den Schwellungen.

Irgendwann hatte sie begonnen, ihr Gefängnis zu inspizieren. Jetzt kannte sie jeden Zentimeter. Zwei mal zweieinhalb Meter war die Kammer groß, die Höhe schätzte sie auf drei Meter. Zu viel, um die Decke zu erreichen, denn der Raum war leer. In einer Ecke standen lediglich sechs Literflaschen Mineralwasser, von denen sie eine geleert hatte. Obwohl sie Durst hatte, verbot sie sich das Trinken. Für ihre Notdurft stand nur ein Eimer bereit, an dessen oberen Rändern die Emaille abgeplatzt war und braunen Rostflecken Platz gemacht hatte. Drei Pakete salziger Kekse, dazu je eine Packung Käse und Salami waren ihre Nahrung. Wusste ihr Gefängniswärter nicht, ob sie Vegetarierin war? Oder hatte er gedankenlos das hingestellt, was ihm als Erstes in die Finger gefallen war. Sie hatte nichts gegessen, der

Hunger nagte an ihrer Willenskraft, sich allem zu widersetzen, was ihr Peiniger ihr anbot.

Sie wiegte sich langsam nach vorne und zurück in der Hoffnung, dass Bewegung die Kälte erträglicher machte.

Bis auf Slip und BH war sie nackt. Was war mit ihrer Kleidung geschehen? Wie war sie überhaupt in diesen Raum gekommen, wenn es keine Tür gab.

Ihr Blick wanderte zur Decke. Zwei gleich große kreisrunde Löcher starrten sie an wie die Augen eines Riesen. Fast erwartete sie ein Klimpern der nicht vorhandenen Augenlider. Sie spürte, dass sich ein Lachen in ihrem Bauch löste und nach oben stieg. Sie wollte das nicht! Durfte es nicht zulassen. Kein Lachen und kein Weinen. Niemand sollte den Triumph haben, ihre Gefühle zu sehen.

Die Löcher mussten einem Zweck dienen. Sie spürte einen kalten Luftstrom über ihren Scheitel streichen. Die Belüftung, dachte sie, und war froh, einem der beiden Augen da oben eine Aufgabe zuordnen zu können. Und das andere? Befand sich dahinter ein Schacht? Saß jemand am anderen Ende und beobachtete sie. Hörte ihr jemand mit gespitzten Ohren zu?

Sie unterdrückte den Impuls, denjenigen anzuschreien! Es hätte sie zu viel Kraft gekostet, sich aufzurichten und die Luft in die Lungen zu saugen.

Sie brauchte jeden Funken Energie zum Überleben.

Sie senkte den Kopf und schaute auf ihre Zehenspitzen. Erst gestern hatte sie die Nägel lackiert. Der Gedanke tröstete sie nicht.

Sie spürte die Angst. Sie fühlte die Kälte.

Sie wusste nicht, was sie töten würde.

Aber sie wusste, dass sie sterben musste.

Zweiundfünfzig

Dienstag. Achtzehn Uhr vierzig

»Gott sei Dank!«

Bettina schickte den Satz wie einen Stoßseufzer in den Himmel. Seit Stunden beschäftigte sie sich gemeinsam mit Madlaina und Thal mit den Niederungen des Darknet.

»Wir müssen ein Gefühl dafür entwickeln, was dort zu sehen ist und wie die Kunden damit umgehen«, hatte Madlaina gesagt. Sie hatte die größte Erfahrung mit den dunklen Seiten der Kommunikation, also waren sie ihr gefolgt. Stephanie und Jonas unterstützten Matteo Giordano bei der Suche nach einem konkreten Hinweis in den verschwiegenen Bereichen des Internets. Sie hofften, auf ein Angebot zu stoßen, das einen Bezug zum Mystery Hotel hatte. Bisher tappten sie im Dunklen, auch wenn die Hypothese bestechend war, dass Bublitz selbst oder einer seiner Mitarbeiter sich ein ordentliches Zubrot verdiente.

Sie hatten dem ersten Impuls nicht stattgegeben. Statt das Mystery Hotel zu stürmen, die Mitarbeiter festzunehmen und das technische Equipment zu beschlagnahmen, hatten sie sich auf die Pirsch begeben. Giordano hatte ihnen erklärt, dass es keinen Sinn hatte, die Täter festzunehmen. »Wenn wir den Sender abschalten, haben wir keine Chance mehr, an die Empfänger zu kommen.« Außerdem stand die Angst im Raum, es könnte um viel mehr gehen als um voyeuristische Aufnahmen aus dem Bad oder dem Schlafzimmer des Mystery Hotels.

Als Giordano von Splatter-Angeboten erzählte, bei denen Folter, Vergewaltigung und Blut im Vordergrund stünden, hatte Bettina das für eine Übertreibung gehalten. Der Tessiner Polizist hatte sie eines besseren belehrt, inzwischen hielt sie nichts mehr für ausgeschlossen. Im Darknet gab es für jede Perversion ein Angebot. Wie hatte Giordano sich ausgedrückt? »Blümchensex steht nicht im Vordergrund.« Dass er damit so etwas wie die ›Torture Cam‹ meinte, hätte sie nie für möglich gehalten.

»Gott sei Dank kommen wir da nicht rein!«, sagte Bettina. Madlaina nickte und legte ihr den Arm um die Schultern. Die Beschreibung des Angebots reichte, um Übelkeit zu erzeugen. Die Folter-Kamera versprach Livebilder von Misshandlungen. Die Opfer waren Frauen, Kinder, Männer. Giordano hatte ihnen Szenenfotos gezeigt, auf denen ein Schwarzer von einer Horde weißer Männer zu Tode geprügelt wurde. Frauen wurden vergewaltigt, Männern wurden Nägel durch Penis und Hoden getrieben. Obwohl es nur Fotos waren, hatte Bettina sich die Ohren zugehalten, weil sie die Schreie der Opfer zu hören glaubte.

»Das ist doch nicht echt!«, hatte Thal gesagt. »Es sind geschickt gemachte Betrügereien.«

Bettina und Madlaina hatten genickt, sie stimmten aus vollem Herzen zu. Thal musste recht haben, alles andere wäre unerträglich.

Giordano schwieg. Als Bettina ihm in die Augen schaute, hatte sie das Gefühl, einem Greis gegenüberzustehen. Er hatte in den letzten Monaten zu viel gesehen, um noch einen Funken Hoffnung zu retten. Möglicherweise hatte Thal recht, aber was spielte das für eine Rolle. Die Folterungen und Vergewaltigungen waren derart echt inszeniert, dass der Zuschauer nicht wissen konnte, auf was er sich einließ. Trotzdem schienen Angebote wie die ›Torture Cam‹ lohnende Geschäftsmodelle zu sein. Die Menschen bezahlten viel Geld, um zuzusehen, wie andere Menschen gefoltert wurden.

Madlaina stand auf und öffnete das Fenster. Es hatte sich deutlich abgekühlt, ein kalter Wind wehte über den See. Bettina spürte eine Gänsehaut, die sich langsamer als sonst über ihre Arme ausbreitete.

»Wisst ihr, was mich wirklich fertig macht?« Madlaina drehte sich um und lehnte sich an die Fensterbank. »Nicht die Tatsache, dass es im Netz ein Angebot für kranke Menschen gibt. Ich habe mich schon oft gefragt, wer die Splatter-Filme anschaut, die seit Jahrzehnten gehandelt werden. Oder wer die Computerspiele konsumiert, in denen es um nichts anderes geht als zu töten. All das ist seit Langem Teil unserer Gesellschaft, aber es ist jedem klar, dass es sich nicht um die Realität handelt. Die Filme sind gut gemacht und erzeugen Bilder, die man so schnell nicht aus dem Gedächtnis bekommt. Aber es sind Filme. Der Gegner in den Computerspielen sieht lebensecht aus, aber er ist nichts anders als eine Konstruktion aus elektrischen Impulsen. Kein Wesen aus Fleisch und Blut. Jeder Spieler weiß das. Hier ist es anders.«

»Nein!«, sagte Thal, »das glaube ich nicht. Es ist nur auf die Spitze getriebene virtuelle Realität, mit dem wahren Leben hat es nichts zu tun.«

»Du willst das so sehen, Alex. Ich finde, wir sollten der Tatsache ins Auge blicken, dass es hier um etwas anderes geht.«

»Moment!« So schnell wollte auch Bettina das Grauen nicht in ihr Leben lassen. »Ich habe vor ein paar Tagen etwas über Snuff gelesen, also die filmische Darstellung eines Mordes. Es gibt bis jetzt keinen einzigen Nachweis, dass so ein Video existiert. Natürlich gibt es die Enthauptungsvideos von Terroristen, aber das ist etwas anderes. Da geht es nicht darum, den Zuschauer mit der Ermordung eines Menschen zu unterhalten, sondern die Täter wollen Angst und Schrecken verbreiten. Snuff-Videos sind nichts als eine moderne Legende.«

»Nein, das sind sie nicht!«

Matteo Giordano hatte den Raum betreten, ohne dass ihn jemand bemerkt hatte. Bettina zuckte zusammen.

»Tut mir leid, ich wollte mich nicht anschleichen«, sagte der Schweizer.

Bettina winkte ab. »Du willst doch nicht sagen, dass du ...«

»Ich würde es nicht Snuff-Video nennen, das ist viel zu harmlos.«

Madlaina schloss das Fenster. Es war kalt im Büro. Eiskalt.

»Es geht bei Angeboten wie der ›Torture Cam‹ nicht vordergründig darum, dass jemand vor den Augen von Zuschauern zu Tode kommt. Es geht vielmehr um Interaktivität.«

Bettina hörte ihr Blut durch die Adern rauschen. »Du meinst, die zahlenden Kunden ...?« Sie sprach es nicht aus, weil sie sich fürchtete, über die Wörter käme die Realität in den Raum.

»So ist es.« Matteo setzte sich neben Thal. »Die Abonnenten der ›Torture Cam‹ können nicht nur zuschauen, wie ein Mensch gefoltert wird. Sie können mitbestimmen, was mit dem Opfer passiert.«

»Bis zur Entscheidung über Leben und Tod?« Thals Gesicht war leichenblass.

»Ja. Wobei es in der Regel keine Rettung für das Opfer gibt, niemand hat Interesse daran, dass es überlebt. Die

Kunden bestimmen, welche Leiden dem bedauernswerten Wesen zugefügt werden. Je brutaler eine Folter ist, desto mehr kostet sie.«

Bettina hörte Matteos Sätze, aber sie formten keine Bilder in ihrem Kopf. Alles schien abstrakt, als redeten sie über das Drehbuch für einen Film, den sie niemals fertigstellen würden.

»Ich wünsche euch, dass ihr das nie sehen müsst«, sagte Matteo. Bettina hätte ihn gerne umarmt und sich an ihn gelehnt. Sie blieb unbeweglich sitzen.

Die Tür wurde aufgerissen. Jonas stürzte herein. Sein Bart war weiter gewachsen, warf einen dunklen Schatten auf das Kinn. Seine aufgerissenen Augen irrten von einem zum anderen.

»Wir haben etwas gefunden.«

Dreiundfünfzig

Dienstag. Neunzehn Uhr fünf

Im ersten Augenblick hatte Bublitz Mühe, etwas zu erkennen. Hamid zog es vor, den Kontrollraum abzudunkeln. »In der Dunkelheit bin ich fokussierter«, hatte er ihm erklärt. In Wirklichkeit wollte er damit die Bedeutung seiner Arbeit unterstreichen.

Bublitz schaute sich um. Alle Monitore waren eingestellt, das Spiel im Apartment lief.

»Und ab!« Otto, der Bublitz nicht bemerkt hatte, schnippte mit den Fingern. Hamid drückte einen Knopf, das Stroboskop setzte ein. Die Spieler starrten entsetzt nach oben.

»Jetzt haben wir eine halbe Stunde Ruhe«, sagte Hamid. Otto hob den Daumen und kramte einen Schokoriegel aus einer Schublade.

»Ihr seid wenigstens entspannt«, sagte Bublitz.

»Nick, verdammt noch mal!« Otto fasste sich theatralisch vor die Brust. »Irgendwann bringst du einen von uns um mit deiner Herumschleicherei.«

Bublitz ließ sich wortlos auf einen Stuhl fallen und beobachtete den Bildschirm, auf dem das Tamagotchi zu sehen war. Die Technik schien einwandfrei zu funktionieren, Darius war ein Fuchs, das musste er zugeben. Auf der anderen Seite gefiel es ihm nicht, dass sein Freund in der Lage war, den Sidekick auf eigene Rechnung zu organisieren. Nicht, dass ihm da eine wichtige Nebeneinnahme wegbrach.

»Nicht schlecht, die Frau«, sagte Otto.

Bublitz brauchte einen Augenblick, bis er realisierte, dass der Spielleiter die Frau auf dem Bildschirm meinte.

»Für meinen Geschmack zu klein und zu fett«, brummte Hamid.

»Ich finde sie ganz niedlich.« Otto lachte gackernd.

»Ihr Gesicht kann man kaum erkennen, insofern ...« Hamid ließ offen, was das Gesicht der Frau ihm erzählen sollte.

Otto wickelte umständlich den Schokoriegel aus der Verpackung und biss die Hälfte ab. »Die Bildqualität ist unter aller Sau«, sagte er kauend.

Bublitz war froh, dass Darius ohne ihre Hilfe nicht die gewohnte Qualität zustande gebracht hatte. Otto hatte recht, das Bild war derart unscharf, dass die beiden die Frau noch nicht einmal erkennen konnten.

Otto schob sich die andere Hälfte der Schokolade in den Mund. »Die Kameras kommen mit der Kälte nicht klar. Ich habe Darius gleich gesagt, dass er sie besser abschirmen muss, aber es musste alles schnell gehen.«

Die Spieler im Apartment rannten hektisch durch die Räume auf der Suche nach einer Möglichkeit, das Blitzlichtgewitter zu beenden, das ihnen mehr und mehr die Sinne vernebelte. Bublitz wusste, wie sie sich fühlten, er hatte den Effekt selbst getestet. Er stand auf und regelte die Helligkeit des Hauptmonitors herunter, selbst im Kontrollraum nervte das Geflacker.

»Könnte Darius für uns zu einer ernsthaften Konkurrenz werden, was meint ihr?« Bublitz ließ den Blick zwischen seinen beiden Mitarbeitern hin und her wandern.

Während Hamid gelangweilt mit den Schultern zuckte, lachte Otto schallend auf. »Unser Freund, der Wissenschaftler? Niemals! Der hat zwei linke Hände und versteht von Technik so viel wie ich von Goethe oder Schiller.«

Bublitz wusste, dass Otto eine Leseratte war, er verschlang einen Groschenroman nach dem anderen.

»Aber diese Installation hat er hinbekommen, wie man sieht.«

»Weil wir sie ihm gebaut haben.«

Bublitz sah, dass Otto die Lippen zusammenpresste. Er hatte sich versprochen und ungewollt etwas ausgeplaudert.

»Wie jetzt?«, fragte Bublitz und bemühte sich um einen scharfen Ton.

»Na ja, nicht so, wie du denkst, Nick.«

Otto wollte sich aus der Nummer herauswinden. Bublitz schlug kräftig mit der Handfläche auf die Stuhllehne. »Keine Ausflüchte, Otto! Habt ihr die Installation für Darius gebaut? Ja oder nein?«

»Wir fertigen immer einen Prototypen zu Testzwecken. Außerdem ist bei einem Unternehmen wie dem unseren Redundanz ein wichtiges Stichwort.«

»Da muss ich Otto ausnahmsweise recht geben«, sagte Hamid, der aus seiner Lethargie erwacht zu sein schien. Manchmal fragte sich Bublitz, ob in den selbstgedrehten Zigaretten tatsächlich nur Tabak war. »Wir fahren technisch auf der Felge, ein paar Ersatzgeräte wären gut.«

Otto lächelte den Regisseur dankbar an. »Genau! Alle wichtigen Geräte sollten doppelt vorhanden sein. Stell dir vor, mitten im Spiel fällt ein Teil aus. Dann sehen wir alt aus!«

Bublitz hob beide Hände. Er wollte jetzt nicht über die technische Ausstattung der Anlage reden. »Okay, ihr baut einen Prototypen. Was passiert damit?«

»Nichts«, sagte Otto und lehnte sich entspannt zurück. Er ist sich seiner Sache wieder sicher, dachte Bublitz und verschärfte den Ton.

»Was heißt ›nichts‹? Lass dir nicht alles aus der Nase ziehen!«

Otto Scharfenberg legte die Stirn in Falten. »Die Prototypen kommen in die Werkshalle und stehen die meiste Zeit im Weg herum.«

»Auch das Kühlsystem?«

»Nein, das war doch defekt.«

»Ihr habt es also an den Lieferanten zurückgeschickt?«

Otto schüttelte den Kopf.

»Nein, das hat Darius abholen lassen.«

Vierundfünfzig

Dienstag. Neunzehn Uhr fünfundzwanzig

»Geht es dir gut?«

Bettina schaute Matteo Giordano direkt in die Augen. Sie hatten jeden Glanz verloren, dunkle Ringe beschatteten sie wie ein Trauerrand.

Der Schweizer Polizist nickte müde. »Ist alles ein bisschen viel im Moment.« Auch seine Stimme war matt.

»Wem sagst du das.« Bettina lächelte den Kollegen an, spürte dabei aber selbst, wie gequält ihr Gesichtsausdruck wirkte.

Giordano koppelte sein Notebook an den Beamer und schaltete es ein. »In unserer Arbeitsgruppe beschäftigen wir uns seit einem Jahr intensiv mit den verschiedenen Splatter-Angeboten im Darknet. Da ist eine lange Liste zusammengekommen. Ich habe die Kollegen gebeten, mir die Daten aller einschlägigen Folterplattformen zu nennen, zu denen wir derzeit Zugang haben.«

Er warf einen Blick in die Runde. Alle Augen waren auf ihn gerichtet, Bettina hatte den Eindruck, als würde er sich in diesem Augenblick bewusst, dass die Kollegen von ihm den entscheidenden Hinweis erwarteten. Als drückte ihn diese Last nach unten, schien er ein paar Zentimeter kleiner zu werden. Oder hatte er in den letzten Stunden zu viel gesehen? Sie nickte ihm aufmunternd zu.

»Eine dieser Seiten nennt sich ›Contract Killer‹. Zu Deutsch: Auftragskiller.« Er beugte sich über das Notebook, und auf der Leinwand an der Stirnseite des Besprechungsraums erschien eine Seite, auf der die Buchstaben des Titels aus einer Pistole auf eine Steinmauer geschossen wurden.

»Wir wissen nicht viel über diese Seite, sie ist noch relativ jung, tauchte zum ersten Mal vor sechs Wochen auf. Wir kennen weder den Betreiber, noch haben wir bisher eine Ahnung, wo sich der Server befindet, geschweige denn, wo die Kameras für die Livebilder stehen.«

»Worum geht es bei dieser Seite?«, fragte Bettina und fürchtete die Antwort.

»Um genau das, was der Name sagt.«

»Du meinst, man kann den Tod eines Menschen ...« Auch Madlaina traute sich nicht, der Vermutung Raum zu verschaffen, indem sie sie aussprach.

»Genauso ist es«, sagte der Schweizer. »Man bezahlt dafür, dass ein Mensch getötet wird.«

»Und wie funktioniert das genau?« Jonas sprach ohne erkennbare Regung in der Stimme. Konzentration auf die Sache hieß das Zauberwort. Den Emotionen Einhalt zu gebieten, indem man die Fakten betrachtete, lernte jeder Polizeischüler. Bettina schien diese Fähigkeit von Jahr zu Jahr mehr abhandenzukommen.

»Wie es bei allen Angeboten dieser Art funktioniert«, sagte Matteo Giordano. »Man bietet Bitcoins auf bestimmte Aktionen.«

»Also genau wie bei der ›Torture Cam‹«, sagte Stephanie, die sich an einer längst kalt gewordenen Tasse Tee festklammerte.

»Schon ...« Der Tessiner Ermittler zog das Wort in die Länge. »Aber hier ist das Ziel von vornherein klar. Bei der ›Torture Cam‹ fügt man jemandem Schmerzen zu und nimmt dabei eine lebensgefährliche Verletzung in Kauf. ›Contract Killer‹ geht einen Schritt weiter. Der Tod der Zielperson steht von vornherein fest – nur die Todesursache nicht und die Art und Weise, wie er sterben soll.« Er machte eine Pause und schluckte. »Schnell und einfach oder langsam und qualvoll.«

»Qualvoll ist am teuersten, richtig?« Bettina bewunderte Jonas dafür, immer noch die richtigen Fragen stellen zu können.

Matteo Giordano schüttelte den Kopf. »Nein! Am teuersten ist das Überleben!«

»Aber du hast doch gesagt, dass der Tod des Opfers von vornherein feststeht.« Bettina hatte das Gefühl, nichts mehr zu verstehen.

»Richtig.« Matteo lächelte sie an. »Die Zielperson ist dem Tod geweiht, es sei denn, es findet sich jemand, der genug für ihr Überleben bietet.«

»Wie viel?« Madlaina starrte Matteo an, als könnte sie damit eine Antwort provozieren, in der ein Funken Hoffnung glomm.

»Das wissen wir nicht. Diese Einsätze sind nicht öffentlich. Man klickt auf einen ›Stay alive‹-Button, anschließend öffnet sich ein Fenster, in dem man zur Eingabe eines Gebots aufgefordert wird. Niemand sieht, ob bis jetzt jemand für das Überleben der Zielperson geboten hat, und wenn ja, wie hoch das Gebot ist.«

Matteo Giordano schaute nach unten und fuhr mit dem Zeigefinger über den Rand des Notebookbildschirms. »Bis jetzt«, flüsterte er, »haben wir noch nie erlebt, dass ein Opfer überlebte.«

Für einige Sekunden herrschte Stille im Raum. Jonas fasste sich als Erster. »Sehen wir das Ganze betriebswirtschaftlich. Das Gebot für das Überleben muss höher sein als alle anderen Einsätze. Habt ihr mal den Umsatz bei einem ....«

»Bei einem Spiel, meinst du?« Matteo Giordano war der Einzige, der sich nicht scheute, die Dinge beim Namen zu nennen.

Jonas nickte.

»Ja, das haben wir. Die Summen liegen umgerechnet zwischen fünfzehn- und fünfunddreißigtausend Euro.«

»Was?« Bettina zuckte zusammen, so laut hatte Madlaina geschrien.

»Bei wie vielen Mitspielern?« Wieder kehrte Jonas zur Sache zurück.

»Das können wir nur anhand der Nicknames schätzen, die Gebote abgeben. Danach schwanken die Teilnehmerzahlen zwischen hundert und zweihundertfünfzig.«

»Zweihundertfünfzig Teilnehmer mal hundert Euro macht einen Umsatz von fünfundzwanzigtausend Euro. Absolut realistisch.«

Bettina wusste, dass Jonas das einzig Richtige tat, trotzdem hätte sie ihn am liebsten angebrüllt, wie er so berechnend über dieses Mörderspiel reden konnte.

»Okay«, sagte Stephanie und stellte ihre Teetasse geräuschvoll auf den Tisch. »Jetzt möchte ich aber wissen, wie das wirklich funktioniert. Woher rekrutieren die Macher dieser Plattform zum Beispiel ihre Opfer?«

Matteo Giordano stand auf und machte ein paar Schritte zur Seite, als wären seine Beine eingeschlafen. »Wir sind bisher davon ausgegangen, dass es sich um Schauspieler handelt. Es gibt genug arbeitslose Akteure, denen nichts anderes übrig bleibt, als zweifelhafte Engagements wie bei ›Contract Killer‹ anzunehmen. Vielleicht kommen sie auch aus dem Ausland und man hat sie mit falschen Versprechungen geködert, dem Aussehen nach konnten wir die Herkunft der meisten Opfer in Osteuropa und dem Nahen Osten verorten.«

Er machte eine Pause, ging zurück zu seinem Platz und stützte sich auf die Stuhllehne. »Inzwischen wissen wir, dass es noch eine andere Möglichkeit gibt.«

Er nickte mit dem Kopf, als müsste er die nächsten Worte aus tiefsten Eingeweiden nach oben befördern. Er ließ den Mund halb geöffnet und atmete tief ein. »Es handelt sich zumindest zum Teil um Menschenhandel.«

Bettina verstand sofort, was Matteo sagen wollte. Sie spürte, wie sich ihr Magen zusammenkrampfte. »Das kann nicht sein«, sagte sie. »Angebote wie ›Contract Killer‹ sind ekelhaft, sie wenden sich an die niedersten menschlichen Triebe, die besser nicht ans Tageslicht geholt werden. Aber ...« Sie schlug die Augen nieder, weil sie Matteos Reaktion nicht sehen wollte. »Es handelt sich um eine Inszenierung, ein perfektes Schauspiel um Folter und Tod. Snuff existiert nicht, ist nur eine Legende der Moderne.«

»Das haben wir bis vor Kurzem auch geglaubt«, sagte Matteo.

»Das heißt ...« Jetzt konnte auch Jonas den Gedanken nicht mehr aussprechen.

Matteo tippte auf der Tastatur seines Notebooks herum.

»Seht selbst!«

Bettina zwang sich, auf die Leinwand zu schauen. Sie würde diese Entscheidung für den Rest ihres Lebens bedauern.

Fünfundfünfzig

Dienstag. Neunzehn Uhr vierzig

Sie sprang. Von rechts nach links und von links nach rechts. Sie musste in Bewegung bleiben, Stillstand war der Tod.

Schweiß rann ihr wie ein Gebirgsbach die Stirn herunter. Sie fuhr sich mit der Hand durch die verklebten Haare. Ihr Atem ging rasselnd. Sie verfluchte ihren inneren Schweinehund, der sie seit Jahren von sportlicher Aktivität abhielt. Sie brauchte einen Moment Pause. Langsam ließ sie sich an der Wand hinuntergleiten. Die Bodenfliesen waren eiskalt. Sie legte die Hände um die Füße, denen die Bewegung wieder etwas Leben eingehaucht hatte. Dafür taten ihre Hände umso mehr weh. Der Schmerz kroch langsam nach oben, hatte in den letzten Minuten die Ellbogen erreicht. Sie nahm eine Wasserflasche in jede Hand und bewegte sie wie Hanteln auf und nieder. Stiche jagten durch ihre Arme, als malträtierte sie jemand mit Nadeln. Kraftlos ließ sie die Flaschen über den Boden rollen.

Wieder hob sie den Blick zur Decke. Die beiden Augen starrten sie an. Reflexartig kreuzte sie die Arme über ihren Brüsten, die aus dem BH herausquollen, als wollte sie irgendeinen Typen aufgeilen. Sie lachte laut auf. Sie musste aufpassen, dass sie nicht durchdrehte oder dem Größenwahn verfiel. Als hätte sich jemals irgendein Mann für ihre körperlichen Reize interessiert. Bis auf ... Sie verdrängte den Gedanken, obwohl sie das Gefühl hatte, dass er sie wärmte. Alles nur Einbildung, ihr konnte nur eins helfen: in Bewegung zu bleiben.

Sie richtete sich mühsam auf. Die Wasserflaschen! Sie legte sie auf den Boden und begann darüber zu hüpfen. Auf und ab. Nach links. Nach rechts. Es funktionierte, die Wasserflaschen nicht zu berühren war der Ansporn, den sie dringend brauchte. Sie hasste Aktivitäten ohne Ziel. Ohne Ziel? War ihr Leben nicht Ziel genug? Um nichts anderes ging es hier. Was zählte, war das nackte Überleben. Sie wusste nicht, wer darüber zu entscheiden hatte, Gott vielleicht oder jemand, der sich für einen solchen hielt. Diese Idee war ihr schon vor einiger Zeit gekommen, sie hatte ihn aber sofort verdrängt. Jetzt schlich er sich wieder in ihre Gedanken, und sie konnte nicht sagen, ob sie lernen würde, ihn zu akzeptieren oder ob er ihre Kräfte endgültig erlahmen ließ.

Der Atem beschleunigte sich. Sie musste langsamer springen. Es kam auf die Ausdauer an, nicht auf die Frequenz.

Wenn sie Teil eines teuflischen Spiels war, wer war dann der Meister? Wer fühlte sich als Herr über Leben und Tod? Am liebsten hätte sie geschrien, aber sie wusste, dass sie damit ihre Kräfte vergeuden würde. So brüllte sie ihrem Widersacher die Wahrheit nur im Geiste ins Gesicht.

»Du elender Hurensohn! Du glaubst wirklich, Gott zu sein, habe ich recht? Dabei bist du weiter davon entfernt als jeder andere Mensch auf diesem Planeten …«

Sie sprang und landete mit dem rechten Fuß auf einer Flasche, die unter ihrem Gewicht zur Seite rollte. Sie knickte um, ein brennender Schmerz zeigte ihr, dass sie lebte.

»Gott ist der Schöpfer der Welt. Du aber tötest, anstatt zu erschaffen!«

Sie entlastete den rechten Fuß und sprang nur mit links.

»Du bist ein Kretin! Ein Wurm! Ein Nichts!«

Die Kraft verließ sie. Schwer atmend lehnte sie sich an die Wand. Der Schmerz kroch die Arme weiter empor, hatte fast die Schultern erreicht. Eine Träne löste sich ohne Vorankündigung.

»Nein!« Diesmal schrie sie es heraus in die Wirklichkeit. »Nein!«

So durfte es nicht sein! Sie robbte in die Ecke des Raumes und riss die Packung Käse auf. Sie stopfte sich drei Scheiben gleichzeitig in den Mund. Er schmeckte ekelhaft, wie ein Kunstprodukt. Industriekäse eben! Sie schob zwei Salzcracker hinterher, spülte mit Wasser nach, probierte es mit der Salami, die noch ekelhafter war.

Nein, sie durfte nicht Teil dieses Spiels sein. Sie durfte es nicht einmal denken.

Denn eines stand fest: War sie nur die Marionette in diesem perversen Spiel, hatte sie keine Chance.

Sechsundfünfzig

Dienstag. Einundzwanzig Uhr fünfundfünfzig

»Gut, lasst uns die Fakten zusammenfassen!« Thal zog sich das Jackett aus und hängte es über den Stuhl. Er lächelte Bettina an, die kreidebleich im Gesicht ein Glas Erdbeermilch zwischen ihren Handflächen drehte. Hitchcock hätte seine Freude an der Farbe des Getränks gehabt, dachte Thal. Jeder Zuschauer würde vermuten, dass die Milch vergiftet wäre.

Thal hatte sich sofort in ein Taxi gesetzt, als Stephanie ihn angerufen hatte. Er war stolz auf die junge Kollegin, sie hatte als einzige den Mut gehabt, ihm die Wahrheit zu sagen. »Wir schaffen das nicht, Alexander. Bitte komm her.« Selbst Madlaina hatte ihn dankbar angesehen, als er vor einer halben Stunde den Besprechungsraum betreten hatte.

Jonas deutete auf die Leinwand. »Wir haben Zugang zu einer Website namens ›Contract Killer‹, bei der man auf Leben oder Sterben einer Zielperson bieten kann. Das aktuelle Opfer ist uns bekannt. Es handelt sich um die vermisste Nicole Engler.«

»Sicher?«, fragte Thal. »Das Bild ist nicht besonders scharf.«

»Die Übertragungsqualität schwankt«, sagte Matteo Giordano, der seine Sicherheit zurückgewonnen hatte und mit einem Schweizer Offiziersmesser einen Apfel in winzige Schnitze teilte. »Das ist ungewöhnlich für diese Seite, es macht den Eindruck, als hätten sie bei dieser Inszenierung technische Probleme. Wir konnten aber ein Standbild erzeugen, auf dem Andreas Engler seine Frau eindeutig identifizierte.«

»Habt ihr ihm ...?«

»Göttin bewahre!«, sagte Madlaina. Thal grinste wie immer, wenn die glühende Atheistin die Allerhöchste des feministischen Himmels beschwor. »Einen hysterischen Ehemann können wir nicht gebrauchen.«

Thal schluckte die Frage hinunter, was sie dem Ehemann über die Herkunft eines Fotos seiner Frau erzählt hatten, auf dem Nicole nur mit Slip und BH bekleidet war.

»Sie befindet sich in einem geschlossenen Raum«, beschrieb Jonas, was alle sahen. »Wir können sie sehen, aber nicht hören.«

»Das kann sich ändern«, fiel Matteo Giordano Quandt ins Wort. »Wir hatten schon mehrmals die Situation, dass der Ton erst im Laufe der Inszenierung zugeschaltet wurde. Die Betreiber dieser Portale handeln gewinnorientiert. Wenn die Zuschauer erst einmal angefixt sind, zahlen sie auch für den Ton. Die Schreie der Opfer steigern den Genuss.«

»Was heißt hier Inszenierung?«, fragte Thal. »Die Frau ist keine Schauspielerin.«

»Das besagt nichts.« Madlaina hatte die ganze Zeit in ein Glas Cola geschaut, als könnte sie darin die Zukunft lesen. Jetzt schüttelte sie ihre Mähne. »Sie kann unwissentlich Mitspielerin in einer gestellten Situation sein. Wenn sie die Bedrohung für real hält, ließe das ihr Spiel besonders authentisch sein, meint ihr nicht?«

»Spielt das eine Rolle?«, fragte Stephanie. »Wir müssen auf jeden Fall damit rechnen, dass es ihr schlecht geht.« Sie stand auf und deutete auf eine Leiste am rechten Rand des

Bildschirms. »Hier handelt es sich eindeutig um ein Thermometer.«

»Fünf Grad«, flüsterte Bettina. »Hält man das aus?«

»Was hält man aus?« Fiona Lee steckte den Kopf zur Tür herein.

Alle drehten ihr überrascht den Kopf zu.

»Ich habe Fiona gebeten, uns zu helfen«, sagte Jonas. »Ich denke, wir brauchen in diesem Fall medizinischen Rat.«

Fiona Lee schälte sich aus einem engen leichten Sommermantel und setzte sich neben Quandt. Er brachte sie in wenigen Sätzen auf den Stand der Dinge. Sie starrte dabei mit krauser Stirn auf den Bildschirm.

»Also«, sagte Thal ungeduldig. »Wie lange hält man es nackt bei fünf Grad Celsius aus?«

»Kommt drauf an«, sagte Lee und lächelte Thal an. Sie hatte die Sicherheit der Rechtsmedizinerin zurückgewonnen. »Die Frau tut das einzig Richtige, sie bewegt sich. Dadurch hält sie die Körpertemperatur aufrecht.«

»Wir brauchen eine zeitliche Prognose«, sagte Matteo Giordano. »Wie lange kann sie das durchhalten?«

»Das ist wissenschaftlich fundiert schwer zu sagen, die Kälteforschung hat nämlich ein Problem.« Fiona Lee richtete den Blick auf die Tischplatte. »Es gibt nur wenige belastbare Studien zur Hypothermie. Die meisten Forschungen wurden von Nazis mit KZ-Häftlingen durchgeführt, lange Zeit waren die Ergebnisse dieser grausamen Experimente die detaillierteste Datenbasis für Kältewissenschaftler. Die meisten weigern sich heute, auf dieser Basis zu arbeiten.«

»Wie lange?« Thal verstand die ethischen Bedenken, aber sie brauchten eine Perspektive.

Fiona Lee hob ruckartig den Kopf und schaute auf den Monitor. Nicole Engler hüpfte von einem Bein aufs andere.

»Anhand dessen, was ich sehe, kann ich allenfalls sagen, in welchem Stadium sich die Frau gerade befindet. Eine echte Unterkühlung setzt ein, wenn die Kerntemperatur des Körpers zwei Grad oder mehr unter den Normalwert von siebenunddreißig Grad sinkt. Dann mobilisiert der Körper zusätzliche Energien – und wir beginnen zu zittern.«

»Hat das einen Sinn?«, fragte Jonas.

»Alles, was sich im Körper abspielt, verfolgt einen konkreten Zweck. Die schnelle Muskelbewegung beim Zittern erzeugt Wärme.«

»Nicole Engler macht auf mich einen recht guten Eindruck«, sagte Bettina.

Fiona Lee nickte. »Dem Augenschein nach würde ich sagen, dass die Körpertemperatur dank der Bewegung stabil ist. Vielleicht stimmt auch das Thermometer nicht und es ist wärmer im Raum.«

»Das könnte sein«, sagte Matteo Giordano, der die zierliche Asiatin genau musterte. »Die Betreiber solcher Seiten dramatisieren die Situation gerne, um höhere Gebote zu erreichen. Kannst du uns erklären, wann die Lage für das Opfer gefährlich wird?«

Die Rechtsmedizinerin lächelte den Tessiner an. »Gerne. Sinkt die Kerntemperatur des Körpers unter dreißig Grad, dürfte die Frau das Bewusstsein verlieren. Sorgt man nicht dafür, dass sie so schnell wie möglich in eine wärmere Umgebung kommt, wird sie unweigerlich sterben.«

Der Tod stand im Raum. Diese Situation gab es in jeder Ermittlung. Selten aber wurde sie so klar ausgesprochen wie heute.

Jonas räusperte sich. »Warum Nicole Engler?« Er schaute in die Runde, niemand traute sich zu spekulieren. Madlaina fasste als Erste Mut. »Es muss mit dem Mystery Hotel zu tun haben.«

»Bringt diesen Bublitz her!«, ordnete Thal an. »Sofort!«

Die Tür flog auf, für einen Moment glaubte Bettina, Thals Befehl hätte sich auf wundersame Weise von selbst erledigt und Bublitz würde hereingeführt.

Tatsächlich betrat Schober den Besprechungsraum.

»Dafür, dass Sie nicht im Dienst sind, haben Sie das Kommando aber fest in der Hand, Thal.«

»Was heißt nicht im Dienst?« Thal reckte den Oberkörper. »Ich melde mich hiermit offiziell zurück, Herr Kriminaldirektor.«

Bettina schaute Madlaina an. Sie nickte kaum merklich.

Siebenundfünfzig

Dienstag. Zweiundzwanzig Uhr fünf

»Ich protestiere aufs Schärfste!«

Bublitz' Kopf leuchtete im fahlen Licht des Vernehmungsraums wie eine gedimmte Leuchte.

»Wir nehmen Ihren Protest gerne zu Protokoll, Herr Bublitz!«

Bettina machte sich eine Notiz. Thal lehnte sich zurück und schlug die Beine übereinander. Wann hatte er sich in den letzten zwei Monaten jemals so gut gefühlt, so lebendig und gesund? Er schaute zur Seite. Bettina fixierte Bublitz mit leicht zusammengekniffenen Augen. Ihr Körper war gespannte Konzentration. In diesem Moment wusste er, was ihm gefehlt hatte. Berg und Thal waren wieder im Einsatz. Er hatte Mühe, ein Grinsen zu unterdrücken, weil ihm die Floskel ›Im Einsatz gegen das Verbrechen‹ einfiel, eines der übelsten Klischees im Zusammenhang mit Polizeiarbeit.

»Ich komme mir vor wie in einem Polizeistaat. Oder ist es normal, dass man mitten in der Nacht mit Gewalt zur Vernehmung abgeholt wird.«

»Nun machen Sie mal halblang, Herr Bublitz! Erstens haben die Kollegen garantiert keine Gewalt angewendet, sondern Sie freundlich gebeten, sie zu begleiten. Zweitens ist das keine Vernehmung, sondern eine Befragung.«

»Als Zeuge oder als Beschuldigter?«

»Das wird sich herausstellen«, antwortete Bettina, den Blick immer noch auf Bublitz gerichtet.

Sie schaffte es, eine gespannte Atmosphäre zu erzeugen, in der sich der Zeuge nie sicher sein konnte, in welche Richtung sich das Gespräch entwickelte. Genau das brauchten sie jetzt.

»Wenn Sie mich irgendeiner Sache beschuldigen, bestehe ich auf einen Anwalt.«

»Rufen Sie einen an.« Bettina beschränkte sich auf klare Ansagen.

»Ich kenne keinen«, sagte Bublitz. Thal lag ein ›Heul doch!‹ auf der Zunge, als hätte man ihn Jahrzehnte in der Zeit zurückkatapultiert. Er stand auf, nahm eine dünne Mappe von einem kleinen Tisch an der Wand und schob sie Bublitz zu.

»Das ist das Anwaltsverzeichnis, suchen Sie sich einen aus.«

Bublitz legte die Hand auf die Mappe, ohne das Angebot zu kommentieren.

Er ist sich nicht sicher, ob es besser ist zu kooperieren oder den Rebellen zu geben, dachte Thal. Sie sollten ihm einen Knochen hinwerfen.

»Herr Bublitz, wir brauchen Ihre Hilfe in einem verzwickten Fall. Es geht um eine Inszenierung. Da kennen Sie sich doch aus.«

Bublitz legte den Kopf leicht schief. Er war noch auf der Hut, aber seine Eitelkeit hatte einen Riss in den Panzer der Vorsicht geschlagen.

Bettina klappte das Notebook auf und schaltete den Monitor ein.

Thal ließ Bublitz nicht aus den Augen. Er brauchte den Bruchteil einer Sekunde, um den Bildschirm zu fixieren. Seine Pupillen weiteten sich, als ihm klar wurde, was er sah.

»Kennen Sie diese Frau?«

Bublitz schob den Kopf zehn Zentimeter näher an den Monitor heran.

Er will Zeit gewinnen, dachte Thal und erhöhte das Tempo. »Bitte, wir haben es eilig.«

»Das Bild ist schlecht. Geht das nicht schärfer?«

»Schluss mit dem Theater!« Bettina ließ ihre Hand neben dem Notebook auf den Tisch krachen. »Sagen Sie uns, ob Sie diese Frau kennen.«

»Was heißt hier kennen? Sie sieht einer Kundin ähnlich, die bei uns zu Gast war.«

»Wann?«

»Am vergangenen Wochenende!«

Bettina stöhnte auf. »Wollen Sie uns auf den Arm nehmen? Heute ist Dienstag und Sie wollen uns weismachen, dass Sie eine Frau nicht erkennen, die noch vor zwei Tagen in Ihrem Mystery Hotel zu Gast war? So schlecht ist das Bild nun wirklich nicht.«

»Ich sage doch, dass die Frau auf dem Bildschirm meiner Kundin ähnlich sieht.« Bublitz lehnte sich zurück und grinste Thal an. »Was ist mit ihr passiert, Herr Kommissar?«

»Das wissen Sie genau! Diese Nummer mit dem menschlichen Tamagotchi, über dessen Schicksal Ihre Gäste entscheiden, haben Sie doch selbst kreiert oder etwa nicht?«

Bublitz ließ ein Lächeln aufblitzen, das Thal nicht interpretieren konnte. War es selbstgefällig oder überheblich?

Bettina interpretierte es als Provokation. Sie sprang auf und schob den Stuhl kraftvoll nach hinten. Er rutschte einen Meter über den Boden.

»Es reicht! Das da ist Ihre Installation! Was glauben Sie, wie lange hält die Frau das aus bei fünf Grad? Oder kann man die Temperatur noch weiter herunterdrehen?« Sie beugte sich über den Tisch. Ihr Kopf war nur dreißig Zentimeter von Bublitz' Gesicht entfernt. Trotzdem verschwand das Lächeln nicht, sein Blick war starr auf Bettinas Brüste gerichtet.

Was für ein selbstgerechtes Arschloch, dachte Thal und ballte die Hände zu Fäusten.

Bettinas Handy klingelte. Thal kam es vor, als brüllte das Smartphone eine Warnung in den Raum. Bettina zog das Teil aus der Tasche, fast wäre es ihr aus der Hand gefallen. Sie machte einen Schritt zurück. Thal konnte nicht erkennen, ob Bublitz erleichtert oder enttäuscht war.

»Was gibt's, Jonas?«

Stille. Bettina atmete erregt.

»Danke!«

Sie warf das Smartphone auf den Tisch.

»Jetzt sollten Sie einen Anwalt anrufen, Bublitz.«

Thal hielt die Luft an.

Noch immer schien das Lächeln im Gesicht des Zeugen festgewachsen.

»Nennen Sie mir einen guten Grund«, sagte er.

»In diesem Moment sind Sie vom Zeugen zum Beschuldigten geworden. Reicht Ihnen das?«

Bublitz' Gesichtsmuskeln erschlafften. Sie schafften es nicht mehr, den Unterkiefer zu halten. Er bekam den Gesichtsausdruck eines Mannes, der Gefahr läuft, den Verstand zu verlieren. »Was ist los?«

Bettina richtete sich zu voller Größe auf und nickte bedächtig.

»Das war der Kollege Quandt.« Sie tippte mit dem Finger das silbern glänzende Smartphone an, das sich augenblicklich auf der Tischplatte drehte.

»Er ist in Ihrem Mystery Hotel. Genauer im Kontrollraum.«

Ein Speichelfaden löste sich in Bublitz' Mundwinkel und lief das Kinn herunter.

Bettina griff in ihre Hosentasche und reichte ihm ein Tempotaschentuch.

»Sehr interessant, was er auf einem Monitor in Ihrem Kontrollraum gesehen hat.«

Bublitz nahm das Taschentuch, ohne den Speichelfaden zu entfernen.

»Alle Bildschirme in Ihrem Apartment zeigen das Livebild von Nicole Engler.«

Thal beugte sich vor und schlug die Mappe mit dem Anwaltsverzeichnis auf.

Achtundfünfzig

Dienstag. Zweiundzwanzig Uhr vierzig

Nicht mehr lange!

Die Oberschenkelmuskeln zitterten. Sie versuchte verzweifelt, das Tempo beizubehalten, obwohl sie wusste, dass es keinen Sinn hatte. Sie schaffte es nicht mehr. Vielleicht sollte sie laufen statt zu hüpfen. Sie blieb einen Augenblick stehen. Durchschnaufen!, befahl sie sich. Einfach mal durchschnaufen. Sie schüttelte die Beine, um die Muskulatur zu lockern. Sie wusste, dass sie auch ihre Arme beschäftigen musste. Der Schmerz hatte längst die Schultern erreicht, während sie die Hände nur noch mit Mühe bewegen konnte. Sie zwang sich, zwei Wasserflaschen vom Boden zu nehmen und wieder mit Hantelübungen zu beginnen. Langsam beugte sie die Arme und schrie auf. Wie eine flammende Spur lief der Schmerz von der Schulter in den Hals. Langsam ließ sie die Arme sinken, um sie im nächsten Moment mit einem tierischen Schrei in die Höhe zu reißen.

»Ihr bekommt mich nicht, ihr Schweine!« Sie hob den Kopf und starrte die beiden Augen in der Decke an. Wer auch immer ihr zuschaute, sollte wissen, dass er keine Macht über sie hatte. Noch nicht!

Sie hob und senkte die Arme und trippelte auf der Stelle. Wie lange würde sie das durchhalten? Dreißig Minuten? Höchstens!

Die Kälte war das eine Problem, die Müdigkeit das andere. Setzte sie sich hin, käme der Schlaf, dessen war sie sich sicher. Obwohl sie keine Vorstellung hatte, wie lange sie schon in diesem Verlies hockte, wusste sie, dass die Müdigkeit sie mit Macht bedrängte. Ihre Augenlider waren schwer, ihr Geist verweigerte sich jeder klaren Richtung. Ihre Gedanken waberten durch die Gegend wie der Nebel über dem Bodensee. Sie würde sich nicht mehr lange auf den Beinen halten können. Der Schlaf würde sie übermannen, sein Bruder blieb noch eine Weile vor der Tür, die war aber weit geöffnet.

Nein, es gab kein Entrinnen. Die Kälte bahnte sich ihren Weg durch den Körper und ein noch so kurzer Schlummer würde ihr freie Bahn bis zum Tod verschaffen.

Sie ließ die Arme sinken und starrte auf den Boden.

Ein Geräusch fuhr ihr durch Mark und Bein. Es war zwischen Kreischen und Quietschen angesiedelt und hörte sich an wie eine sich langsam öffnende Tür in einem schlechten Horrorfilm. Sie drehte sich um die eigene Achse, um die Tonquelle zu finden. Vergeblich. Doch dann spürte sie es als warmen Luftstrom. Sie wendete das Gesicht nach oben. Ein Auge war verschwunden, stattdessen klaffte ein Loch in der Decke. Eine Klappe, die sie bisher nicht bemerkt hatte, war nach unten gefallen.

War das ihr Ende? Würde der Tod durch diese Luke zu ihr herabsteigen?

Sie schloss die Augen.

Etwas streifte ihre Schulter. Ihren Arm.

Sie riss die Augen auf und schaute zu Boden. Neben ihr lagen zwei Knäuel. Es dauerte eine halbe Minute, bis sie realisierte, was da von oben herabgeregnet war. Sie hob das dunkelblaue Sweatshirt auf und presste ihr Gesicht hinein. Es roch nach Mottenpulver.

Zitternd zog sie das wärmende Stück Stoff über den Kopf. Es war zu groß. Sie lachte, hob die graue Jogginghose auf und zog sie an, wobei sie fast gefallen wäre, weil sich ein Bein im Stoff verfing.

Sie nahm die Wasserflaschen vom Boden, hob und senkte die Arme und trippelte auf der Stelle.

Die Hoffnung war zurück.

Neunundfünfzig

Dienstag. Zweiundzwanzig Uhr fünfzig

»Wir sind im Spiel!«

Jonas hielt Matteo die Handfläche entgegen, er schlug kraftvoll hinein. Sie führten sich auf wie zwei Schuljungen, aber Thal ließ ihnen den Spaß. Sie hatten es geschafft, das Spiel zu beeinflussen. Hundertfünfzig Euro hatten sie geboten, anscheinend genug, um Nicole Engler wärmende Kleidung zu besorgen. Hundertfünfzig Euro für ein bisschen mehr Zeit. Viel würde es nicht sein, der Veranstalter dieses perversen Spiels hatte eine Minute danach eine neue Auktion gestartet. Man konnte darauf bieten, die Frau nackt zu sehen. Das Geld würde nur so fließen, dachte Thal. Die Bildqualität hatte sich deutlich verbessert, und selbst wenn Nicole Engler keine klassische Schönheit war, würde es genug geile Gaffer geben, denen es ein paar Scheine wert war, die Frau zu demütigen.

»Wir müssen herausfinden, wer dieser Darius Kroll ist.«

Bublitz war zusammengebrochen, als sie ihn mit Quandts Anruf konfrontiert hatten. Er hatte ihnen den Namen des ›Wissenschaftlichen Leiters‹ – Thal hatte bei diesem aufgeblasenen Titel laut losgelacht – bereitwillig genannt. Dr. Darius Kroll. Bublitz hatte den Doktortitel betont, als spräche er von einem Mitglied des britischen Königshauses. Angeblich kannte er nur den Namen.

»Bublitz lügt, wenn er sagt, dass er nichts von dem Mann weiß.« Bettinas Wut war nicht verraucht.

Madlaina hatte Bublitz' Befragung am Monitor verfolgt. »Ich denke, er sagt die Wahrheit.«

»Ach komm!« Bettina winkte ab. »Die beiden haben zusammengearbeitet, da weiß man, ob der Partner verheiratet ist, was für einen Drink er bevorzugt und wo er wohnt.«

»Zusammenarbeit würde ich das nicht nennen.« Madlaina schien die Ruhe selbst. »Nach allem, was wir wissen, haben dieser Kroll und Bublitz bei reichlich Alkohol ein paar Ideen ausgeheckt, wie man das Mystery Hotel für die Kunden interessanter machen könnte.«

»Ideen nennst du das?« Bettina schien entsetzt. »Ich würde sagen, da haben zwei Männer ihre kriminelle Energie zusammengeführt. Herausgekommen ist ein Angebot, mittels versteckter Kameras die Voyeure im Darknet zu bedienen und am Livestream mit pinkelnden Frauen kräftig zu verdienen.«

»Das wirft eine Frage auf«, mischte sich Matteo Giordano ein. Er wirkte lebendiger als vor einer Stunde, die Zusammenarbeit mit dem Team schien ihm gutzutun. »Warum sind die Kameras niemandem aufgefallen? Die Gäste werden die Räume gründlich durchsucht haben, vor allem die Bäder und Schlafräume.«

»Das ist leicht zu erklären.« Madlaina warf einen Blick in den Kühlschrank und warf die Tür mit einem lauten Knall zu. Der Cola-Vorrat war zur Neige gegangen, vermutete Thal.

»Es gab reichlich Kameras in den Räumen. Die waren für alle sichtbar. Warum sollte es neben dieser offiziellen Überwachung, über die man die Gäste beim Einzug informiert hatte, noch eine heimliche geben?«

Madlaina schaute Quandt neidisch an, der eine Flasche Krating Daeng öffnete. Er hielt sie fragend in die Höhe, aber die Schweizerin schüttelte den Kopf.

»Noch etwas spricht dafür, dass Bublitz die Wahrheit sagt. Kroll wollte die Spiele im Mystery Hotel wissenschaftlich begleiten. Das ist plausibel, man könnte dort studieren, wie sich Menschen verhalten, wenn sie andere in existenzieller Not erleben. Für diese Studienmöglichkeit bot Kroll Geld an, das Bublitz dringend benötigte, wenn er seinen Betrieb am Laufen halten wollte. Wenn einem das Wasser bis zum Hals steht, fragt man nicht nach Referenzen.«

Thal griff zum Telefon. »Ich rufe die Heidecke an.«

»Wen?«, fragten Bettina und Madlaina wie aus einem Mund.

»Professor Doktor Rosemarie Heidecke, Dekanin der Universität Konstanz. Ich habe mit ihr bei der Suche nach dem Memorymann telefoniert.«

Es dauerte eine Weile, bis Heidecke das Gespräch annahm. Thal glaubte, ein Déjà-vu zu haben. Wieder klang ihre Stimme rauchig, wieder schien sie getrunken zu haben.

»Interessant, dass Sie mich alle paar Monate nachts aus meiner Einsamkeit reißen, Thal.« Sie lachte, aber es klang wie das Pfeifen im Wald.

Thal kam ohne Umschweife zur Sache und fragte nach einem wissenschaftlichen Angestellten namens Kroll. »Doktor Darius Kroll. Vermutlich Soziologe, Psychologe oder Ähnliches.«

Thal hörte, dass ein Feuerzeug klickte. Die Dekanin blies den Rauch gegen den Hörer. »Der Name sagt mir nichts, aber das will nichts heißen, ich kann nicht jeden der zweitausenddreihundert Mitarbeiter kennen.«

»Wir müssen den Mann ausfindig machen. Unbedingt.«

»Geht es wieder mal um Leben oder Tod?« Ihr Lachen fuhr Thal in die Glieder.

»Bitte. Es ist wirklich wichtig.«

»Schon gut. Ich sehe morgen in die Mitarbeiterdatei.«

»Jetzt sofort«, sagte Thal eine Spur zu laut. Leise setzte er »bitte« hinzu.

Die Dekanin seufzte. »Warum kann ich einem Mann mit so einer Stimme keinen Wunsch abschlagen.« Eiswürfel klirrten in einem Glas. »Bleiben Sie dran, Thal.«

Er hörte das typische Geräusch einer Notebook-Tastatur, die mit zu langen Fingernägeln angeschlagen wurde. Es dauerte eine Minute, bis sich Heidecke wieder meldete.

»Haben Sie etwas zu schreiben, Thal?«

Sechzig

Dienstag. Dreiundzwanzig Uhr fünfzehn

Nicole riss die letzte Packung Kekse auf. Das Zeug war trocken wie eine Handvoll Saharasand, sie zwang sich, die Krümel sorgfältig einzuspeicheln und zu schlucken. Mit ein bisschen Wasser ging's leichter, also trank sie, obwohl ihr der Gestank ihres Urins im Eimer Ekel verursachte.

Ihre Vorräte gingen zu Ende. Würde sie noch etwas bekommen? Oder stand neben Frieren auch Hungern auf dem Plan? Sie fingerte die letzten zwei Scheiben Käse aus der Plastikschale und betrachtete sie. Hatte es Sinn, sie aufzusparen? Sie drehte sie zu einer Rolle und schob sie sich in den Mund. Sie hatte sich an den Plastikgeschmack gewöhnt. In der Salamipackung lagen noch vier Scheiben. Vier Mal Hoffnung auf einen winzigen Energieschub, der sie über die nächsten Minuten trug. Wie viele Kalorien waren das? Sie versuchte die Energietabelle auf der Rückseite der Verpackung zu lesen, aber alles verschwamm vor ihren Augen. »Egal«, murmelte sie und aß die Wurst. Vielleicht bekam sie erst neue Lebensmittel, wenn sie alles aufgegessen hatte. Wie früher bei Mutter. Solange ein Schluck Suppe in der Tasse war, konnte man den Sonntagsbraten noch so gierig anstarren. Nicole hatte Suppe gehasst.

Sie lachte! Warum dachte sie in den letzten Minuten so oft an ihre Mutter? Sie hockte sich auf den Boden und legte die Arme um die Knie. Das Sweatshirt müffelte immer noch. Oder war es ihr Körper, schlich sich schon der süßliche Duft der Verwesung in den Raum?

Eine Gänsehaut kroch über ihre Arme. Die Kleidung hatte sie eine Zeit gewärmt, inzwischen fror sie, als wäre sie nackt. Sie brauchte Energie, um die Körpertemperatur zu halten. Sie nahm die leeren Plastikverpackungen und hielt sie den beiden Augen an der Decke entgegen. Irgendjemand schaute ihr zu, das stand fest. Sie ließ die Arme sinken und warf die leeren Plastikschalen auf den Boden. Tränen stiegen in ihre Augen. Nicht weinen! Auf keinen Fall durfte sie weinen! Den Triumph würde sie ihnen nicht gönnen.

Sie musste in Bewegung bleiben. Langsam drückte sie sich aus der Hocke in den Stand. Ihre Füße schienen an den eiskalten Fliesen zu kleben.

Sie hob den Kopf zur Decke. »Schickt mir was zu essen. Und Wollstrümpfe. Hört ihr? Wollstrümpfe. Kein Nylonzeug, damit ihr euch an mir aufgeilen könnt!«

Sie lachte in sich hinein. Die Nacht mit Chris hatte sie auf merkwürdige Ideen gebracht. Er war der Gegenentwurf zu Andi. Kein Schwätzer, wenn er etwas sagte, tat er es mit Bedacht. Sie spürte, wie sich in ihrem Bauch ein warmes Gefühl ausbreitete. Stimmte es, dass man Körperfunktionen mit Gedanken steuern konnte?

Sie trippelte mit geschlossenen Augen langsam auf der Stelle.

Chris war ein guter Liebhaber. Sie hatte nur Andi zum Vergleich und da lag er um Längen vorn. Ihr Mann war ein Rammler, verwechselte Geschwindigkeit mit Intensität. Chris bewegte sich ruhig, wusste, was er wann zu tun hatte, kannte ihre empfindlichen Stellen, ohne dass sie ihm die Punkte gezeigt hätte.

Sie versuchte, ein Bild von Chris vor ihr inneres Auge zu bekommen, aber es verschwamm. Die Wärme in ihrem

Bauch wurde von einem Krampf abgelöst. Sie hatte das eklige Zeug zu schnell in sich hineingeschlungen. Langsam, hatte ihre Mutter sie jeden Mittag und Abend ermahnt. Niemand isst dir etwas weg.

Wirklich? Stahl ihr niemand das Leben? Die Wärme? Das Licht?

Sie hätte gerne mit ihrer Mutter gesprochen. Noch lieber mit Chris.

Sie würde beide nicht mehr wiedersehen. Nur ein Wunder konnte sie retten.

Sie schaute nach oben. Die beiden Augen starrten kalt herunter. Die Klappe war unsichtbar verschlossen.

Sie musste sich bewegen. Und sie brauchte etwas zu essen. Nichts anderes zählte.

Vielleicht sollte sie beten. Sie glaubte nicht an Gott, war Jahre nicht mehr in einer Kirche gewesen und das letzte Gebet hatte sie am Grab ihres Vaters gesprochen. Das war fünfzehn Jahre her.

Beten hilft, hatte ihre Mutter gesagt, und das meiste, was sie ihr geraten hatte, war richtig und wahr.

Sie senkte den Kopf. Sie hatte die Hoffnung längst verloren.

Essen und Bewegung. Alles andere war Lug und Trug.

Einundsechzig

Dienstag. Dreiundzwanzig Uhr fünfundzwanzig

»Bietet auf Essen!«

Fiona Lee und Madlaina saßen vor dem Bildschirm im Besprechungsraum und beobachteten Nicole. Sie hatte gierig gegessen und die leeren Verpackungen in die Höhe gehalten. Unmissverständlicher konnte sie nicht signalisieren, dass sie Hunger hatte.

»Die Frau ist klug«, sagte Fiona Lee. »Sie weiß genau, dass ihr nur Bewegung und Nahrung helfen können, die Körpertemperatur halbwegs im grünen Bereich zu halten. Immer vorausgesetzt, dass die Raumtemperatur stabil bleibt.«

Die Anzeige schwankte zwischen fünf und sechs Grad, was nach Matteo Giordanos Ansicht ein Indiz war, dass es sich um den richtigen Wert handelte. »Würde uns jemand eine niedrige Temperatur vorgaukeln wollen, stünde dort immer die gleiche Zahl. Allenfalls würde es kälter. Dieses ständige Wechseln zwischen zwei Werten käme niemandem in den Sinn.«

Jonas bewunderte den Schweizer Kollegen für seine analytischen Fähigkeiten, in diesem Fall war er sich aber nicht sicher. Wer auch immer hinter ›Contract Killer‹ stand, kalkulierte eiskalt. Es gab nur ein Ziel: die Männer vor den Bildschirmen zu hohen Einsätzen zu animieren. Männer? Jonas stellte verwundert fest, dass er sich nicht vorstellen konnte, wie Frauen Lustgewinn aus Bildern eines erfrierenden Menschen ziehen konnten.

»Was sind das für Leute, die jetzt vor ihren Computern hocken und Geld setzen, um Nicole Engler grausam zu Tode zu quälen?«

»Menschen wie du und ich«, antwortete Madlaina tonlos.

»Nein!« Der Ausruf war Jonas spontan entfahren. »Irgendetwas muss sie von uns unterscheiden.« Er schaute Madlaina herausfordernd an, setzte aber hinzu: »Hoffe ich jedenfalls.«

»Deine Hoffnung in Ehren, Jonas, ich stimme dem größten Teil der Forscher zu, die sich mit Gewalt auseinandersetzen. Alle kommen zu dem Schluss, dass der Mensch darauf ausgelegt ist, Gewalt auszuüben. Die Hälfte aller in steinzeitlichen Gräbern gefundenen Männer war keines natürlichen Todes gestorben. Jemand hatte sie erschlagen. Gewalt war damals nicht die pathologische Ausnahme, es war die Regel.«

»Steinzeit!« Jonas machte eine wegwerfende Handbewegung. »Du kannst uns nicht mit einer derart zurückgebliebenen Kultur vergleichen.«

Madlaina hob die Augenbrauen. Jonas kannte diese Mimik und wappnete sich gegen einen wahren Schwall an Informationen.

»Genetisch sind wir nicht weit von den Steinzeitmenschen entfernt«, sagte Madlaina und öffnete die letzte Colaflasche, die sie einem uniformierten Kollegen der Bereitschaft abgeluchst hatte. Sie trank einen Schluck und verzog das Gesicht. »Pisswarm«, sagte sie.

Jonas nutzte die Pause. »Trotzdem werden die meisten Menschen angeekelt beobachten, was sich da abspielt.« Er deutete auf den Bildschirm.

Madlaina nickte. »Natürlich. Ich sage ja auch nicht, dass alle Menschen gewalttätig sind. Die Forschung hat in den letzten Jahren große Fortschritte gemacht, wir verstehen immer besser, welche Muster in der Kindheit dazu führen, dass die Erwachsenen später bereit sind, andere zu quälen und zu töten. Stress spielt die entscheidende Rolle. Aber es kommt noch etwas dazu. Es gibt Interviews mit ruandischen Rebellen, die als besonders gewalttätig gelten. Dabei zeigt sich ein interessantes Muster: Wer zum ersten Mal tötet, empfindet es als schrecklich. Beim zweiten Mal fällt es schon leichter und erst beim dritten, vierten oder fünften Mal spürten die Männer so etwas wie Euphorie angesichts der Macht, die sie über ihre Opfer hatten.«

»Du sprichst von Männern und ich habe gerade gemerkt, dass ich selbst auch immer nur gedacht habe, welche Männer sich wohl an Nicole Englers Leid aufgeilen. Bist du sicher, dass in diesem Augenblick keine Frau eine große Summe auf einen grausamen Tod setzt?«

Madlaina atmete tief ein und legte den Kopf in den Nacken. Ruckartig spannte sie die Muskeln und setzte sich aufrecht hin. »Sicher bin ich keineswegs. Aber ich halte es für nicht wahrscheinlich. Frauen reagieren auf Gewalt. Schlägt jemand ihre Kinder, schlagen sie zurück. Sie spüren in der Regel keine Lust, jemanden zu quälen. Gewalt um der Gewalt willen und zum Lustgewinn ist in der Tat eine männliche Domaine.«

»Könnt ihr mit euren akademischen Debatten aufhören!« Fiona Lee funkelte Jonas an. »Wir versuchen hier gerade, Nicole Engler konkret zu helfen, indem wir ihr etwas zu essen besorgen.«

»Wie viel hast du geboten?«, fragte Jonas. Er fühlte sich schuldig.

»Zwanzig Euro für Kekse und eine Packung Käse«, antwortete Matteo Giordano. »Ich erhöhe jetzt auf fünfzig.«

Alle starrten schweigend auf den Bildschirm. Nichts geschah.

»Können wir sonst noch etwas tun?«, fragte Jonas.

»Auf eine höhere Raumtemperatur bieten«, schlug Fiona Lee vor.

Matteo Giordano schüttelte den Kopf. »Das bringt nichts, da draußen sind zu viele Leute, die sie sterben sehen wollen. Das System scheint die einzelnen Gebote zu kumulieren, es gibt keine Chance, das zu überbieten. Wir können nur auf Nebenkriegsschauplätzen aktiv werden.«

Jonas stöhnte auf. »Dann ade, du schnöder Mammon!«

Madlaina zog die Augenbrauen zusammen, über ihrer Nasenwurzel erschien eine Falte, die Jonas noch nie gesehen hatte. »Bietet ihr etwa mit eurem eigenen Geld?«

»Na klar«, antwortete Jonas und bemühte sich, gelassen zu klingen. »Oder glaubst du, dass wir auf dem Dienstweg so schnell genug Spielgeld organisiert hätten?«

»Erschwerend kommt hinzu, dass das Geld auf jeden Fall verloren sein wird. Bitcoins lassen sich später kaum nachverfolgen, geschweige denn zurückholen. Vorausgesetzt dieser Kroll ist so clever, wie wir glauben.«

»Tee!«, rief Fiona und schlug sich mit einer Hand auf den Oberschenkel. »Bietet auf heißen Tee, möglichst zwei Liter.«

Giordano schaute Jonas an. »Wie viel sollen wir einsetzen?«

Fiona Lee ließ Jonas keine Zeit zu antworten. »Setzt alles ein, was ihr habt. Sie beginnt zu zittern. Das ist einerseits gut, die schnelle Bewegung der Muskeln erzeugt Wärme und verhindert eine weitere Abkühlung. Andererseits ist es ein untrügliches Zeichen dafür, dass Nicoles Körpertemperatur deutlich abgesunken ist. Ich befürchte, sie liegt unter fünfunddreißig Grad. Das ist der Bereich, in dem es kritisch wird. Hitze von innen und Bewegung sind im Moment das Einzige, was ihr helfen kann.«

Giordano setzte sich vor den Computer und tätigte mit der Maus ein paar Klicks.

»Halte ein paar Bitcoins zurück und biete für ein Springseil«, sagte Jonas.

»Was soll das bringen?«, fragte Matteo und warf dem jungen Kollegen einen skeptischen Blick zu.

»Vielleicht nichts. Aber wir signalisieren ihr, dass unter den Beobachtern Menschen sind, die ihr helfen wollen. Es könnte die entscheidende Motivation sein, nicht nachzulassen.«

Zweiundsechzig

Dienstag. Dreiundzwanzig Uhr fünfundfünfzig

»Was für ein Gestank!«

Thal drückte sich an die Mauer und versuchte, die Fliegen mit hektischen Bewegungen von seinem Gesicht zu verscheuchen.

»Stadtkind!«, sagte Grendel und grinste. »So riecht es nun mal auf einem Bauernhof.«

»Pscht!« Bettina schüttelte den Kopf. »Macht nicht so einen Krach, verdammt.«

»Hier ist niemand, da gehe ich jede Wette ein.« Thal drückte mit der Hand eine altersschwache Holztür auf. Sie quietschte in den Angeln, das Geräusch scheuchte einen Vogel auf, der hektisch davonflog.

»Sollten wir nicht lieber das MEK holen?« Bettina trat direkt neben Thal, ihre Augen leuchteten in der Dunkelheit.

»So viel Zeit haben wir nicht, wir wissen nicht, wie lange Nicole Engler noch durchhält.«

Das halbverfallene Bauernhaus lag auf einem verwilderten Grundstück zwischen Dettingen und Kaltbrunn. Die Fahrt vom Präsidium dauerte zwar nur zwanzig Minuten, aber bis um diese Uhrzeit ein Einsatzteam zusammengetrommelt werden konnte, würde mit Sicherheit eine Stunde vergehen. Eine Ewigkeit, wenn man versuchte, bei fünf Grad Celsius am Leben zu bleiben.

»Wir gehen rein«, sagte Thal und griff in sein Jackett. »Mist!« Er hatte vergessen, das Holster mit der Waffe anzulegen.

»Dann lass mich mal!« Bettina hielt die Waffe mit beiden Händen. Sie sprang in die Diele des Bauernhauses und schwenkte sie nach rechts und links. Thal blieb nur Zentimeter hinter ihr. »Licht!«, rief er nach hinten.

Grendel richtete einen akkubetriebenen Scheinwerfer in den Raum. An der hinteren Wand stand eine Holztruhe, ansonsten war die Diele leer.

Bettina öffnete eine weitere Tür mit einem kräftigen Fußtritt und sprang in den Raum. »Sauber«, rief sie nach hinten und wandte sich der zweiten Tür zu, die offen stand. Auch in diesem Raum hielt sich niemand auf. Eine steile Treppe führte in ein Obergeschoss. Der Fenstersituation nach lag dort der Scheunenboden. Bettina stieg hinauf, jede Stufe der Stiege gab ein knarzendes Geräusch von sich, das in der Stille erschreckend laut war.

»Licht!«, brüllte sie nach unten. Grendel schleppte einen zweiten Scheinwerfer nach oben. Thal hielt die Luft an. War er ein zu großes Risiko eingegangen? Von hinten drängten zwei von Grendels Leuten in den Raum und installierten weitere Lampen. Die Diele wurde hell ausgeleuchtet.

Bettinas Kopf erschien in der Luke zum Obergeschoss. »Hier oben ist niemand, ich schau mich trotzdem mal um.«

Grendel stieg vorsichtig die Treppe hinunter, instruierte seine Leute und folgte Thal in den Raum rechts der Diele.

»Schau dir das an.« Thal drehte sich auf dem Absatz um die eigene Achse. Er fühlte sich auf eigenartige Weise in seine Kindheit versetzt. Alle Möbel stammten aus den Sechzigerjahren, die bis zur Decke reichenden Regale waren zum Bersten mit Büchern, Akten und Zeitschriften gefüllt. Vor dem Fenster stand ein Tisch mit drei Sesseln, die ehemals beigefarbenen Bezüge hatten eine schmutzig dunkle Farbe angenommen. Rechts davon stand ein passender Wohnzimmerschrank mit zwei Holztüren und einer aus Glas.

»Sieht aus, als wäre schon lange niemand mehr hier gewesen.«

Grendel zog sich Handschuhe an, wischte mit zwei Fingern über den Tisch und zeigte sie Thal. »Wenn hier jemand wohnt, braucht er dringend eine andere Putzfrau.« Er lachte kurz auf, wurde aber sofort wieder ernst. »Am besten gehst du raus, Alexander. Wenn es brauchbare Spuren gibt ...«

»Schon klar.« Thal hob beide Hände und verließ das Zimmer.

»Alexander!« Bettina rief aus dem gegenüberliegenden Raum.

Das Zimmer war exakt so groß wie das andere und wurde von einem riesigen Schreibtisch dominiert, dessen Platte mit Büchern und Manuskripten bedeckt war. An der Wand stand ein Holzmöbel, dessen Funktion Thal auf den ersten Blick nicht erkennen konnte. Er nahm ein Buch in die Hand. Es stammte aus der Universitätsbibliothek und hätte vor Monaten zurückgegeben werden müssen. Was hatte die Dekanin gesagt? Darius Kroll war zweiunddreißig Jahre alt und studierte im vierundzwanzigsten Semester Soziologie und Psychologie. Thal durchwühlte den Stapel von Schriftstücken. Er fand mehrere Briefe der Universitätsverwaltung, das Datum des letzten lag eine Woche zurück, man drohte Kroll mit der Zwangsexmatrikulation wegen nicht erbrachter Leistungen. Der Doktortitel, mit dem er sich vor Bublitz gebrüstet hatte, war frei erfunden.

»Da ist ein Tresor«, sagte Bettina und drehte an einem Porzellanknopf. Thal rief Grendel, der das antike Stück interessiert betrachtete.

»Ein schönes Teil, könnte man für einen Tausender verkaufen.«

»Bekommst du ihn auf?«, fragte Thal.

»Ohne ihn zu zerstören ...«, er musterte die zwei Schlösser an der Front des massiven Kastens.

»Das spielt keine Rolle«, sagte Thal.

Grendel fuhr mit der Hand am Spalt der Tür entlang. »Zum Glück hat der Zahn der Zeit schon kräftig zugebissen«, sagte er und rief einen seiner Mitarbeiter. »Bring ein Stemmeisen mit!«

Eine Minute später hatten sie mit vereinten Kräften und unter Einsatz von drei Eisenstangen die Tür aufgehebelt. Bis auf ein Notebook älterer Bauart war der Schrank leer.

Grendel schloss einen externen Akku an und startete den Computer. Der zeigte mehrere Dateien. »Gesichert«, sagte Grendel. »Da kommen wir nicht so einfach ran.«

»Scheiße«, murmelte Bettina. »Wie lange brauchst du?«

»Sieht mir nach einer einfachen Verschlüsselungssoftware aus«, antwortete Grendel. »Gib mir eine Stunde.«

Thal nickte und bedeutete Bettina, ihm nach draußen zu folgen. Es war besser, den Techniker nicht zu stören. Er stieß die Haustür mit dem Fuß auf, sie stieß krachend gegen die Wand.

Eine abgemagerte schwarze Katze rannte von links über Thals Fuß ins Freie. Thal weigerte sich, darin ein schlechtes Omen zu sehen.

Dreiundsechzig

Mittwoch. Null Uhr zehn

»Was ist mit dem Tee?« Fionas Stimme verriet ihre Panik. Nicole Engler zitterte immer stärker, obwohl sie auf der Stelle trippelte.

»Keine Ahnung«, sagte Matteo Giordano. »Wir haben jetzt Bitcoins im Wert von zweihundert Euro gesetzt. Ohne Reaktion.«

»Was bedeutet das?« Lee schaute von Giordano zu Jonas. Ihre Augen flehten die Männer an.

»Vermutlich haben andere dagegen gesetzt«, sagte Jonas. Er hasste diese Wahrheit.

»Dann müsst ihr erhöhen.«

»Uns geht das Geld aus«, sagte Giordano. Jonas war froh, dass er die schlechte Nachricht nicht überbringen musste. Er schaffte es kaum noch, auf den Bildschirm zu schauen.

»Ich gebe was dazu. Wie viel braucht ihr?«

Jonas stellte sich hinter die Rechtsmedizinerin und legte ihr die Hand auf die Schulter. »Das nützt uns nichts, so schnell kommen wir nicht an Bitcoins.«

»Warum das denn nicht?« Sie fuhr herum, ihre Augen waren noch schmaler als gewöhnlich.

»Man kann diese Währung nicht so einfach kaufen, das ist ein komplizierter Prozess. Vor allem ist der Markt im Moment wie leer gefegt. Der Handel mit Bitcoins unterliegt Schwankungen und im Moment wollen alle kaufen und keiner verkaufen.«

»Aber wir können doch nicht zusehen, wie Nicole Engler erfriert.« Fiona Lees Stimme zitterte, als fröre sie selbst.

»Am einfachsten wäre es, wenn wir jemanden hätten, der ein prall gefülltes Wallet hat.« Matteo Giordano hatte den Satz mehr zu sich selbst als zu den anderen gesagt.

»Ein was?«, fragte Fiona Lee.

»So was wie ein Konto«, antwortete der Tessiner.

»Bublitz!«

Alle drehten ruckartig den Kopf zur Tür.

Stephanie schaute sie aus müden Augen an und zuckte mit den Schultern. Thal hatte sie nach Hause geschickt, wenigstens eine sollte morgen ausgeschlafen sein. »Ich werde verrückt, wenn ich untätig rumhocke.«

»Stephanie hat recht«, sagte Madlaina. »Bublitz macht Bitcoin-Geschäfte mit dieser Voyeur-Seite im Darknet, da muss er über Rücklagen verfügen.«

Matteo nickte anerkennend.

Stephanie drehte sich in der Tür um. »Ich hole ihn.«

Der Besitzer des Mystery Hotels saß in der Zelle des Präsidiums, bis er morgen dem Haftrichter vorgeführt werden sollte. Es dauerte keine fünf Minuten, bis Stephanie zurückkam, ein uniformierter Kollege schob Bublitz in den Raum. Seine Hände waren gefesselt und Jonas registrierte, dass seine Haltung immer noch Selbstsicherheit ausstrahlte.

»Wir brauchen Ihre Hilfe, Bublitz.« Stephanies Stimme ließ nicht erahnen, wie müde sie war.

Der Untersuchungshäftling streckte seine Hände nach vorne.

»Öffnen Sie die Handfesseln«, wies Jonas den Uniformierten an, der umständlich am Schloss herumnestelte.

Matteo Giordano stellte sich vor und drehte den Bildschirm, sodass Bublitz freie Sicht auf Nicole Engler hatte.

»Sieh an, Kroll hat die Technik in den Griff bekommen. Das Bild ist gestochen scharf, was man von der Tante allerdings nicht sagen kann. Wer hat ihr diesen scheußlichen Jogginganzug besorgt?«

Jonas musste sich zusammenreißen, Bublitz nicht anzubrüllen.

»Wir haben dafür gesorgt, dass Nicole Engler nicht nackt dasteht. Ihr Freund Kroll ist in Ihre Fußstapfen getreten und versucht sich jetzt auch in dubiosen Darknet-Geschäften.«

»Was heißt hier dubios«, ereiferte sich Bublitz.

»Geschenkt«, sagte Jonas. »Wenn wir der Frau nicht bald etwas Heißes zu trinken besorgen, wird sie vor unseren Augen sterben.«

»Und was habe ich damit zu tun?«

»Sie können es verhindern!« Matteo Giordano ging um den Besprechungstisch und lehnte sich an die Kante. Er schaute auf Bublitz herunter, ohne arrogant zu wirken. Jonas war beeindruckt von der Präsenz des Schweizer Kollegen.

»Ich gehe davon aus, dass Sie über ein prall gefülltes Bitcoins-Wallet verfügen.«

»Und wenn schon.« Bublitz schaute Giordano herausfordernd an.

Der Tessiner nickte Jonas zu. Der Konstanzer Kollege musste Bublitz ein Geschäft anbieten, Matteo war hier nur Gast.

»Herr Bublitz, Herr Bublitz ...« Jonas schüttelte den Kopf und schnalzte mit der Zunge. »Sie haben die Möglichkeit, Nicole Engler aus dieser misslichen Lage zu befreien. Wenn Sie es nicht tun, erweitern wir die umfangreiche Anklageschrift um den Punkt ›Unterlassene Hilfeleistung‹.«

»Quatsch! Ihr könnt mich nicht zwingen, mich an einem kriminellen Geschäft zu beteiligen.«

Jonas wusste, dass Bublitz recht hatte, aber es blieb ihm nichts anderes übrig, als auf diesem Weg weiterzugehen.

»Wir zwingen Sie nicht, wir appellieren an Ihre Barmherzigkeit. Ich denke, dass jeder Richter Ihre Hilfe für diese bedauernswerte Frau strafmildernd berücksichtigen wird.«

»Mal abgesehen davon, dass Ihr Bitcoins-Konto in ein paar Stunden beschlagnahmt sein dürfte.« Stephanie grinste Bublitz an, dessen Gesicht kreidebleich wurde.

»Gut«, sagte er. »Wie viel wollen wir bieten?«

»Fünfhundert«, sagte Jonas.

Bublitz zuckte zusammen, schob aber seinen Stuhl an den Tisch und zog die Tastatur heran. »Wenn ich um etwas Distanz bitten dürfte.« Er grinste die Ermittler an. Alle wandten sich ab, während er Zugangscode und Passwort für sein Bitcoin-Konto eingab.

»Erledigt.« Er starrte grimmig auf den Monitor.

Einige Sekunden später blinkte ein grünes Licht.

Vierundsechzig

Mittwoch. Null Uhr fünfunddreißig

Es ist genug!

Nicole verlangsamte ihre Trippelschritte. Sie hatte Mühe, das Gleichgewicht zu halten. Ihre Glieder schmerzten, und ihr Körper hatte keine Kraft mehr, sich gegen den Schlaf zu wehren. Sie versuchte, sich an einen Fernsehbericht zu erinnern, den sie vor ein paar Tagen gesehen hatte. Es war das Porträt eines Rennradfahrers während des ›Race Across America‹. Viertausendachthundert Kilometer in acht Tagen. Der Mann reduzierte während des Rennens den Schlaf auf wenige Stunden – nicht täglich, sondern auf das gesamte Rennen verteilt. Warum schaffte sie das nicht?

Das Geräusch der sich öffnenden Deckenklappe holte sie aus ihren Tagträumen. An einem Seil hing eine Thermoskanne. Sie hielt die Hände nach oben und bekam die Kanne zu fassen. Das Seil fiel neben ihr auf den Boden. Es war kein gewöhnliches Seil, sie brauchte einen Augenblick, bis sie verstand. Es war ein Springseil. Ein Lachanfall kündigte sich an; den unterdrückte sie, indem sie gierig die heiße Flüssigkeit trank. Schwarzer Tee. Heiß und belebend. Sie zwang sich, kleine Schlucke zu machen, damit sie lange etwas von der Wärme hatte. Die Kanne war schon halb geleert, als ihr ein Gedanke kam. Konnte der Tee Gift enthalten? Sie nahm den nächsten Schluck. Wenn schon! Wenn sie schon sterben musste, dann besser durch Gift als an Unterkühlung.

Sie schaute auf den Boden. Das Seil war eine stumme Aufforderung. Nimm mich! Beweg dich! Spring!

Sie nahm es in die Hand und begann. Langsam und vorsichtig, ihr Fußgelenk schmerzte noch immer.

Mit dem Seil fiel ihr die Bewegung leichter. Sie bekam einen Sinn abseits des Überlebens, was an sich Unsinn war, denn was konnte es Wichtigeres geben als das Leben. Eher war es die Vertrautheit der Bewegung, die sie an glückliche Kindertage denken ließ. Sie war eine gute Seilspringerin gewesen.

Sie zählte die Sprünge. Bei Nummer einhundertvier hörte sie ein schepperndes Geräusch. Sie dachte an die Klappe und schaute nach oben. Sie war geschlossen.

»Zieh dich aus!«

Sie sprang und zählte. Einhundertfünf. Einhundertsechs. Einhundertsieben.

»Hast du nicht gehört? Zieh dich aus!«

Einhundertacht. Einhundertneun. Einhundertzehn.

»Sofort! Andernfalls ...« Die blecherne Stimme ließ offen, was passieren würde.

So einfach bekommt ihr mich nicht, dachte sie. Einhundertelf. Einhundert ... Sie blieb mit dem Seil am Fuß hängen und stieß gegen die Wand.

Ein blechernes Lachen schepperte von der Decke.

»Zieh dich aus! Oder ich lasse Wasser in die Kammer sprühen und gleichzeitig die Temperatur senken. Dann nützt dir das lächerliche Rumgehüpfe nichts mehr.«

Sie stieg über das Seil und begann von vorne. Einhundertdreizehn. Einhundertvierzehn.

»Dein Tod wird in wenigen Minuten eintreten. Du hast es so gewollt.«

Nicole schaute nach oben. Sie ließ die Enden des Seils auf den Boden fallen und zog sich langsam Sweatshirt und Jogginghose aus.

»Auch den Rest!«

Sie warf den Kopf in den Nacken. »Niemals!«

»Deine Entscheidung.«

Sie stand mit nach oben gerichtetem Blick im Raum. Tropfen fielen von der Decke, jeder einzelne schmerzte wie ein Stich mit einer Nadel.

»Zieh dich aus! Es ist deine letzte Chance!«

Sie öffnete den Verschluss des BHs und ließ ihn fallen.

»Alles!«

Langsam zog sie den Slip nach unten und kauerte sich auf den Boden.

Sie trank Tee. Sie fror.

Ein tiefer Atemzug, um die letzten Willenskräfte zu mobilisieren.

Einhundertfünfzehn. Einhundertsechzehn. Einhundertsiebzehn.

Fünfundsechzig

Mittwoch. Null Uhr fünfzig

»Scheiße, scheiße, scheiße!«

Jonas zappelte auf dem Stuhl hin und her und schlug mit der Hand auf den Rahmen des Bildschirms. »Das darf nicht wahr sein. Schaut euch das Thermometer an.«

Fiona Lee brachte ihren Kopf direkt neben seinen.

»Puh«, war das Einzige, das sie sagen konnte.

»Wie viel?«, fragte Stephanie.

»Drei Grad«, antwortete Jonas. »Die haben die Temperatur innerhalb von ein paar Minuten halbiert.«

»Wie lange hält sie das durch?« Madlaina schaute Fiona Lee an, die einige Sekunden brauchte, bis sie begriff, dass die Frage ihr galt.

Sie zuckte mit den Achseln. »Solange die Kraft reicht«, war die einzige Antwort, die ihr einfiel.

Was für ein Satz, dachte Jonas. Konnte man die Machtlosigkeit der Menschen in diesem Raum besser ausdrücken?

»Was für Schweine!«

Jonas drehte sich zur Tür. Bettina und Alexander waren vom Außeneinsatz auf Krolls Bauernhof zurück. Sie hatten ihr Kommen telefonisch angekündigt, trotzdem war Jonas erschrocken. Wie rasend die Zeit verging! Besser: Wie schnell sie ablief! Für Nicole Engler tickte die Uhr – und sie fanden keinen Weg, sie anzuhalten.

Thal stellte sich hinter Jonas und legte ihm die Hände auf die Schultern. »Wie lange geht das schon so?«

»Ungefähr zehn Minuten.«

Nicole Engler sprang über das Seil. Ihr Mund formte Silben, die Jonas nicht deuten konnte.

»Sie zählt«, sagte Bettina.

Möglich, dachte Jonas, aber was spielte das für eine Rolle? Die Frau versuchte verzweifelt, der Kälte zu trotzen, sprang über das Seil, ihre Brüste hüpften auf und ab. Sie musste wissen, was das bedeutete. Genau auf diese Bilder hofften die Kerle, die Bitcoin für Bitcoin für immer grausamere Qualen boten. Auch Bublitz hatte der nackten Frau mit sichtbarem Spaß zugesehen, bis sie ihn zurück in die Zelle gebracht hatten. Zeit, sein Passwort für das Konto zurückzusetzen, hatten sie ihm nicht gegeben. Es nützte ihnen wenig.

»Was können wir tun?« Bettina presste die Frage heraus.

»Nichts.« Matteo Giordanos Stimme war belegt. »Es hat keinen Sinn, auf die Temperatur zu bieten. Da sitzen zu viele kranke Typen vor ihren Monitoren, die sich am Leid der Frau aufgeilen.«

Jonas drehte seinen Stuhl, er konnte Nicoles Kampf nicht mehr länger zusehen. »Wir haben nur eine Chance. Wir müssen den Ort finden, von dem diese Bilder ins Internet gestellt werden.«

»Nicole Englers Gefängnis«, flüsterte Thal.

»Unmöglich«, sagte Giordano. »Oder habt ihr vergessen, was ich euch über das Darknet und die Verschlüsselung erzählt habe.«

Die Stille war bedrückend. Alle wussten, dass es keine Möglichkeit gab, den Weg des Signals zu verfolgen und den Serverstandort zu ermitteln.

Bettina steckte hektisch die Hand in die Tasche der Kostümjacke. Sie zog ihr Smartphone hervor und hielt es in die Höhe. Jetzt hörte jeder das Brummen.

»Grendel«, flüsterte sie, als handelte es sich um einen Ehrfurcht verdienenden Anrufer, den sie nicht verschrecken durfte. Sie stellte den Lautsprecher an und meldete sich.

»Wir haben den Code geknackt, er war genauso trivial wie erwartet. Auf dem Notebook befinden sich Hunderte von Dateiordnern, jeder voller Dokumente. Es wird eine Weile dauern, bis wir alles gesichtet haben, aber eins wissen wir.«

Er machte eine Pause, keiner der Zuhörer hatte die Kraft, ihn wie üblich anzutreiben.

»Kroll hat das Verhalten der Spieler im Mystery Hotel genau analysiert. Aber das ist nur ein kleiner Teil seiner ...« Er machte eine Pause, man hörte seinen schweren Atem. »Kroll würde von wissenschaftlicher Arbeit sprechen. Wie gesagt, die Analysen aus dem Mystery Hotel sind nicht alles, er hat das jeweilige Tamagotchi-Spiel geklont.«

Jonas hatte das Gefühl, dass sich der Stuhl unter ihm drehte. »Was soll das heißen?«, presste er hervor.

»Er hat die Installationen nachgebaut und auf seiner Plattform einem zahlenden Publikum präsentiert. Die Reaktionen dieser geifernden Gaffer hat er genauso exakt protokolliert, wie die von Bublitz' Spielern.«

»Das ergibt keinen Sinn«, sagte Thal.

»Doch!« Madlaina legte ihm eine Hand auf die Schulter. »Aber dafür ist jetzt keine Zeit.« Sie deutete mit einer Kopfbewegung auf den Monitor. Nicole Engler sprang immer langsamer. »Bublitz ist der Betreiber von ›Contract Killer?‹ fragte sie in Richtung des Smartphones.«

»Ja. Wir haben die Beweise gesichert.«

»Als da wären?«, fragte Jonas und ärgerte sich darüber. Warum konnte er das Ermittler-Gen nicht abschalten. Es war gleichgültig, wie man Kroll den Betrieb der Plattform nachweisen konnte. Sie hatten nur eine Aufgabe: Nicole Engler zu retten.

Grendel wunderte sich nicht über Quandts Frage. »Wir haben das Originalmaterial.«

»Das was?« Jetzt war es Thal, der seine Neugier nicht zähmen konnte.

»Die Videos von Marco Ahrend und Sandy Niemann. Genauer, die Filme, auf denen ihr Sterben zu sehen ist. In technisch erstklassiger Qualität.«

»Snuff«, flüsterte Stephanie.

Jonas kroch eine Gänsehaut über den ganzen Körper. Sie würden beweisen können, dass Snuff-Videos keine Legende waren, sondern real existierten. Er schlug mit der Faust auf den Tisch.

»Lasst uns verhindern, dass ein Video dazukommt!«

Sechsundsechzig

Mittwoch. Ein Uhr fünfzehn

Die Kanne war leer.

Nicole hielt sie an die Lippen und versuchte, noch einen Tropfen warmer Flüssigkeit aus dem Innern zu saugen. Vergeblich. Kein Tee mehr. Aus. Vorbei.

Sie bückte sich und nahm das Seil vom Boden. Keine Wärme aus dem Inneren bedeutete, dass sie sich mehr bewegen musste. Sie ließ das Seil kreisen und sprang. Sie schlug sich mit dem Strick gegen die Unterschenkel, aber der Schmerz blieb aus. Dafür überkam sie die Müdigkeit; die schwappte wie eine Welle über ihren Körper. Sie tauchte zwar danach wieder auf, aber alles war anders. Ihr Körper verweigerte den Dienst, die Muskeln erschlafften. Sie schaffte es nicht mehr, das Seil zu schwingen. An Springen war nicht mehr zu denken.

Sie wollte schlafen. Nichts als schlafen.

Sie ließ sich an der Wand auf den Boden gleiten und streckte die Beine aus.

Als sie die Arme um den Oberkörper schlang, merkte sie, dass sie nicht mehr zitterte. Sie war vollkommen ruhig, schaute an ihrem Körper entlang. Nirgendwo bewegte sich ein Muskel. Noch vor ein paar Minuten hatten die Füße geschmerzt von der ungewohnten sportlichen Betätigung. Jetzt spürte sie nur ein leichtes Kribbeln.

Sie lehnte den Kopf an die Wand. Endlich hatte sie Zeit. Konnte entdecken, was ihr bisher entgangen war. Was war das auf der gegenüberliegenden Wand? Sie kniff die Augen zusammen, das Bild verschwamm.

Es sieht aus wie eine Rose, dachte sie. Sie bemühte sich, das Bild zu fixieren, klimperte mit den Augen, kniff sie zu, um sie kurz darauf aufzureißen.

Tatsächlich: eine Rose. Jemand hatte ihr eine rote Rose gebracht. Andi? Sie lachte. Nein, ihr Mann war es nicht. Er kam nicht einmal am Hochzeitstag auf die Idee, ihr Blumen zu schenken. »So etwas Albernes haben wir nicht nötig«, sagte er.

Chris hatte ihr die Rose gebracht. Eine wunderbare, ebenmäßige, voll erblühte rote Rose. Die schönste Blume, die sie je gesehen hatte.

»Chris«, sie flüsterte seinen Namen. Er konnte die Nacht genauso wenig vergessen wie sie. Sie war nicht Vergangenheit, sondern der Beginn ihrer Zukunft.

Sie schaffte es, sich auf die Knie zu drehen. Vorsichtig robbte sie auf die gegenüberliegende Wand zu. Noch einen Meter. Wenn sie doch nur nicht so müde wäre! Sie streckte die Hand aus. Berührte die Wand. Ihr Oberkörper sackte nach unten. Ein Finger schmerzte. Keine Rosen ohne Dornen, dachte sie. Keine Liebe ohne Schmerz.

Siebenundsechzig

Mittwoch. Ein Uhr dreißig

»Wir kommen zu spät!«

Fiona Lee verbarg das Gesicht zwischen ihren Händen. Thal hätte die zierliche Asiatin am liebsten in den Arm genommen. Als Rechtsmedizinerin hatte sie Tag für Tag mit dem Tod zu tun – aber nicht mit dem Sterben.

»Was ist passiert?« Bettina tat, was Thal sich nicht getraut hatte. Sie zog einen Stuhl heran, setzte sich neben Lee und legte den Arm um ihre Schulter. Mit einer Hand strich sie ihr durchs Haar. »Sie zittert nicht mehr.«

»Aber das ist doch ein gutes Zeichen!« Jonas verstand die Verzweiflung nicht. »Das Thermometer scheint wirklich kaputt zu sein, wenn sie nicht mehr friert.«

Fiona Lee schluchzte auf, Bettina drückte sie fester an sich. Die Asiatin bekam sich schnell wieder in den Griff, trocknete die Tränen mit dem Ärmel ihrer Bluse und schaute Jonas an. »Nein. Ihre Muskeln haben nicht nur aufgehört zu zittern, sie versagen komplett den Dienst.«

»Was bedeutet das?«, fragte Thal. Nach einem Blick auf die Uhr entschied er, dass es Zeit für den ersten Espresso des Tages war. Ohne nachzufragen, füllte er Bohnen für vier Tassen in die Mühle.

»Ich denke, dass Nicoles Körpertemperatur unter zweiunddreißig Grad gefallen ist. Vielleicht sogar tiefer. Ihr Körper hat die letzten Energiereserven verbraucht, es reicht nicht mehr zum Zittern, von anderen Bewegungen ganz zu schweigen.«

Das Brummen der Espressomaschine legte sich über das Schweigen. Der Duft frischen Kaffees überlagerte den Gestank des Todes, den alle schon gerochen hatten und der sich in solchen Momenten unweigerlich ins Gedächtnis schlich.

»Noch ein Grad Körpertemperatur weniger und sie verliert das Bewusstsein.«

Jonas beugte sich vor und stierte auf den Bildschirm, als könnte er das Geschehen mit Gedanken beeinflussen. »Für mich sieht es eher aus, als wäre sie betrunken oder betäubt. Vielleicht hat das Schwein ihr etwas in den Tee getan.«

Das laute Atmen aller Anwesenden kündigte eine Hoffnung an, die Fiona Lee augenblicklich zerstörte. »Die Kälte betäubt die Enden der Nervenbahnen. Der unterkühlte Mensch nimmt keine Schmerzen mehr wahr, ihr kennt das taube Gefühl, wenn man etwas Kaltes zu lange in der Hand gehalten hat. Nicoles Gehirn arbeitet verlangsamt, dadurch werden gezielte Bewegungen unmöglich. Sie kann nicht mehr sprechen und macht einen verwirrten Eindruck. Die Symptome gleichen denen eines Betrunkenen. Und das nicht nur scheinbar, wie Alkohol greift auch Kälte direkt in wichtige Stoffwechselprozesse ein.«

Thal trat auf Fiona Lee zu und reichte ihr eine Tasse Espresso. Sie lächelte ihn dankbar an. »Ich will euch nicht mit medizinischen Details langweilen. Zusammengefasst kann man sagen: Nicoles Körper in seiner Gesamtheit arbeitet nur noch in Zeitlupe.«

Sie trank den Espresso in winzigen Schlucken.

»Wie lange haben wir noch?« Thal stellte die Frage, die allen auf der Zunge lag.

Fiona Lee schloss die Augen. »Das kann niemand seriös beantworten. Sie wird bald das Bewusstsein verlieren. Die lebensnotwendigen Prozesse in ihrem Körper laufen immer langsamer, bis sie irgendwann stehenbleiben. Vielleicht in einer Stunde. Möglicherweise erst in zwei Stunden. Wenn wir Pech haben, in einer halben.«

Wieder brummte Bettinas Handy. Wieder war es Grendel.

»Wir haben ihn. Bringt mir ein SEK!«

Achtundsechzig

Mittwoch. Zwei Uhr fünfunddreißig

Der Ort war unheimlich. Die einsame Scheune stand einige Kilometer südlich von Volkertshausen wie ein bedrohlich in die Landschaft geworfenes Gebäude einsam auf einem verwilderten Grundstück. Im Hintergrund ragte der vom Mond beschienene Hohenkrähen gespenstisch in die Höhe.

Thal stand hinter einem Einsatzwagen und beobachtete das SEK bei den Vorbereitungen. Vier schwarz gekleidete und vermummte Männer der Spezialeinheit sicherten bereits die Tür. Wer aus der Scheune entkommen wollte, musste an ihnen vorbei. Die Chance war gleich null.

Der Einsatzleiter hatte Bettina vor einer Minute befragt. Sie hatte ihm nicht helfen können, niemand wusste, was sie in der Scheune erwartete.

Thal lehnte sich an die kalte Wand des Fahrzeugs und hob den Kopf nach oben. Es war eine schöne Sommernacht, ein leichtes Lüftchen brachte angenehme Kühle. Über ihnen leuchteten Sterne an einem wolkenlosen Himmel. Auch wenn es wegen des Vollmonds keine idealen Bedingungen für einen Hobbyastronomen wie ihn waren, konnte Thal sich schwer von diesem Anblick losreißen. Er sollte sich endlich den Wunsch erfüllen und ein paar Neumondnächte in der Wüste verbringen. Wenn die Wirklichkeit in der Sahara den Fotos auch nur ähnelte, die er in ›Abenteuer Astronomie‹ gesehen hatte, würde er als Süchtiger zurückkommen.

»Alles in Ordnung, Alexander?«

Bettina schaute ihn besorgt an.

Er nickte lächelnd. »Hast du dir je überlegt, wie viele Planeten es dort oben geben muss, auf denen intelligentes Leben möglich wäre?«

Sie zog die Augenbrauen zusammen. »Wir sollten uns lieber auf das Leben konzentrieren, das wir retten müssen.«

Thal schlug sich mit den flachen Händen auf beide Wangen. »Entschuldige«, sagte er, »manchmal geht die Sentimentalität mit mir durch.«

Bettina ging nicht darauf ein, sondern zog ihr Handy aus der Tasche. »Ich rufe Jonas an und erkundige mich nach der Situation in der Zelle.«

»Beeilt euch!« Quandt klang gehetzt. »Nicole liegt am Boden, ich fürchte, Fiona hat recht und sie ist bewusstlos. Ihr habt nicht mehr viel Zeit.«

Thal straffte den Oberkörper und suchte den Einsatzleiter. Er stand fünf Meter entfernt und bemerkte Thal, der ihm zunickte. »Zugriff!«

Es dauerte keine zwanzig Sekunden, bis das SEK die Zugriffsposition eingenommen hatte. Bettina und Alexander folgten der Truppe im Abstand von einigen Metern.

Zwei Männer sprengten die Tür auf. Eine Blendgranate explodierte. Sechs Schwerbewaffnete stürmten in die Scheune, zwei sicherten den Eingang. Sie hinderten die beiden Ermittler mit grimmigen Gesichtern daran, die Scheune zu betreten. »Sind Sie wahnsinnig!«, sagte der eine. Im gleichen Augenblick fielen Schüsse. Thal überkam ein Gefühl der Dankbarkeit. Stille legte sich über die Szene.

»Notarzt«, rief der Einsatzleiter aus dem Inneren der Scheune. Zwei Sanitäter und ein Arzt stürmten ins Gebäude. Thal lief hinterher, Bettina folgte ihm. Es war nicht leicht, sich in der dunklen Scheune zu orientieren.

»Wo bleibt das Licht, verdammt!« Der Notarzt drückte einem Sanitäter eine Taschenlampe in die Hand, in deren diffusem Licht er sich um einen SEK-Mann kümmerte, der am Boden lag und eine Hand auf den Oberarm presste.

»Zielperson angeschossen«, rief der Einsatzleiter. Im gleichen Moment flammten zischend zwei Scheinwerfer auf.

Thal kniff die Augen zusammen, die Helligkeit blendete ihn.

»Ihr verdammten Bullenschweine!« Die Stimme überschlug sich und ging in ein Winseln über.

Thal öffnete die Augen ein wenig und sah einen Mann in den Dreißigern auf dem Boden kauern, er lehnte mit dem Rücken an der Wand. Sein weißes Hemd war an der linken Schulter blutgetränkt, ein feuchter Fleck auf der Hose deutete darauf hin, dass der Mann vor Schreck eingenässt hatte.

»Kroll?«, fragte Thal und ging auf den Mann zu. »Darius Kroll?«

Der Mann fixierte Thal mit wirrem Blick, bevor er ausspuckte. Die Spucke landete einen halben Meter vor Thals Füßen. »Was geht Sie das an, wer ich bin?«

»Wo ist Nicole Engler?« Bettina war neben Thal getreten und leuchtete Kroll mit einer Stabtaschenlampe ins Gesicht. Er blinzelte.

»Daher weht der Wind. Ihr Bullenschweine wollt mein Lebenswerk zerstören. Es wird euch nicht gelingen. Nichts werdet ihr finden. Gar nichts, womit ihr auch nur das Geringste anfangen könnt!«

Der Sanitäter schob Thal zur Seite und beugte sich über Kroll.

»Wo ist Nicole Engler«, schrie Bettina in den Rücken des Sanitäters, der den Kopf drehte und Bettina mit geweiteten Augen ansah. »Von dem Mann erfahren Sie in der nächsten Zeit nichts. Er hat viel Blut verloren und ich werde mich jetzt um ihn kümmern. Haben Sie verstanden?«

»Es geht um Leben und Tod«, sagte Bettina kleinlaut.

»So ist es«, sagte der Notarzt, der sich bereits wieder mit Kroll beschäftigte.

Thal zog Bettina zur Seite. Der Einsatzleiter kam auf sie zu. »Das sollten Sie sich ansehen.«

Er führte die Ermittler in ein vom Hauptraum durch eine Rigipswand abgetrenntes Zimmer. Es stand voller Computer, Bildschirme und anderem technischen Equipment. Auf einem Monitor war Nicole Englers Zelle zu sehen. Sie lag zusammengekrümmt auf dem Fußboden.

»Die Kommandozentrale«, flüsterte Bettina. Es klang, als hätte sie Ehrfurcht vor diesem Raum.

Thal rief Grendel. »Schaut euch hier genau um. Ich nehme an, dass es die Schaltzentrale ist, von der aus Kroll ›Contract Killer‹ steuert. Vielleicht haben wir doch eine Chance, den einen oder anderen Kunden zu erwischen.«

Thals Telefon klingelte. Jonas.

»Wir haben ihn«, jubilierte Thal.

»Sucht lieber Nicole. Es geht ihr schlecht.«

»Das SEK kämmt gerade die Scheune durch.«

»Sie ist woanders«, sagte Jonas. »Denk an die Luke!«

Neunundsechzig

Mittwoch. Zwei Uhr fünfzig

Zu fünft saßen sie in einem Halbkreis im Besprechungsraum: Stephanie, Fiona, Madlaina, Jonas und Matteo. Seit Minuten starrten sie schweigend auf den Bildschirm. Sie warteten auf irgendetwas, eine Bewegung, eine sich öffnende Deckenklappe.

Nicole Engler lag auf dem Boden. Die fünf konnten nicht sehen, ob sie atmete. Alle Schaltflächen auf dem Monitor waren verschwunden, das ›Spiel‹ war in seiner Endphase. Niemand konnte mehr bieten, nicht für Tee, Kleidung, auch nicht für das Überleben. Das Urteil war gesprochen, Nicole Engler würde sterben. Vor den Augen von Dutzenden, vielleicht Hunderter Männer, die sich am Leid der Frau aufgeilten und ihren Tod herbeisehnten.

»Irgendetwas stimmt da nicht«, durchbrach Matteo die Stille.

Die anderen wandten ihm ihre Gesichter zu und schauten ihn aus geröteten, übermüdeten Augen an. Niemand stellte die Frage, die Matteo trotzdem beantwortete.

»Ich habe in den letzten Wochen zu viele Darknet-Plattformen gesehen, auf denen Frauen gequält wurden. Dieses Bild ist zu friedlich.«

Jonas schaute auf den Monitor. Matteo hatte recht, Nicole Engler lag in der Embryonalstellung auf dem Boden, eine Hand unter dem Kopf, die andere vor dem Mund, als wollte sie am Daumen lutschen. Da war nichts Bedrohliches, der Tod schien nicht einmal eine Option.

»Seit Minuten hat man den Eindruck, ein Standbild zu sehen«, ergänzte Matteo. »Dafür zückt niemand das Portemonnaie. Bei allen sogenannten Spielen, die ich mir in den letzten Wochen anschauen musste, ließ man das Opfer nicht eine Sekunde in Ruhe. Man hetzte es, scheuchte es auf, quälte es mit Lärm, Wasser, Hitze oder Kälte, ließ Insekten auf die bedauernswerten Menschen herabregnen oder drohte mit zähnefletschenden Kampfhunden.«

»Dafür muss es einen Grund geben.« Madlaina schob das Gesicht so nah an den Bildschirm, dass die Nase fast das Glas berührte. »Vielleicht ist sie bereits tot und die Seite bleibt stehen, bis der letzte Kunde sich ausgeklinkt hat.«

»Möglich«, flüsterte Matteo. Jonas hatte das Gefühl, dass er dieser Theorie nicht zustimmte, aber selbst keine andere Erklärung hatte.

Wieder trat Stille ein. Sie warteten. Irgendwann musste etwas geschehen. Berg, Thal, Grendel und das SEK durchsuchten die Scheune und das Gelände drumherum. Jonas war nach wie vor sicher, dass Nicole Engler in einem unterirdischen Verlies gefangen gehalten wurde. Da mochte Thal noch so skeptisch sein, wie er am Telefon geklungen hatte. Der Herr Hauptkommissar war bei Weitem noch nicht der Alte, irgendetwas hemmte ihn. Vor dem Herzinfarkt entschied er in Sekunden, jetzt schien er bei jedem Schritt das Für und Wider abwägen zu wollen. Hoffentlich wusste Bettina, was zu tun war. Die Konstruktion des Gefängnisses deutete klar darauf hin, dass sich der Raum in der Erde befand. Alles kam von oben: Luft, Licht, Kälte, die Versorgung mit Nahrung, Tee, Kleidung.

»Die Klappe muss leicht zu erreichen sein«, sagte Stephanie. »Warum dauert das dann so lange?«

»Selbst wenn Nicole Engler tatsächlich in einem Erdloch steckt, kann es sich überall befinden«, sagte Matteo. Er schien mehr und mehr die Hoffnung zu verlieren, dass sie die Frau rechtzeitig fanden. »Wenn eure Leute Kroll nicht zum Sprechen bringen, haben wir keine Chance.«

»Du darfst nicht vergessen, dass er angeschossen ist«, sagte Stephanie. »Ich weiß nicht, wie das bei euch in der Schweiz ist, bei uns wird der Täter medizinisch versorgt, ohne dass wir ihn befragen können.« Es klang nicht so, als wäre Stephanie mit diesem Vorgehen einverstanden. Jonas ertappte sich dabei, ihr Recht zu geben. Nach allem, was sie wussten, war Kroll ein skrupel- und gewissenloses Schwein. Mindestens zwei Menschen hatte er aus niederen Beweggründen und auf grausamste Art und Weise getötet: Marco Ahrend und Sandy Niemann. Nicole Engler kämpfte einen verzweifelten Kampf gegen die Kälte, den sie in Kürze verlieren würde, es sei denn Kroll führte sie zu ihr. Was scherte sie seine Gesundheit? Wenn es sein musste, sollte man ihm die Eier abschneiden!

»Ich glaube nicht, dass die Kältekammer weit von Krolls Scheune entfernt ist.« Fiona Lee hatte bis jetzt zur Ermittlungsarbeit geschwiegen und sich nur zu den medizinischen Fragen geäußert.

»Wie kommst du darauf?«, fragte Madlaina überrascht.

»Was hat Matteo gesagt? Es ist ungewöhnlich, dass sich seit geraumer Zeit nichts tut, richtig?«

Matteo nickte.

»Das kann nur einen Grund haben: Der Täter ist dazu nicht mehr in der Lage.«

»Weil wir ihn außer Gefecht gesetzt haben«, sagte Jonas. Eine Hitzewelle lief durch seinen Körper.

»Oder weil wir die technische Infrastruktur unter Kontrolle haben.« Matteo ließ sich matt gegen die Rückenlehne fallen. »Thal hat doch berichtet, dass sich das Kontrollzentrum in der Scheune befindet.«

»Nein, nein!« Jonas wollte die Hoffnung nicht gleich wieder fahren lassen. »Wenn wir auf etwas geboten haben, wurde es schnell umgesetzt, oder?«

Niemand zeigte eine Regung.

»Der Weg vom Kontrollzentrum zum Gefängnis kann also nicht so weit sein.«

»Ach, Jonas ...« Matteo schaute ihn an. Seine Gesichtshaut war fahl, als würde sie nicht ordentlich durchblutet, seine Lippen schmal wie ein Strich. »Die Betreiber solcher Plattformen tun alles, um die Standorte zu verschleiern. Ich glaube nicht, dass Kroll so dumm ist, in der Nähe der Scheune, die wir mit ihm in Verbindung bringen konnten, Gefängnisse für seine perversen Spiele in den Boden zu graben. Er wird Helfer haben, die sich um die Gefangenen kümmern. Gut entlohnte Leute oder unbedarfte von ihm manipulierte Menschen, denen nicht klar ist, dass sie Komplizen eines Scheusals sind. Er gibt einen Befehl und irgendwo, vielleicht Hunderte Kilometer entfernt, wirft jemand ein Sweatshirt in einen Bunker.«

Madlaina hatte Matteo mit angespannter Miene zugehört. Jetzt atmete sie tief ein und straffte den Oberkörper. »Das ist möglich, aber ich glaube das nicht. Ich halte Kroll für einen Einzelgänger, dem es nur am Rande um das Geld geht, das er mit seinen Installationen verdienen kann. Er sucht etwas anderes, Anerkennung vielleicht, was weiß ich. Vor allem will er die Kontrolle behalten.« Sie machte eine Pause und rieb ihre Handflächen aneinander. »Der Bunker liegt in der Nähe der Scheune. Glaubt mir!«

Siebzig

Mittwoch. Drei Uhr fünf

»Wie in einem Horrorfilm«, sagte Bettina.

»Ist es das nicht?« Thal richtete die Taschenlampe auf den Boden. Die Szenerie war gespenstisch. Die SEK-Männer hatten Verstärkung von uniformierten Kollegen und den Feuerwehren der umliegenden Orte bekommen. Es waren etwa vierzig Leute, die das Gelände um die Scheune durchkämmten. Ihre Taschenlampen durchschnitten zitternd den aus dem Gras aufsteigenden Nebel. Hunde bellten in der Dunkelheit, aufgescheuchtes Getier wuselte umher und verstärkte den surrealen Eindruck dieser Nacht. Sie wussten nicht, was genau sie suchten. Wenn sie Glück hatten, war der Eingang in das unterirdische Verlies ein schräg in die Erde führender Gang oder ein Erdhügel. Im schlimmsten Fall war es eine mit Grassoden bedeckte Klappe, die vor den Blicken verborgen war und allenfalls durch Zufall entdeckt würde. Natürlich waren die Hunde eine Option, der Leiter der Suchhundestaffel war optimistisch gewesen. Wenn hier ein Mensch in einer Art Bunker unter der Erde saß, würden seine Tiere das erkennen. Thal war dessen nicht sicher, es gab zu viele Berufsoptimisten in der Polizei. Pessimisten bekamen weniger Geld und eine schlechtere Ausstattung, das ließ die Hoffnung gerne in ungeahnte Höhen aufsteigen, von wo sie krachend auf den Boden der Tatsachen fiel.

Berg und Thal folgten der Reihe der Suchmannschaft mit Abstand. Es hatte keinen Sinn, wenn sie sich einreihten, ihnen fehlte die Erfahrung bei solchen Aktionen. Sie konnten nur hoffen, dass sie an der richtigen Stelle suchten. Aber selbst wenn sie Nicole Englers Gefängnis fanden, kamen sie womöglich zu spät.

»Hier!« Eine kräftige, tiefe, aber dennoch weibliche Frauenstimme ließ alle für eine Sekunde in ihrer Bewegung innehalten. »Hier«, wiederholte die Frau noch etwas lauter.

»Wir brauchen Licht«, brüllte ein Mann. Thal rannte zurück zur Scheune. »Grendel«, brüllte er, als er fünfzig Meter entfernt war. Der Spurensicherer trat aus der Tür und sah in seine Richtung. Atemwölkchen kamen aus seinem Mund. »Wir brauchen Scheinwerfer. Schnell!«

Zehn Sekunden später schleppten sie zwei Lampen in die Richtung, aus der die Frau gerufen hatte.

»Wohin?«, brüllte Thal.

»Hierher!« Jemand schwenkte eine Taschenlampe. Thal schätzte die Entfernung auf hundert Meter. Er pumpte seine Lungen voll und rannte los. Grendel blieb zurück, Thal hörte ihn schwer atmen. Er selbst spürte keine Anstrengung, ein kräftiger Adrenalinstoß putschte ihn auf.

Thal erreichte die Fundstelle. Die Frau mit der kräftigen Stimme war eine Feuerwehrfrau. Sie hockte auf dem Boden und grub mit den Händen im Erdreich herum.

Thal klappte die Beine des Scheinwerfers auseinander und richtete ihn auf die Erde. Tatsächlich! Unter dem Gras kam eine Holzplatte zum Vorschein. Am oberen Rand befand sich ein Eisenring.

»Öffnen!«, flüsterte Thal. Jemand legte ihm einen Arm auf die Schulter. Er drehte sich um und schaute direkt in Bettinas Gesicht. Eine Ader pulste an ihrer Schläfe.

Ein uniformierter Polizist zog an dem Eisenring, zwei SEK-Leute richteten Maschinenpistolen auf die Luke.

»Geht nicht«, sagte der Polizist. »Verschlossen.«

»Wartet«. Grendel, der mittlerweile vor Ort war, zog ein Funksprechgerät aus der Tasche. »Drei Leute zur Lichtquelle auf der Wiese. Bringt Stemmeisen mit.«

Thal spürte, wie der Adrenalinspiegel in seinem Körper sank. Sein Pulsschlag beruhigte sich, gleichzeitig wuchs die durch die Anstrengung klein gehaltene Angst. Was befand sich unter diesem Stück Holz?

Die Spurensicherer kamen angerannt.

»Aufstemmen!«, sagte Grendel.

Die drei Männer schauten Thal an, der stumm nickte.

Sie setzten die Eisen an. Das Holz krachte, die Platte hob sich in die Höhe.

Die SEK-Männer ließen sich auf den Boden fallen und hielten ihre Waffen in den Schacht, aus dem ein bläuliches Licht leuchtete.

»Scheiße!«, sagte der eine.

Thal traute sich nicht, hinunterzusehen.

Einundsiebzig

Mittwoch. Drei Uhr fünfzehn

»Wie lange brauchen die denn noch, verdammt!«

Stephanie war sichtlich mit ihren Nerven am Ende. Seit ein paar Minuten rannte sie im Besprechungsraum auf und ab.

Jonas kippte sich das zweite Krating Daeng innerhalb von einer halben Stunde rein; sollten sie heute Nacht noch zur Ruhe kommen, würde er keinen Schlaf finden.

Matteo hatte sich neben Fiona Lee gesetzt und stützte den Kopf auf die Hände.

Madlaina saß mit geschlossenen Augen in der Ecke, sie drehte dem Bildschirm den Rücken zu, als könnte sie damit die Wirklichkeit ausblenden oder die Zeit anhalten oder beides.

»Da!«

Matteos Ausruf ließ Madlaina aufschrecken. Sie sprang auf und warf den Stuhl um, der krachend zu Boden fiel. Jonas erschrak und verschluckte sich am letzten Rest der Taurinbrause.

»Da!«, rief Matteo noch einmal. »Seht doch!«

»Was?« Jonas drängte sich hinter den Schweizer, der den Kopf nach hinten bog und ihn anlächelte.

»Siehst du das etwa nicht? Es bröckelt irgendetwas von der Decke.«

Matteo hatte den Satz gerade ausgesprochen, da löste sich ein Stück Putz und fiel herunter. Fiona Lee beugte den Kopf ruckartig vor. »Das war knapp, fast hätte es Nicole erwischt.«

»Die Luke!«, sagte Matteo und tippte auf den Bildschirm. In der Decke klaffte ein schwarzes Loch. Einen Sekundenbruchteil später wurde das Rechteck hell erleuchtet. Zwei Gewehrläufe schoben sich hinein.

»Macht keinen Scheiß!«, entfuhr es Jonas.

»Alles unter Kontrolle«, sagte Stephanie. Der behelmte Kopf eines SEK-Mannes schob sich in den Bunker.

»Was tun die da?«, fragte Fiona. »Warum gehen sie nicht runter und holen die Frau da raus?«

»Sicherheit zuerst«, sagte Matteo. »Sie konnten nicht wissen, ob es Nicoles Gefängnis ist. Es hätte ja auch eine Falle sein können.«

Der Kopf des Polizisten verschwand und ein Seil fiel herunter. Es dauerte ewig währende fünf Sekunden, bis der SEK-Mann erneut auftauchte. Oder war es ein anderer? In der Montur konnte das niemand sagen. Er ließ sich am Seil hinuntergleiten und hockte sich neben Nicole Engler, die in unveränderter Position am Boden lag.

In der Deckenluke erschien Thals Kopf. Er hielt sich ein Handy ans Ohr.

Jonas blieb fast das Herz stehen, als sein Smartphone klingelte.

»Alexander«, flüsterte er nach einem Blick aufs Display.

»Seht ihr uns?«

»Klar und deutlich«, antwortete Matteo.

Der SEK-Mann sagte etwas, das man durch das Telefon nicht verstand. Thal hielt das kleine Teil in den Raum.

»Nichts mehr zu machen«, sagte der Vermummte. »Kein Puls und keine Atmung!«

»Thal«, brüllte Fiona Lee und riss das Handy vom Tisch. »Das hat nichts zu sagen, Thal. Hören Sie mich?«

Thal nickte und hob einen Daumen.

»Nicole ist so stark unterkühlt, dass sie wie tot wirkt. Möglicherweise fühlt sie sich kalt und steif wie eine Leiche an. Trotzdem arbeiten die Organe oft noch, wenn auch sehr verlangsamt. Das Herz schlägt zwei bis drei Mal in der Minute, klar dass man keinen Puls mehr fühlen kann und keine Atmung sichtbar ist.«

Fiona Lee presste ihre Hand um das Smartphone, die Knöchel traten weiß hervor. »Trotzdem kann die Frau noch leben.«

Thal beugte sich ein paar Zentimeter tiefer in den Bunker.

»Ich habe hier eine Ärztin, die sagt, dass die Frau noch lebt, auch wenn man keinen Puls mehr fühlen kann. Holt sie raus.«

Thals Kopf verschwand und eine Transporttrage wurde nach unten gelassen.

Jonas nahm Fiona Lee das Smartphone ab. Thals Stimme war nur noch leise zu hören. »Und dann nichts wie in die heiße Badewanne ...«

»Nein!« Fiona Lee schrie aus vollem Hals. Ihr Gesicht war kreidebleich.

Zweiundsiebzig

Mittwoch. Drei Uhr fünfzehn

»Nein!«

Thal riss das Smartphone vom Ohr. Fiona Lees Schrei hallte noch nach. Er stand fünf Meter vom Eingang des Erdbunkers entfernt. Zwei Sanitäter hievten die hoffentlich nur bewusstlose Nicole Engler aus dem Loch nach oben. Niemand wusste, ob sie rechtzeitig gekommen waren.

»Thal!« Die Rechtsmedizinerin brüllte ihm aus dem Lautsprecher seines Handys entgegen. »Thal, ihr bringt sie um!«

Thal hielt sich das Handy vor den Mund. »Ganz ruhig, bitte! Was ist los?«

»Ihr dürft die Frau auf keinen Fall heiß duschen oder baden.«

»Warum?«

»Ist ein Arzt in der Nähe?«

Thal schaute sich um. Der Notarzt stand auf der anderen Seite des Lochs und unterhielt sich mit dem Einsatzleiter. Thal winkte ihn herbei und hielt dem Mann das Smartphone vors Gesicht. Fiona Lee stellte sich atemlos vor und fragte den Notarzt nach seinen Erfahrungen mit unterkühlten Patienten.

»Kommt hier nicht so oft vor«, antwortete er wortkarg. Es irritierte ihn sichtlich, dass eine Rechtsmedizinerin ihm sagen wollte, was zu tun war.

»Dachte ich mir«, sagte Fiona. »Auf keinen Fall dürfen sie dem Körper der Frau zu schnell Wärme zuführen. Die Blutgefäße in den Extremitäten weiten sich, der Blutdruck sackt ab ...«

»Kreislaufkollaps«, sagte der Notarzt lapidar.

»Genau. Keine Dusche, kein Bad, klar?«

»Klar!«

Die Kommunikation zwischen den beiden Medizinern schien zu funktionieren.

»Flößen Sie ihr irgendetwas Heißes ein. Keinen Alkohol natürlich, am besten Kräutertee. Und halten Sie die Frau in Bewegung, damit sie sich von innen heraus erwärmt.«

Der Notarzt schaute zur Seite. Die Trage mit Nicole Engler war aus dem Loch bugsiert und stand auf der Erde. Er nickte Thal kurz zu und kümmerte sich um seine Patientin.

»Wir haben sie draußen«, sagte Thal und behielt die Aktivitäten um das Opfer im Auge. Der Doktor hockte neben ihr und hielt ihr ein Stethoskop auf die Brust. Eine Hand hatte er erhoben, alle verstanden und verhielten sich mucksmäuschenstill. Er beugte sich immer tiefer über die Frau. Sein Gesicht war vor Anstrengung verzerrt. Langsam entspannte es sich. Er ballte die nach oben gestreckte Hand zur Faust und schob einen Daumen heraus.

»Sie lebt!«, rief Thal ins Telefon. »Sie lebt!« Er hörte, dass im Präsidium ein Tumult ausbrach. Alle riefen durcheinander, lachten, klatschten.

Zwei Sanitäter legten eine Decke über den wie tot daliegenden Körper.

Der Notarzt trat neben Thal. »Wir bringen Sie nach Allensbach. Da haben wir alles, was wir brauchen.«

Er drehte sich um und wies die Sanitäter an, der Frau Tee einzuflößen. »Aber ganz langsam.«

Im Weggehen schaute er Thal noch einmal lächelnd an.

»Bestellen Sie der Kollegin schöne Grüße. Und danke!«

Dreiundsiebzig

Mittwoch. Fünf Uhr zwanzig

»Sie ist bei Bewusstsein!«

Thal beendete das Telefonat mit dem Notarzt und schloss die Augen. »Zwei Sanitäter schleppen sie ständig durch ein warmes Zimmer. Sie setzt inzwischen selbstständig einen Fuß vor den anderen.«

Madlaina umarmte ihn von hinten. »Gut gemacht, Alex«, flüsterte sie ihm ins Ohr.

Bettina klatschte Beifall. Die anderen Kollegen waren nach Hause gegangen, obwohl es noch etwas zu tun gab.

Thal holte tief Luft, gab Madlaina einen Kuss auf die Wange und nickte Bettina zu. »Lass ihn reinbringen.«

Darius Kroll sah zwar derangiert aus, seine Schussverletzung hatte sich aber als harmloser erwiesen, als gedacht. Man hatte ihn notdürftig zusammengeflickt, eine Bluttransfusion hatte ihn bei Bewusstsein gehalten.

Sie brauchten seine Aussage. Solange sie nicht sicher sein konnten, dass nicht in irgendeinem Erdloch weitere Opfer darauf warteten, einem geifernden Publikum im Darknet vorgeführt zu werden, würden sie ihm keine Sekunde in Ruhe lassen.

Kroll ging humpelnd zu seinem Platz am Vernehmungstisch. Thal hatte das Gefühl, der Mann spielte Theater. Er setzte sich neben Bettina auf die andere Seite des Tisches, Madlaina hatte sich einen Stuhl neben die Tür gestellt.

»Man hat Sie über Ihre Rechte informiert?«

»Welche Rechte?« Krolls Stimme war hoch und schrill, sie passte zu dem hageren Raubvogelgesicht.

»Sie wissen genau, was ich meine.« Thal atmete tief ein, er durfte sich nicht aus der Ruhe bringen lassen.

»Sie lassen mich vorführen wie einen Schwerverbrecher, obwohl ich von der Schussverletzung geschwächt bin und ins Krankenhaus gehöre. Und da sprechen Sie von Rechten? Ein Skandal ist es, aber die Öffentlichkeit wird davon erfahren. Und dann gnade Ihnen Gott, Herr Kommissar.«

»Kommen wir zur Sache, Herr Kroll.« Bettina nahm die Fernbedienung vom Tisch und richtete sie auf den CD-Spieler. Mit dem Kopf deutete sie auf die Wand hinter ihr, auf die der Beamer das Monitorbild übertrug.

»Sie kennen dieses Video?«

»Selbstverständlich. Es ist Teil meiner Forschungsarbeit.«

Bettina hatte Mühe, nicht aus der Haut zu fahren, Thal hielt sich trotzdem zurück. Sie machte das gut. Außerdem konnte er immer noch nicht zusehen, wie Ahrend in geistiger Umnachtung mit bloßen Händen versuchte, die Mauer seines Gefängnisses einzureißen. Er hatte blutige Spuren auf der Wand hinterlassen. Wenige Minuten später war er tod. Verdurstet.

»Den Mord an Marco Ahrend nennen Sie Forschung?« Bettina hatte sich wieder im Griff.

»Mord?« Kroll lachte.

Thal ballte die Fäuste unter dem Tisch.

»Wie nennen Sie es sonst?«, fragte Bettina ruhig.

»Es handelt sich um eine wissenschaftliche Anordnung zur Erforschung des menschlichen Verhaltens bei lebensgefährlicher Bedrohung eines Mitmenschen. Wissen Sie, dass es keine einzige belastbare Studie darüber gibt, wie Empathie entsteht? Warum wir dem einen Menschen helfen und den anderen nicht beachten? Ob Männer eher Frauen und Frauen eher Männern helfen? Wie viel wir bereit sind, für diese Hilfe zu riskieren? Nichts davon ist erforscht. Noch nicht!«

»Sie werden dieses Vakuum in der Forschung ausfüllen?«

Kroll lehnte sich zurück und richtete den Blick auf das Video. »Die Ergebnisse werden unsere Sicht auf die Welt und die Rolle des Menschen als soziales Wesen grundlegend verändern.« Er senkte den Blick und beugte sich nach vorne.

»Soll ich Ihnen ein Teilergebnis verraten?«

Ein Lächeln spielte um seinen Mund. Er hob die gefesselten Hände und hielt sich die beiden Zeigefinger vor die Lippen. »Aber pssst! Alles streng geheim. Vor meiner mündlichen Prüfung dürfen keine Ergebnisse der Doktorarbeit an die Öffentlichkeit.«

Bettina lehnte sich zurück und verschränkte die Arme. »Nur zu!«

»Ob ein Mensch einem anderen, vom Tod bedrohten Menschen zu Hilfe eilt, ist erstens vom Geschlecht und zweitens von der Art der Bedrohung abhängig. Ertrinken weckt mehr Mitgefühl als Verdursten, Erfrieren interessiert keine Sau ...«

»Stopp!« Thal konnte das selbstgefällige Geschwätz nicht mehr anhören. »Ihre Forschungen sind nichts wert, geschweige denn werden Sie dafür mit dem Doktortitel belohnt. Oder glauben Sie, Sie können dieses Video in der Öffentlichkeit zeigen?«

Kroll grinste. »Was glauben Sie, wie viele Menschen schon tief in die Tasche gegriffen haben, um das Filmchen zu sehen?«

Thal spannte unwillkürlich alle Muskeln.

Bettina legte ihm die Hand auf den Unterarm. »Trotzdem, Herr Kroll, Ihre Ergebnisse wird sich kein Wissenschaftler anschauen wollen.«

»Meinen Sie? Was ist an den Videos und Beobachtungsprotokollen sowie den nachträglichen Interviews der Probanden aus dem Mystery Hotel abzulehnen? Zugegeben, die Versuchsanordnung ist etwas ungewöhnlich, aber ...«

»Jetzt verstehe ich«, sagte Madlaina aus dem Hintergrund. Sie stand auf und stellte sich an das Fenster rechts von Kroll. »Sie werden offiziell nur die Ergebnisse aus dem Mystery Hotel verwenden. Warum dann der Aufwand mit den geklonten Installationen?«

»Weil ein Spiel und die Wirklichkeit zwei verschiedene Dinge sind. Alle wissen, dass die Anordnung eines Experiments das Ergebnis beeinflusst, vor allem wenn Menschen miteinander in Beziehung treten. Trotzdem fußen bisher alle Erkenntnisse auf genau diesen ungenauen Beobachtungen. Den Fehler mache ich nicht.«

»Obwohl Sie diese Versuche nicht verwenden können?« Madlaina deutete auf die Wand, wo Sandy Niemann gegen das Ertrinken kämpfte.

»Noch nicht. Es wird zwei Fassungen meiner Arbeit geben. Eine für die Gegenwart, die ich bei der Universität als Doktorarbeit einreiche. Und eine für die Zukunft, von der man in zwanzig, dreißig Jahren als bahnbrechend sprechen wird. Und es gibt so viele Tests, die noch nie zuvor durchgeführt worden sind.«

»Können Sie uns ein paar Beispiele nennen?« Madlaina hatte Schmelz in ihre Stimme gelegt, sie umschmeichelte ihn.

»Gerne. Einige Szenarien sind schon durchgeplant, andere existieren bisher nur in Ansätzen. Verdursten, Ertrinken und Erfrieren hatten wir ja schon. Verhungern ist ein perfektes Thema, dazu kommt Tod durch Folter, Elektroschocks, Schlafentzug ...« Kroll richtete sich kerzengerade auf. »Sie sehen, die Versuchsanordnungen gehen mir nicht aus. Ich habe noch viel vor.«

Thal schlug mit beiden Fäusten auf den Tisch und lehnte sich nach vorne. »Ich glaube kaum, dass Sie im Gefängnis dazu kommen.«

Vierundsiebzig

Mittwoch. Acht Uhr zehn

»Nicht schlecht«, sagte Thal und prostete Madlaina zu. Sie saß entspannt an das Rückenpolster gelehnt im Sofa, er hatte den Kopf in ihren Schoß gelehnt und richtete sich nur auf, um einen Schluck vom vierzehnjährigen Glendronach zu nehmen.

Madlaina fuhr sich mit der Zunge über die Lippen. »Stimmt, eine schöne Komposition von Eichentönen mit tropischen Früchten.«

Thal lächelte. Sie hatte erstaunlich schnell gelernt, Malt Whiskys zu beurteilen. Der Alkohol wärmte ihn und befeuerte die Müdigkeit, die seine Glieder schwer machte. Er gab sich noch zehn Minuten, ehe er unweigerlich einschlummern würde.

»So eine durchgearbeitete Nacht ist nichts mehr für mich«, sagte er.

»Es hat sich aber gelohnt, findest du nicht?«

Thal drehte den Kopf zur Seite und sah sie an. »Auf jeden Fall. Es war knapp, aber wir haben Nicole Englers Leben gerettet, das zählt.«

»Und wir haben diesen Kroll zur Strecke gebracht. Du hast ja gehört, was für Pläne er noch hatte.«

Thal leerte sein Glas und schaute zum Fenster. Draußen hatte ein neuer Sommertag begonnen.

»Und wie soll es jetzt weitergehen?« Madlaina schaute Thal mit leicht glasigen Augen an.

»Was meinst du?«

»Du gehst zurück in den Dienst, oder?«

»Was soll ich sonst tun? Ich habe nichts anderes gelernt.«

Madlaina lachte auf, Thals Kopf wippte auf ihren Oberschenkeln. »Ich hätte eine bessere Idee.« Sie strich ihm eine Haarsträhne aus dem Gesicht. »Warum wirst du nicht der Tourmanager der ›Olsenbande‹? Dann wären wir auf Tourneen zusammen und ich könnte jeden Abend ›Fast Car‹ spielen.«

Thal lächelte sie an. Angeblich spielten sie die Nummer von Tracey Chapman nur, wenn er dabei war. Er hatte das nie überprüft, warum auch? Er liebte diese Geschichte.

»Tourmanager?« Er versuchte, die Nachfrage möglichst neutral klingen zu lassen. Dabei hielt er Madlainas Vorschlag für eine wahnwitzige Idee. Sie wollte ihn aus dem Polizeidienst loseisen und dabei war ihr alles recht. Das war die Konstante bei seinen Frauen, sie wollten ihn ganz für sich. Auch Leah wollte das. Ohne Erfolg. Er schluckte den Kloß hinunter, der seine Speiseröhre nach oben wanderte.

»Ich liebe dich, Madlaina. Aber ich brauche meine Arbeit, um mich ganz zu fühlen, das ist mir heute Nacht klar geworden.«

»Du könntest deine Arbeitszeit reduzieren.« Madlaina startete noch einen Versuch.

Thal nickte. »Wenn wir einen Fall haben, muss ich für das Team da sein. Meine Leute haben es verdient, findest du nicht?«

»War Leah eigentlich eifersüchtig auf Bettina?«

Die Frage kam unerwartet, trotzdem brauchte Thal nicht zu überlegen.

»Ja und nein. Sie wusste, dass ich niemals etwas mit ihr anfangen würde, aber sie neidete ihr die Zeit und die Nähe, die sie zu mir hat.«

»Schade, dass ich Leah nicht kennenlernen durfte. Ich denke, wir hätten uns gut verstanden.«

Thal war sich da nicht so sicher.

»Du versprichst, dass die Wochenenden mir gehören, ja?«

Er hob die Augenbrauen. »So eit es geht«, sagte er.

»Urlaub?«

»Regelmäßig. Und viele Tage auf dem See.«

Fünfundsiebzig

Mittwoch. Fünfzehn Uhr zwanzig

»Gute Arbeit, meine Damen und Herren. Sehr gute Arbeit.«

Schober klappte seine Schreibmappe zu, stand schwungvoll auf und verließ unter dem Applaus des gesamten Kommissariats 1 den Besprechungsraum.

»Hat er uns jemals so gelobt?«, fragte Quandt und drehte ein geschlossenes Fläschchen Krating Daeng zwischen den Handflächen.

»Ich kann mich nicht erinnern«, sagte Bettina. Ihre Augen waren von dunklen Ringen umschattet. »Aber wir haben es uns verdient, oder?«

Sie schaute in die Runde.

Stephanie stieß eine Faust in die Luft. »Yeah!«

Thal bemerkte, dass die Stimmung nicht so ausgelassen war wie nach anderen Ermittlungserfolgen. Die vergangene Nacht schüttelte man nicht so einfach aus den Kleidern. Alle hatten zu wenig geschlafen und alle wussten, dass viel Arbeit vor ihnen lag. Die Ergebnisse gerichtsfest zu machen, war jedes Mal eine Herkulesaufgabe, die niemandem Spaß machte.

»Was ist mit Bublitz?«, fragte Stephanie.

»Der Haftrichter hat die U-Haft angeordnet.«

»Wenn das keine gute Nachricht ist«, sagte Bettina. »Der Kerl ist genauso ein Ekel wie Kroll.«

»Na ja, er hat kein Leben auf dem Gewissen«, wandte Thal ein. »Kroll wird wegen Mord an Marco Ahrend und Sandy Niemann sowie versuchten Mordes an Nicole Engler vor Gericht stehen. Wenn wir uns nicht allzu dumm anstellen, kommt er nicht so schnell wieder frei.«

»Trotzdem«, sagte Bettina. »Bublitz hat das Vertrauen seiner Kunden missbraucht, sie heimlich in intimsten Momenten beobachtet und die Bilder und Filme gegen Bezahlung im Darknet angeboten. Das dürfte für eine Anklage reichen, auch wenn ich keine Ahnung habe, gegen welche Paragrafen er verstoßen hat.«

Alle lachten befreit auf. Sie waren keine Juristen und oft enttäuscht worden, wenn Menschen, von deren moralischer Schuld sie überzeugt waren, freigesprochen oder auf Bewährung auf freien Fuß kamen. Bei Bublitz sollte das nicht passieren.

»Das Mystery Hotel dürfte seine Pforten nicht mehr so schnell öffnen«, sagte Thal.

»Wenn es gerecht zugeht, bleibt es bis zum Sankt-Nimmerleins-Tag geschlossen.« Stephanie unterstrich ihre Aussage mit einem Schlag auf die Armlehne ihres Stuhls.

»Für heute ist es genug«, sagte Thal. »Macht euch einen schönen Restnachmittag und Abend. Morgen beginnen wir mit der lästigen Aufarbeitung der Fälle.«

Alle klatschten erneut und standen auf.

»Eins noch«, sagte Thal. »Anlässlich meiner Rückkehr in den Dienst möchte ich euch am Wochenende zu einer kleinen Feier einladen. Sagt jemand bitte Fiona Lee Bescheid, ohne sie hätten wir gestern einen großen Fehler gemacht.« Er schaute in die Runde und setzte hinzu. »Madlaina freut sich auch auf euch alle!«

Jonas räusperte sich. »Ich nehme an, dass Matteo Giordano auch eingeladen ist.«

»Selbstverständlich«, sagt Thal und registrierte Quandts Lächeln.

»Und ich möchte jemanden mitbringen.« Bettina sprach leise, aber ihre Augen schrien vor Glück.

Sechsundsiebzig

Vierzehn Tage später

Nicole Engler setzte sich auf die einzige Bank im Park des Klinikums, die um diese Mittagsstunde im Schatten lag. Der Sommer gab noch einmal alles.

Komisch, dachte sie, früher hätte sie die Sonne gesucht, aber jetzt, da sie fast erfroren war, mied sie die Hitze. Hatte sie in der Todeszelle Freundschaft mit der Kälte geschlossen?

Sie lehnte sich zurück und spürte das warme Holz im Rücken. Ihr Körper hatte die Strapazen erstaunlich schnell verarbeitet. Die Ärzte waren von ihren Fortschritten überrascht. Sie hatte keine bleibenden Schäden davongetragen, nur im linken großen Zeh wollte sich bis jetzt kein Gefühl einstellen.

Sie seufzte. Nicht nur in ihrem Zeh fehlten die Empfindungen. Es kam ihr vor, als wäre in der Eiszelle nicht ihr Körper, sondern ihre Seele erfroren. Seit ihrer Rettung aus dem engen Loch nahm sie die Welt wie in einem schlecht ausgeleuchteten Schwarzweiß-Film wahr. Es fehlten die Kontraste, alles verschwamm in Grautönen. Nichts schien sie mehr zu berühren. Es war ihr gleichgültig, ob Andi ihr verzeihen würde, dass sie mit seinem Freund Chris geschlafen hatte. Selbst die Frage, was Chris für sie empfand, war bedeutungslos. Einzig die primären Bedürfnisse zählten: Trinken, Essen, Schlafen.

Stieler, der Psychologe, hatte es ihr erklärt. In der eiskalten Todeszelle hatte sie nur überlebt, weil sie sich einzig und allein darauf fokussiert hatte, den Körper warm zu halten. Die Monotonie ihrer Bewegungen bei gleichzeitig fehlenden Sinnesreizen hatte ihren Geist hypnotisiert. Er hatte sich in ein Schneckenhaus zurückgezogen, aus dem er bis heute nicht wieder aufgetaucht war.

»Sie brauchen Geduld«, hatte ihr Stieler gestern zum Abschluss gesagt.

»Und worauf soll ich geduldig warten?«, hatte sie gefragt. »Darauf, dass sich endlich seelische Schmerzen einstellen? Nein danke, ich verzichte.«

Der Psychologe hatte sich mit einer Erwiderung Zeit gelassen. »Sicher wird es weh tun, aber nur so können Sie den Kokon zerreißen, den Sie um sich gelegt haben. Ohne Kummer keine Freude.«

Sie stand auf und spürte, dass ihre Beine eingeschlafen waren. Das passierte ihr in der letzten Zeit häufiger, als hätten die Nerven in der Kälte ihre Flexibilität verloren. Vorsichtig ging sie ein paar Schritte Richtung Ausgang.

Andi winkte ihr zu. Er hielt einen Blumenstrauß in der Hand – Rosen, deren Rot eine Spur zu schreiend war. Für einen Moment glaubte Nicole, ihr Mann würde die Blumen auf die Erde werfen, um sie in die Arme zu schließen, doch er hielt ihr das rote Bündel mit einer linkischen Bewegung entgegen, die sie früher nie an ihm bemerkt hatte.

»Du siehst fantastisch aus!«, sagte er und tastete ihren Körper mit den Augen ab. »Wie viel Kilo hast du abgenommen?«

Sie steckte die Nase in die Blüten. Sie dufteten nicht. Ein Dorn stach in ihr Kinn.

Andi nahm ihre Tasche und reichte ihr den Arm.

Sie hakte sich bei ihm ein und spürte die Wärme seines Körpers.

Ein Blütenblatt trudelte zu Boden.

»Ich dachte, wir fahren nicht direkt nach Hause, sondern feiern deine Rückkehr bei einem piekfeinen Essen.« Andi sprach schnell, war aufgedreht. »Ich habe einen Tisch im San Martino bestellt. Was meinst du?«

Sie nickte.

Ihr Mann bemühte sich um sie. Das war ein Anfang.

Vorsichtig schüttelte sie den Blumenstrauß, aber es löste sich keine weitere Blüte.

»Darf ich dich um etwas bitten?«, fragte Nicole und blieb abrupt stehen.

Andi schluckte, nickte aber tapfer.

»Ich möchte nicht über die Vergangenheit reden«, sagte sie und setzte flüsternd hinzu: »Noch nicht.«

»Gut!« Er lächelte sie an.

Ein Schauer lief ihr über den Rücken. Sie hatte den Wunsch, in die Sonne zu gehen.

Liebe Leserinnen und Leser,
zum Schluss möchte ich mich bei Ihnen bedanken, dass Sie diesen Roman gelesen haben, denn nur für Sie habe ich ihn geschrieben. Wie alle Autoren wünsche ich mir, dass meine Geschichten und Figuren in der Fantasie meiner Leserinnen und Leser zum Leben erwachen.
Deshalb freue ich mich auch über jede Leserzuschrift. Schreiben Sie mir, ob Ihnen »Todeszelle« oder einer meiner anderen Romane gefallen hat. Meine E-Mail-Adresse lautet:
belabolten@email.de
Leseproben aus einigen anderen meiner Krimis finden Sie im Anschluss.
In diesem Zusammenhang habe ich noch eine Bitte. Als verlagsunabhängiger Autor muss ich mich auch um das Marketing für meine Bücher selbst kümmern. Deshalb bin ich auf Ihre Unterstützung angewiesen. Sie helfen mir sehr, wenn Sie meine Bücher bei Amazon bewerten, über sie sprechen und sie weiterempfehlen. Twittern Sie über das Buch, erwähnen Sie es auf Facebook, Google+ oder anderen Plattformen.
Übrigens: Ich belohne meine treuen Leserinnen und Leser bei jeder Neuerscheinung, denn Sie können das E-Book für einige Tage zu einem äußerst günstigen Sonderpreis erwerben. Besuchen Sie meine Internetseite
http://belabolten.com/
und abonnieren Sie dort meinen Newsletter, dann erfahren Sie rechtzeitig von diesen Aktionen.

Herzlichst

Ihr Béla Bolten

Mehr von Béla Bolten

Die Berg und Thal Krimis

Bettina Berg und Alexander Thal ermitteln in Konstanz am Bodensee. Alle bisherigen Fälle mit den beiden sympathischen Ermittlern erreichten Spitzenplätze in den Amazon Bestsellerlisten. Die Romane sind in sich abgeschlossen und können losgelöst von den anderen gelesen werden.

Folgende Titel sind in dieser Reihe bisher erschienen:

Leahs Vermächtnis (eine Leseprobe finden Sie unten)
Sünders Fall
Bankers Tod
Claras Schatten
Tote Mädchen weinen nicht
Aschenputtel tanzt nicht mehr
Wenn Barbies Schwestern Trauer tragen
Das Doktorspiel
Mordbrenner
Der Memorymann
Tränenkinder
Todeszelle

Leahs Vermächtnis – Ein Berg und Thal Krimi

Kriminalhauptkommissar Alexander Thal trauert um seine Frau, die gefeierte Künstlerin Leah Braasch. Sie fiel einem Attentat zum Opfer, das ihm gegolten hatte. Thal zweifelt, ob er jemals in den Polizeidienst zurückkehren wird. Was hat seine Arbeit für einen Sinn, wenn er nicht einmal seine große Liebe vor einem Verbrechen bewahren konnte? Als er eines Morgens im Briefkasten einen an ihn adressierten Brief mit Fotos einer unbekannten, in entwürdigenden Situationen fotografierten Frau findet, wird ihm die Entscheidung abgenommen. Dies ist sein Fall. Es beginnt eine atemlose Jagd auf den Fotografen, dem im Trubel der Fastnacht jederzeit weitere Frauen zum Opfer fallen können. Wird es Thal diesmal gelingen, die Frauen zu schützen?

Leseprobe:

Kapitel eins: Das Versprechen

Er öffnete die beiden obersten Knöpfe seines Mantels. Obwohl vom See ein kalter Wind durch die Gassen wehte und das Thermometer zu dieser frühen Morgenstunde nur drei Grad zeigte, war ihm heiß. Er fürchtete, einen glühend roten Kopf zu bekommen. Dabei hatte er sich geschworen, gelassen zu bleiben. Es gab keinen Grund, aufgeregt zu sein. Er hatte alles durchdacht, seit Monaten feilte er an seinem Werk. Bis ins kleinste Detail hatte er die Komposition geplant, nichts war mehr dem Zufall überlassen. Über jede einzelne Pose, über Mimik und Gestik hatte er intensiv nachgedacht. Jederzeit konnte er das fertige Bild vor sein geistiges Auge holen. In Sekundenschnelle stand es vor ihm in seiner unbeschreiblichen Schönheit. Das hatte die Welt noch nicht gesehen. Monumental, bedeutend, in die Zukunft weisend.

Bevor seine Gedanken sich aus der Wirklichkeit lösten, zwang er sich zur Konzentration. Er durfte jetzt nicht träumen, sich nicht am eigenen Tun berauschen. Er musste hellwach sein. Die kommenden Tage sollten die bedeutsamsten seines Lebens werden. Danach würde nichts mehr sein, wie zuvor. Heute war der letzte entspannte Tag, den er nutzen wollte, um sich mit dem Terrain vertraut zu machen.

Er bog in die Münsterstraße ein und stieß fast mit einem Fahrradfahrer zusammen, der an diesem kalten Morgen nicht mit einem Spaziergänger gerechnet hatte. Die wenigen Fußgänger gingen zielstrebig in der Mitte der Straße. Sie waren auf dem Weg zur Arbeit, zur Schule, zu einem Arzt. Morgen würde das Geschäftsleben in der Stadt auf ein Minimum reduziert. Keiner hatte einen Blick für die Auslagen der Geschäfte, wo Luftschlangen, Konfetti und mit den typischen Kostümen der alemannischen Fastnacht bekleidete Puppen auf die kommenden Tage hinwiesen. Vor einigen Läden lagen lange Holzbretter, mit denen spätestens am Donnerstag viele Händler ihre Schaufenster verrammeln würden. Zu schnell ging im Taumel der Massen etwas zu Bruch.

Fast wie vor einer Großdemonstration in Berlin, nicht fröhlich, eher bedrohlich wirkte die Szenerie. Daran änderten auch die bunten Bänder aus Stofffetzen nichts, die im Abstand von einem Meter über die Straße gespannt waren und ihr ein Dach gaben.

Monate lang hatte er über den passenden Zeitpunkt gegrübelt, bis ihm der Einfall kam, der seinem Vorhaben die Richtung gab. Eine ganze Stadt im Taumel der Sinne, was könnte seinem Plan dienlicher sein? Bisher hatte er die

Fastnacht nicht gemocht. Zu grell, zu lärmig, zu zügellos - Opium für das gemeine Volk, damit es für ein paar Tage sein Elend vergaß. Nichts für Feingeister.

Jetzt aber würden ihm die tollen Tage liefern, was er als Letztes zur Vollendung seines Werkes brauchte. In den Straßen dieser Stadt würde es ihm in den nächsten Tagen gelingen, nicht zu kopieren, sondern zu erschaffen.

Als er in die Kanzleistraße einbog, trat zwei Meter vor ihm eine Frau aus einer Drogerie. Sie war kaum zwanzig und ging mit ausladenden Schritten Richtung Marktstätte. Nur mit Mühe konnte er ihr folgen. Warum rannte er hinter ihr her? »Bleib ruhig«, murmelte er. »Es ist noch zu früh.«

Erst morgen, am Mittwoch, wenn die Fastnacht ihren Anfang nahm, würde er sein Werk beginnen. Aber war es nicht oft so gewesen, dass alle Planung unwichtig wurde, wenn ihn der kreative Blitz traf, aus dem jedes Kunstwerk sein Leben erhielt, jenen besonderen Glanz, der sich später in den Augen der Betrachter widerspiegelte?

Er griff in die rechte Manteltasche und schloss die Hand um die kleine Flasche. Er wollte sie erst nicht mitnehmen, hatte sich aber ohne darüber nachzudenken anders entschieden. War das der Wink einer höheren Macht, dem zu folgen ein Künstler früher oder später lernte? Er beschleunigte seine Schritte, um die Frau nicht zu verlieren. Ihr dichtes, leicht gewelltes schwarzes Haar wippte über den Kragen der weißen Felljacke. Er hatte sie nur eine Sekunde lang von vorne gesehen, aber sie war eindeutig schlank. Ihr fester Gang ließ darauf schließen, dass sie nicht dürr war, sondern weibliche Formen und Rundungen hatte. Ging dort sein erstes Modell? Als sie an einer Galerie in Höhe des Kaiserbrunnens stehen blieb, überholte er sie. Dabei sah er für einen Moment ihr Spiegelbild im Schaufenster. In seinem Kopf überstürzten sich die Bilder. In Sekundenbruchteilen stanzte sein Gehirn die Unbekannte in das Mosaik seines Werkes. Wer war sie? Was verkörperte sie? Das Versprechen? Die Verführung? Die Hingabe? Als sein fieberhaft arbeitender Geist sie in das letzte Feld setzte, blieb er abrupt stehen.

»Stopp«, sagte er so laut, dass er erschrak. Sofort drehte er sich um. Sie hatte es nicht gehört, sondern betrachtete weiter das Schaufenster. Wie immer funktionierte es. Wenn sein Kopf zu zerplatzen schien und die Gedanken sich verselbstständigten, konnte er sich mit diesem einen Wort zur Ruhe bringen. Dem kreativen Impuls zu folgen, war gut, doch er durfte ihn nicht ins Chaos führen. Sein Werk hatte Anfang und Ende. Die Reihenfolge stand fest. Zuerst kam das Versprechen. War sie es? Das Haar, die Kleidung, die frauliche Figur passten. Die Frau drehte sich um. Sie kam direkt auf ihn zu. Fast hatte sie ihn erreicht, ehe er einen Schritt zur Seite machte. Sie lächelte ihn an und senkte leicht den Blick. In dieser unscheinbaren Geste lag, was er suchte.

Er sah aus den Augenwinkeln, dass sie das Café »Marktstätte« betrat. Er tastete erneut nach dem Fläschchen und bereute, die Wirkung nicht vorher ausprobiert zu haben. Er musste der Beschreibung auf der Internetseite vertrauen. Demnach hatte er ausreichend Zeit für sein Vorhaben.

Er atmete tief durch und spürte, dass seine Nervosität nachließ. Tiefe Ruhe stellte sich ein – wie jedes Mal, wenn er mit einem Werk begann. In dieser Sekunde war alle Falschheit aus der Welt. Alles war an seinem Platz.

Mit festen Schritten ging er auf das Café zu und drückte die Eingangstür auf.

Neugierig geworden?

„Leahs Vermächtnis“ von Béla Bolten erhalten Sie als Taschenbuch und E-Book exklusiv bei Amazon.

Mörderische Alibis

Zwei ungewöhnliche Ermittler in einer ebenso ungewöhnlichen Krimireihe. Jule Haller und Leo Liebig betreiben eine Alibiagentur und gerade dabei immer wieder in mysteriöse Kriminalfälle.

Alibi für ein Todesspiel
Mörderische Alibis 1

Leo Liebig hat eine geniale Geschäftsidee: eine Alibi-Agentur. Gegen stattliches Honorar ermöglicht er untreuen Ehemännern stressfreie Liebesabenteuer.
Doch gleich der erste Auftrag wird zum Desaster. Der als Double für den Auftraggeber engagierte Schauspieler liegt ermordet in seinem Hotelzimmer. Leo gerät in den Fokus der Mordermittlungen.
Und dann ist da noch seine neue Mitarbeiterin. Jule Haller erweist sich als außergewöhnlich – und das in jeder Hinsicht. Sie ist taff, sie ist attraktiv und sie sitzt im Rollstuhl.
Schaffen es die beiden, sich zu einem Team zusammenzuraufen und den verzwickten Fall zu lösen?

Leseprobe

Eins

»Verdammt, du Idiot! Kannst du nicht aufpassen?«

Leo drehte sich nach dem Radfahrer um, der immer noch vor sich hin fluchte und ihm mit ausgestrecktem Mittelfinger zeigte, was er davon hielt, einem Spaziergänger ausweichen zu müssen.

Daran würde Leo sich gewöhnen müssen. In Münster waren die Radler die Herren im Verkehr, als Fußgänger störte man nur. Am besten legte er sich auch einen Drahtesel zu, von denen jeder Münsteraner angeblich sogar zwei besaß: einen für die alltägliche Fahrt zur Arbeit und einen für die sonntägliche Tour ins Grüne. Der Weg vom Büro in der Hammer Straße bis zum Cheruskerring war auf jeden Fall viel zu lang, um ihn Tag für Tag zu laufen und mit den Feinheiten des städtischen Busverkehrs hatte er sich noch nicht vertraut gemacht. Bevor er sich mit solchem Organisationskram beschäftigte, würde er erst mal den heutigen Abend bei ein paar gepflegten Bierchen gebührend feiern. Die hatte er sich echt verdient, immerhin hatte er gerade den ersten Auftrag an Land gezogen – und das, obwohl sein Laden noch nicht einmal richtig eröffnet war. Zugegeben, als Moritz ihm von den Anzeigen auf Google erzählte und dabei tat, als handelte es sich um eine Wunderwaffe bei der Kundenbeschaffung, hatte er es für eine typische Übertreibung eines Anwalts gehalten. Die Rechtsverdreher waren schließlich Meister darin, nur unter dem Mikroskop sichtbare Erkenntnisse derart aufzublasen, dass sie selbst ein kurzsichtiger Rentner als lebensrettende Wahrheit erkennen konnte. »Von nichts kommt nichts« gehörte zu den Standardsprüchen, die sein Kumpel aus Studientagen bei jeder passenden und unpassenden Gelegenheit zum Besten gab.

Diesmal hatte Moritz aber nicht übertrieben, auf jeden Fall hatten sich die in die Google-Werbung investierten hundert Euro bereits heute bezahlt gemacht.

Leo drückte die Hand auf die Brust und spürte das Knistern der Scheinchen in der Innentasche des Jacketts mehr, als dass er es hörte. Schon erstaunlich, was manche Männer bereit waren zu investieren, nur damit ihre Gattin nichts von den amourösen Nebenschauplätzen mitbekam, auf denen sich die Herren regelmäßig tummelten. Dieser Typ hatte sich zwar erst naserümpfend im Büro umgesehen, Leos Geschäftsräume entsprachen wohl nicht seinem Standard. Im Grunde machte ihn das sympathisch, Leo hätte selbst am liebsten bei der ersten Besichtigung der Räume auf dem Absatz kehrtgemacht. Kein Wunder, dass der Vormieter, eine Versicherungsagentur, Pleite gemacht hatte, die Möbel stammten aus den Siebzigern und der Mief dieser Zeit hing in jeder Pore der abgewohnten Sitzgruppe. Leo roch den Angstschweiß der Versicherten, die hier auf eine positive Abwicklung ihres Schadensfalles hofften. Für repräsentativere Büroräume fehlte ihm aber das Geld, außerdem hatte es ihm der Lagerraum im Hof angetan. Wo sollte er so etwas zu einem annehmbaren Preis sonst finden, Münster war ein teures Pflaster.

Zum Glück hatte der Mann seine Abneigung überwunden und sich überzeugen lassen, dass sein Gegenüber ein erfahrener Alibibeschaffer wäre. Wenn der wüsste!, dachte Leo und lachte lautlos. Zum Glück war es keine komplizierte Angelegenheit, sondern genau das, was er sich erhofft hatte. Dieser Jakob Kaiser würde sich heute Nacht mit einer Geliebten an einem unbekannten Ort treffen. Seiner Frau erzählte er etwas von einer Dienstreise nach Münster, die er nach seiner Rückkehr mit entsprechenden Hotelrechnungen und Quittungen belegen würde. Nur, dass nicht er selbst unter dem Namen Kaiser im Hotel nächtigen, in einem der besseren Restaurants zu Abend essen und in der Hotelbar einen Schlummertrunk nehmen würde.

Eine einfache Angelegenheit, sah man davon ab, dass nicht viel Zeit blieb, alles vorzubereiten. Trotzdem sollte normalerweise alles glattgehen. Vorausgesetzt, Thees machte seinen Job. Leo drückte die schwere Eichentür zum ›Café Klatsch‹ auf. Drinnen war es noch wärmer als draußen, dazu kam ein schwerer, süßer Duft nach überzuckerten Torten und verbranntem Kaffee. Thees saß an einem dunklen Eichentisch und rührte mit einem winzigen Kaffeelöffel in einer Tasse, den kleinen Finger der klobigen Hand seltsam affektiert abgespreizt. Als er Leo erblickte, ließ er den Löffel auf die Untertasse fallen, sprang auf und breitete die Arme aus. Er hatte ordentlich an Gewicht zugelegt, wirkte aber eher massig als fett.

»Leo Liebig! Das muss doch mindestens zehn Jahre her sein!«

»Eher fünfzehn.«

Thees schloss Leo in die Arme und erdrückte ihn fast.

Leo brauchte ein paar Sekunden, um sich von der übertrieben enthusiastischen Begrüßung zu erholen. Sie waren nie enge Freunde gewesen, hatten während des Studiums hin und wieder miteinander gezecht, sich danach aber bald aus den Augen verloren. Er hätte auch heute keinen Gedanken an seinen ehemaligen Kommilitonen verloren, wäre da nicht dieser Auftrag, bei dem nichts schiefgehen durfte. Kaiser hatte weitere Jobs in Aussicht gestellt, vorausgesetzt, dass heute alles klappte. Er führte wohl ein ausschweifendes außereheliches Liebesleben. Auf jeden Fall konnte es nicht schaden, einen professionellen Schauspieler zu engagieren, Kaisers Rolle zu spielen. Thees war sicherlich kein strahlender Bühnenheld, aber dafür sollte es reichen.

Leo bestellte einen »Kaffee mit«, was der Kellner mit einem mehr gegrunzten als artikulierten »Sehr wohl« quittierte, und selbst das lag wohl nur daran, dass Leo sich durch die Bestellung als Stammgast zu erkennen gegeben hatte. Beim ›Kaffee mit‹ handelte es sich im ›Klatsch‹ um einen Kaffee mit Sahne und einem Schuss Marillenlikör.

»Cooler Laden«, meinte Thees.

Leo schluckte die Entgegnung herunter, das ›Café Klatsch‹ sei alles andere als das. Die Einrichtung war wie die Stammgäste in die Jahre gekommen, die Kellner bedienten mit einer steifen Korrektheit, die leicht als Arroganz ausgelegt werden konnte, und auch das Angebot war nicht mit der Zeit gegangen, es gab nicht einmal eine Espressomaschine. Kaffee wurde hier noch gefiltert wie zu Omas Zeiten und der Kuchen war weder vegan noch glutenfrei. Und selbst der Name war kein anbiederndes Wortspiel, sondern ging auf den ersten Besitzer Otto Klatsch zurück, dessen Schwiegersohn Gerd zwar nicht mehr den passenden Namen, aber den gleichen muffigen Gesichtsausdruck trug.

Leo wartete, bis der Ober den Kaffee serviert hatte, obwohl er registrierte, dass Thees seine Ungeduld nur mühsam zügeln konnte. Vermutlich hatte sich da in den letzten fünfzehn Jahren nichts geändert und der Schauspieler war wie immer knapp bei Kasse.

»Du hast dich also selbstständig gemacht?«, beendete Thees das Schweigen. Da Leo nur wortlos nickte, setzte er ungeduldig hinzu: »Lass dir doch nicht alles aus der Nase ziehen! Was zum Teufel habe ich mir unter einer Alibiagentur vorzustellen?«

Leo zuckte mit den Schultern. »Na, was wohl?«

Thees lachte auf. »Schon klar. Untreue Ehemänner brauchen eine Erklärung, warum sie unbedingt außer Haus nächtigen müssen!«

»Schnellmerker«, sagte Leo und trank einen großen Schluck vom heißen Kaffee. Fast hätte er sich verschluckt; der Wirt hatte nicht am Schnaps gespart.

»Hast du heute Abend Zeit?«

»Klar, Leo. Für dich doch immer!«

Das Leuchten in seinen Augen deutete Leo nicht als Zeichen freundschaftlicher Rührung, sondern als Hoffnung auf eine satte Entlohnung.

»Gut. Dann beziehst du in zwei Stunden ein Zimmer im ›Hotel Krautkrämer‹, das unter diesem Namen reserviert ist.«

Er schob Thees einen Zettel zu, auf dem er Kaisers Daten notiert hatte.

»Krautkrämer?«, fragte der Schauspieler ungläubig.

Leo nickte. Einen derartigen Nobelschuppen hatte Thees bestimmt seit Jahren nicht mehr von innen gesehen.

»Beim Check-in wird man dich nach einer Kreditkarte fragen.«

Er beugte sich vor und schaute seinem Gesprächspartner in die Augen. Er musste sich sicher sein, dass er die folgenden Instruktionen genau verstand. »Du sagst, dass dir gestern deine Brieftasche mit allen Papieren, Kreditkarten und so weiter gestohlen worden ist, du hättest den Verlust bereits angezeigt. Du kannst das ruhig ein bisschen ausschmücken.«

Leo rechnete damit, dass der Hotelportier seinem Gast voller Mitleid begegnen würde. Der Verlust von Papieren und Kreditkarte ist schließlich der Albtraum aller Reisenden.

»Klar«, antwortete Thees einsilbig und starrte dabei auf das Blatt mit Kaisers persönlichen Daten. Er war so konzentriert, dass er zusammenzuckte, als Leo auf das Papier tippte. »Hier findest du auch den genauen Ablauf des Abends.«

Thees hielt den Kopf leicht schief, während er die weiteren Erläuterungen las, und leckte sich über die Lippen, als freue er sich schon jetzt auf die in den knappen Anweisungen verborgenen Genüsse.

»Halte dich genau an den Ablauf und die Zeiten, hörst du!«

»Klar.« Augenscheinlich war das seine Standardantwort. »Und wie bezahle ich das alles?«

Leo lächelte. Endlich kam der Schauspieler zur Sache.

»Cash natürlich.«

»Dachte ich mir.«

Leo trank den letzten Schluck und grinste Thees an, der unruhig auf seinem Stuhl hin- und herrutschte.

»Wie sieht es mit einem Vorschuss aus? Ich bin ein bisschen knapp im Moment.« Er biss sich auf die Unterlippe. »Theaterferien, du verstehst?«

»Klar«, sagte Leo. Er griff in seine Jackentasche und zog einen der Scheine heraus, die Kaiser ihm gegeben hatte. Thees bekam Stielaugen; einen Fünfhunderter sah man nicht alle Tage. Leo faltete den Schein zwei Mal und hielt ihn dem Schauspieler zwischen Zeige- und Mittelfinger hin. »Das dürfte für die Spesen und dein Honorar großzügig bemessen sein.«

Thees nahm den Schein und steckte ihn hastig in die Brusttasche seines Hemds. »Na ja, so ein Menü im ...«

»Geschenkt«, sagte Leo. Er hatte sich vorher über die Preise in der ›Villa Medici‹ informiert. Selbst wenn Thees nur die teuersten Gerichte auf der Karte wählte und später in der Bar noch ein paar edle Spirituosen kippte, dürften zwei- bis dreihundert Euro Honorar übrig bleiben. Viel zu viel für den Job, aber er wollte sich den Schauspieler warmhalten. Es kamen sicher auch noch schwierigere Aufgaben.

»Brauchst du eine Quittung?« Thees strich fast zärtlich mit der Hand über die Brusttasche, eine Geste, die Leo gut nachvollziehen konnte.

»Du lässt dir natürlich überall Quittungen ausstellen, die gibst du mir, wenn wir uns morgen Vormittag in meinem Büro treffen.« Er schrieb die Adresse auf die dünne Serviette, die man im ›Klatsch‹ zum Kaffee servierte, und machte sich eine gedankliche Notiz, unbedingt Visitenkarten in Auftrag zu geben. »Dein Honorar ist netto!«

Er sah die Erleichterung in Thees' Gesicht und nickte. Er wusste, was so ein unerwarteter Geldsegen bedeuten konnte.

»Zeit, dass du loskommst«, sagte Leo und stand auf. »Wie kommst du nach Hiltrup?«

»Mit dem Auto.«

»Klar.«

Thees grinste. »Kann ich dich irgendwo absetzen?«

»Nee, lass mal. Ich brauche noch ein bisschen frische Luft.«

Als Thees Anstalten machte, Leo auch zum Abschied mit seinem Würgegriff zu umarmen, nickte er ihm nur kurz zu und ging schnellen Schrittes aus dem Café. Die Rechnung überließ er dem Schauspieler. Dessen Spesenkonto war schließlich gut gefüllt.

Neugierig geworden?

„Alibi für ein Todesspiel„ von Béla Bolten erhalten Sie als Taschenbuch und E-Book exklusiv bei Amazon.

Axel Dauts Fälle

Die zeithistorische Krimiserie um den Ermittler Axel Daut spielt während des Zweiten Weltkriegs in Berlin und verbindet auf besondere Weise Fiktion und Realität.
Bisher sind drei Bücher erschienen:
Die Romane "Codewort Rothenburg", in den Sie gerne hineinlesen können, und "Der Aufbewarier" sowie die Kurzgeschichte "Luises Schweigen".

Codewort Rothenburg
Axel Dauts erster Fall

Berlin, Frühjahr 1941. Ein mysteriöser S-Bahn-Mörder hält die Stadt in Atem. Als eine weitere Frauenleiche gefunden wird, führen die Spuren Kriminalkommissar Axel Daut aber in eine andere Richtung. Das Opfer arbeitete als Prostituierte in einem noblen Bordell. Warum will offiziell niemand etwas von diesem „Salon Kitty" wissen? Trotz Anweisung von höchster Stelle, den Fall zu den Akten zu legen, ermittelt Daut weiter und betritt eine geheimnisvolle Welt aus Spionage und rauschhafter Begierde, der auch er sich nicht entziehen kann.
Währenddessen schließt sich Dauts Ehefrau Luise ohne sein Wissen einer Widerstandsgruppe an.
Als deutsche Soldaten in Russland einmarschieren und Bomber Nacht für Nacht Tod und Zerstörung auch nach Berlin bringen, kommt es zu einem dramatischen Finale, an dessen Ende nichts mehr ist, wie es war.

“Historisch perfekt recherchiert – ein Stück NS-Alltagsgeschichte in Romanform, das ohne moralische Wertungen, ohne politisches Pathos, ohne erhobenen Zeigefinger auskommt.“
(Eine Leserin bei Amazon)

‘Codewort Rothenburg’ ist definitiv mehr als nur ein spannender Krimi. Der Autor Béla Bolten schafft es, die Ereignisse der Zeit geschickt mit einem spannenden Kriminalfall zu verbinden.
(Wir lesen – Eure Büchercommunity)

Béla Bolten ist es mit diesem Buch brillant gelungen, ein historisches Szenario in einen mitreißenden Krimi zu packen, der einen für viele Stunden nicht mehr los lässt.
(Online Magazin Maniax)

Leseprobe

Eins

Er hatte es sich schlimmer vorgestellt. Unangenehmer. Er sollte sich entspannen, dann könnte er es sogar genießen. Die Kameraden hatten recht, Inge war hübsch. Nicht schön, aber reizvoll. Weniger ihr Gesicht, in dem die Augen etwas zu eng beieinanderstanden und die Wangenknochen zu deutlich hervortraten. Sähe man nur ihren Kopf, könnte man sie für dürr halten. Er sah an ihrem Körper herunter. Sie war alles andere als das. Der Seidenkimono war aufgesprungen, und so hatte er einen freien Blick auf ihre Brüste, ihren Bauch, ihre Beine. Ein seidiges Etwas, eher ein Nichts als ein Höschen, verbarg die Scham zwischen ihren runden Schenkeln. Sie stützte sich auf den linken Unterarm, trank einen Schluck Champagner und sah ihn herausfordernd an.

»Na, Soldat! Genug gesehen?«

Er fühlte sich ertappt. Das Blut schoss ihm ins Gesicht.

»Du bist ja vielleicht ein Held!«

Sie prustete los, und einige Spritzer Sekt trafen seine Nase.

»Wirst ja rot wie ein kleiner Junge, wenn du nur ein paar Tittchen siehst. Hoffentlich wirst du mir beim Rest nicht ohnmächtig!«

Wieder lachte sie lauthals.

»Nimm die Inge«, hatten seine Kameraden gesagt. »Die ist nicht nur hübsch, die hat auch richtig was drauf. Sachen macht die ...«

Mit seiner linken Hand umfasste er ihre rechte Brust. Inge drängte ihren Oberkörper gegen ihn.

»Na endlich. Ich dachte schon, du wolltest nie anfangen.«

Sie nestelte an seiner Gürtelschnalle und zog mit einem Ruck die Hose herunter. Als sie in seine Unterhose greifen wollte, schlug er ihre Hand weg. Sie riss die Augen auf.

»Aua, du tust mir weh.«

Er hatte zu fest zugepackt. Es war ein Reflex. Aus seinem Unterbewusstsein. Seit Jahrzehnten antrainiert.

Er lockerte den Griff.

»Tut mir leid. Aber ich kann nur ...«

»Ah, der Herr möchte bestimmen, wo's lang geht. Nur zu!«

Sie lachte, hob den Hintern an und zog mit einem Ruck ihr Höschen auf die Knöchel.

»Den Rest kannst du ja wohl selber!«

Wieder gluckste sie, und in diesem Moment wusste er, dass er dieses Lachen schon einmal gehört hatte. Inge spreizte die Schenkel, und der Anblick, der sich ihm bot, lenkte ihn augenblicklich ab. Noch nie hatte er eine Frau gesehen, die an dieser Stelle rasiert war. Das Verlangen sprang ihn an wie ein Tiger sein Opfer. Er wollte diese Frau, die sich ihm so schamlos darbot.

»Dreh dich um«, sagte er in einem barschen Befehlston.

Sie schien es als Spiel aufzufassen.

»Jawohl, Herr Leutnant! Wie der Herr Leutnant befehlen!«

Laszív und provozierend langsam drehte sie sich auf die Seite. Er fasste sie um das Becken, hob sie hoch und brachte sie mit einem Schwung in eine kniende Position. Sie stöhnte auf, es klang nicht schmerzhaft. Mit der Hand fuhr sie sich zwischen die Schenkel, und er spürte stechend, wie groß seine Lust war. Die Hose hatte sich an seinen Beinen verheddert, und er brauchte einige Zeit, sie abzustreifen. Als er seine Unterhose nach unten zog, drehte sie den Kopf.

»Nun mach schon, oder willst du ...«

Ihre Augen weiteten sich, und die Backen fielen in sich zusammen.

»Was ist das denn?«

Sie kreischte mehr als sie sprach und beendete den Satz mit einem hohen, fast quietschenden Kiekser. Sie blickte ihn direkt an. Wieder lachte sie schallend und brüllte los, wobei ihre Stimme fast eine Oktave tiefer zu sein schien als zuvor:

»Das kann doch gar nicht wahr sein. Wann habe ich denn so was das letzte Mal gesehen? Muss schon lange her sein! Das glaubt mir kein Mensch.«

In diesem Moment erinnerte er sich an alles. Er hatte einen Fehler gemacht. Einen folgenschweren Fehler.

Er griff in ihr dichtes, schwarzes Haar und drehte mit einem kräftigen Ruck ihren Kopf nach vorne. Sie schrie auf. Diesmal vor Schmerz. Er verschloss ihren Mund mit seiner Hand. Mit Verwunderung spürte er, dass seine Lust nicht nachgelassen hatte.

»Sei still und tu deine Arbeit«, zischte er.

Dann drängte er sich an sie. Er wusste, dass er die Sache zu Ende bringen musste.

20102511R00190

Printed in Poland
by Amazon Fulfillment
Poland Sp. z o.o., Wrocław